MIKE SHEARER

MARKS MÄNNER

Aus der Werkstatt eines Profis

Bruno Gmünder

Aus dem Amerikanischen von Torsten Fassbach

Originaltitel: The Great American Gay Porn Novel

Coverfoto: Piet Vermue
Covergestaltung: Rudolph Haas

Druck: Nørhaven, Viborg, Dänemark

ISBN 3-86187-314-1

Shakespeares Sonnett 129

Verlust des Geists in Schmacherfüllter Öde,
Das ist die Lust als Tat. Und bis zur Tat
Ist Lust meineidig, mörd'risch, schnöde,
Wild, maßlos, grausam, roh und voll Verrat,
Geschlürft, und schon verpönt mit stolzem Mute,
In blindem Wahn gejagt und, kaum erhascht,
In blindem Wahn gehaßt wie jene Rute,
Auf der den Vogel Wahnsinn überrascht;
Irr erst vor Gier und irr, dann, im Genuß,
Erstrebt, erlebt, gehabt – stets ohne Zaum,
Glück, wenn sie wahr wird – wurd' sie wahr, Verdruß,
Vorher: erhoffte Freude, nachher: Traum.
Dies weiß die Welt, und doch: kein Mensch versteht
Zu flieh'n den Himmel, der zur Hölle geht.

Vorwort

„SCHON dreiundsechzig Tage und dreiundsechzig Nächte schlingerte das Schiff durch die Wogen — erst als Spielball eines Orkans, der im Süden eine Insel verwüstet hatte, und dann stürmischen Winden aus dem Eismeer preisgegeben. Nur Ansel — der zweite Maat — und die Decksbesatzung waren oben; die anderen sechzehn Matrosen und Kapitän Gerault lagen unten in ihren Kojen. Doch auch sein vornehmes Quartier schützte den Käpt'n nicht vor dem Ansturm der Wellen. Und allmählich wurden aus den Männern Tiere…"

Mark Edwards, der zehnjährige Junge, der später als Pornograph zu Weltruhm gelangen sollte, blickte von seiner Lektüre auf. „Und allmählich wurden aus den Männern Tiere", wiederholte er. „Allmählich wurden aus den Männern Tiere. Das gefällt mir." Dann vertiefte er sich wieder in sein Buch.

„‚Er hat uns 'nem Nordwind in die Fänge getrieben, den jeder Schleimscheißer hätte umsegeln können. Sieht fast so aus', und die gletschergrünen Augen Svens verschmälerten sich, ‚als wollte er uns absichtlich dreiundssechzig Tage hier unten festhalten. Nur, wozu?'

Hans, ein breitschultriger Seebär mit pechschwarzem Bart, blickte finster zur Tür des Kapitäns. ‚Ich finde, wir sollten ihn nicht so billig davonkommen lassen. Erteilen wir ihm eine Lektion. Hängt den Bastard!' Aus den Kojen drang zustimmendes Grummeln.

Wie seit dem ersten Tage, als das Schiff in See stach, lag Kapitän Gerault in der Kajüte nackt auf seinem seidenbezogenen

Bett. Und wartete. Endlich, dachte er, sollte das Warten ein Ende haben. Rottete sich nicht vor seiner Tür schon der wütende Pöbel zusammen? Ja, das Keuchen spuckender, grunzender Seemänner schlug gegen seine Kajütentür."

Mark rollte mit den Augen. „Das Keuchen spuckender, grunzender Seemänner schlug gegen seine Kajütentür", sagte er listig.

„Die Tür flog auf, und alle sechzehn Mann strömten hintereinander in das Kapitänsquartier. Käpt'n Gerault fuhr auf, unternahm aber keinen Versuch, seine Blöße zu verbergen. Er tat, als sei er überrascht. ‚Nanu, Leute, was ist denn los? Warum kommt ihr in meine Kajüte und schneidet finstere Grimassen, als führtet ihr nichts Gutes im Schilde?' Sven trat vor. ‚Käpt'n, die Männer meinen, daß Sie uns vom Kurs abgebracht, unser Leben aufs Spiel gesetzt haben und...'

‚Ja, Sven, sprich doch weiter' sagte Gerault und ließ sich die Hand so in den Schoß fallen, daß sie seinen Penis umschloß.

‚Daß Sie abserviert gehören. Schon vor sechs Wochen hätten wir Land sichten müssen. Der Proviant geht aus, und, Käpt'n, nicht einer von den tüchtigen Seebären hier hat seit dreiundsechzig Tagen sowas wie'n Stück Arsch genossen. Käpt'n, auf See kriegen die Männer einen Koller, und das ist keiner wie jeder andere.'"

Mark klappte das Buch zu und legte seinen Zeigefinger dazwischen, um die Seite wiederzufinden, wenn er zum hundertsten Male den Rückumschlag gelesen hätte. „Was passiert, wenn eine meuternde Besatzung aus durchgedrehten Seeleuten ihren Kapitän dazu versklavt, ihre wilden Gelüste zu befriedigen? Die Antwort ließe die meisten Männer erblassen, aber Kapitän Gerault ist anders als die meisten. Er ist Manns genug für seine ganze Besatzung. Nur für Erwachsene. Verkauf an Minderjährige strengstens untersagt!" Er schlug das Buch wieder auf und fand die zuletzt gelesene Stelle.

„‚Erzähl' mir mehr über diesen Koller, Sven', sagte der Kapitän, während er seine Knie an die Brust zog und sich im Arschloch fingerte.

‚Die Männer laufen den ganzen Tag mit steifen Schwänzen rum, Sir, aber nicht mal'n stilles Fleckchen, um in aller Ruhe zu wichsen, finden sie. Nicht einer, Sir, war bereit, seinen

Arsch hinzuhalten, und um ein Haar hätten zwo von den Kerls unseren Jüngsten gegen seinen Willen mißbraucht, unseren Schiffsjungen Jim.'

Jim errötete, als Gerault einen Blick auf diesen großen Mann warf, und immer interessierter sahen die anderen zu, wie der Kapitän sich mit dem Finger ungeniert weiter im Arschloch bohrte. ,Ich wette, Jim will ficken und nicht gefickt werden — genau wie ihr alle. Stimmt's?' Jim nickte. ,Verträgt denn keiner von euch einen tüchtigen Stoß in die Rosette, nicht mal aus Nächstenliebe?' Alle Seemänner im Raum schüttelten nachdrücklich mit dem Kopf. ,Aber keiner von euch allen würde doch wohl Nein sagen', fuhr der Käpt'n fort, während er sich seinen Finger so tief wie möglich hineinsteckte und sämtliche Augen auf ihm ruhten, ,wenn er in seinem Koller mal ein Spundloch stopfen dürfte?'

Noch bevor er anfing, seinen Finger ein und aus gleiten zu lassen, geiferten die Männer schon vor Gier. ,Na schön', sagte der Kapitän, indem er sich auf den Seidenbezug zurücklegte und dem geilen Haufen das Arschloch entgegenreckte, ,unsere Familie war seit jeher nächstenliebend, und zumindest eurem Koller kann ich abhelfen. Stellt euch in einer Reihe auf und nennt mich Käpt'n, wenn ihr kommt.'"

Mark schloß das Buch wieder und sah auf den Umschlag. „Gar nicht übel, Mr. E. Zeecome." Der Klappentext verriet nichts über den Autor. „Gar nicht so übel. ,Stellt euch in einer Reihe auf und nennt mich Käpt'n, wenn ihr kommt.'" Er steckte das Buch unters Kopfkissen und krabbelte in sein Bett.

„,Stellt euch in einer Reihe auf und nennt micht Käpt'n, wenn ihr kommt.' Nein, ganz und gar nicht übel. Aber ich glaube, ich kann's besser."

1

DURCH den hämmernden Discorhythmus von der Tanzfläche hinter Marco walzerten Songs von Leonard Cohen — die tödlichsten Stellen seiner tödlichsten Songs. Marco drehte sich um und sah verträumt auf die wogenden Körper. Gerade hatte ein junger Mann in engen weißen Hosen sein Hemd ausgezogen und es in die Dunkelheit über den Köpfen der anderen Tänzer geschleudert, die, Paar für Paar, von ihm abrückten, um ihm Platz zu machen. Seine schweißgebadete Brust glänzte. Die Musik dröhnte weiter.

Nur Marco hörte die schwermütigen Leonard-Cohen-Songs — zuerst Schnippsel von einem und dann von einem anderen Lied; Schnippsel, die in kein vernünftiges Ganzes paßten. Und nur Marcos Augen hefteten sich als einzige in dieser großen Menge erst auf die prallgefüllte Hose des Tänzers, als er jemanden rufen hörte: „Hol' ihn raus, Junge! Laß' ihn an die Luft!"

Was sagt man dazu? wunderte sich Marco. Hat er seine Erektion nun von der Musik oder vom Tanzen? Versetzte irgendeine herrliche Phantasie oder Erinnerung den glücklichen Schwärmer in seine öffentliche Ekstase? Marco beobachtete, wie der junge Mann seine Augen von einem Zuschauer zum anderen schießen ließ. All diese Fremden hatten aufgehört zu tanzen und bildeten einen klatschenden, geilen, johlenden Kreis um ihn. „Her damit!" schrien sie. „Laß' uns deinen Schwanz sehen." An den Augen des Tänzers erkannte Marco, daß diese Erektion sich an ein Massenpublikum richtete. Sie wollte ihre Säfte allen Männern, dem MANN selbst, entgegenschießen.

Kein Sex, kein Liebhaber, keine zwei Liebhaber, keine Orgie waren genug.

„Vor dem seinem Riemen ist nicht mal 'n Baby in der Wiege sicher!" sagte Marco laut, aber sein Nebenmann hörte nichts als die hämmernde Musik und hatte nur Augen für die ausgebeulte Hose unter den entspannten, angezogenen, entspannten, angezogenen Bauchmuskeln.

Einerseits zwar hingerissen von der Stegreifdarbietung, aber andererseits in Sorge wegen der Polizei, ging der Barkeeper hinter Marco zur Eingangstür des Lokals und spähte hinaus: weit und breit herrschte nichts als diskrete Zurückhaltung auf der Straße, während drinnen die weiße Hose so großzügig zum Rendezvous lud. Deshalb wandte sich der Barkeeper wieder um und sah zu, wie der Tänzer seine linke Hand über die schweißperlende, pulsierende Bauchdecke hinabgleiten ließ, um den Knopf an seiner Hose aufzuschnippen, während er mit der rechten den Reißverschluß herunterriß. Der Barkeeper warf einen schnellen Blick zur Tür, aber die Nacht war ein williger Komplize. Nicht einer im Raum wandte sein Auge von dem Delirium des jungen Mannes.

„Jesus", keuchte jemand, als der lange Schwanz aus der weißen Hose platzte. Der junge Tänzer packte den Star der Show fest, besitzergreifend und scheinbar genauso fasziniert von dessen Dynamik wie jeder der geifernden Zuschauer mit den Händen. Er stieß die Hüften vorwärts, ließ die Schultern nach hinten fallen und rieb alle Identität, die er besaß, in diese steife Lanze — rieb im Massagerhythmus der Musik, rieb im Rhythmus, rieb und rieb. Die Hand war jetzt an dem starren Körper das einzige, was sich bewegte.

Keiner außer Marco beobachtete das verbissene Gesicht des Jünglings — wie die feuchten Lippen sich jedesmal schürzten, wenn die Faust zur glänzenden Eichel glitt, und sich wieder entspannten, wenn die Finger sich zurück-zurück schoben und die dicken Eier von den Knöcheln gestreift wurden. Mit einem letzten Schmollmündchen zog der Mann seine Brauen zusammen — ein gequälter Gesichtsausdruck, den er beibehielt, während das Kinn sich zuckend auf die Brust senkte und seine Augen irr flackernd auf die geschwollene Eichel starrten. Da tat sich der rötliche Spalt auf, und — platsch — flog der erste und dickste

Klumpen Samen nach oben; noch einer und noch einer folgten; ringsum spritzten die weißen Fontänen auf den Boden, bis dem jungen Mann der letzte Strahl friedlich, aber üppig über die geröteten Handgelenke floß.

„Jesus", stöhnte einer.

Und „Jetzt leck' mich doch am Arsch!" sagte ein anderer mit nervösem Lachen, während die Musik in den langsameren Rhythmus eines neuen Liedes abflaute.

Zwei Männer, ein schlanker mit langen blonden Haaren und ein stämmiger mit engem, rotem T-Shirt, stürzten gleichzeitig nach vorn und ließen sich auf die Knie fallen, um die warme Masse von der abgewetzten Tanzfläche zu schlecken, während der verbrauchte Tänzer sich wieder unter die Menge mischte. Ein paar kehrten erhitzt und geil auf die Tanzfläche zurück. Die beiden Schlecker rutschten so lange aufeinander zu, bis sie sich die letzten Tröpfchen teilen mußten, die sie sich, auf dem Boden kauernd, gegenseitig von der Zunge leckten. Dann standen sie wie einstudiert zusammen auf, ließen voneinander ab und zogen sich aus der Show zurück, die sie gerade geboten hatten. Bald unterschieden sie sich in nichts mehr von den muskulösen Leibern, die zur Musik auf- und abhüpften.

„Bestimmt ein Freundespaar", sagte Marco, ohne zu merken, daß der Barkeeper wieder zurück war und gleich hinter ihm an der Theke stand.

„Die beiden?" lachte er. „Die haben sich vor nicht ganz einer Stunde an der Ecke der Bar kennengelernt. Der Freund des Blonden steht dort drüben." Er deutete auf einen großen schlanken Mann in Jeans und Jeansweste, der seinen Arm lächelnd um einen grünäugigen Schwarzen drapiert hatte. Der Barkeeper wollte noch etwas hinzufügen, aber als die Musik nun wieder richtig loslegte und alles im Rhythmus wegfegte, schluckte er und verlor den Faden. Von all diesen taumelnden Schwärmern konnte nur Marco noch etwas anderes hören, nämlich Leonard Cohen, der bittersüß über diamantlose Minen, Fetzen von Reue und geöffnete Pulsadern klagte.

Marco trank sein Bier aus — es war schon sein sechzehntes! —, ließ sich von dem Barhocker gleiten, an dem er sich heute Abend die meiste Zeit festgeklammert hatte, und suchte dann ein letztes Mal die Herrentoilette auf. Die Bar nannte sich *Bad*

Men, Böse Männer, und war nach den Angaben der hinter der Theke ausliegenden Führer ein „Leder-Jeans-SM-Cruising-Lokal". Falls jemand je vergessen sollte, daß zähe Kerligkeit hier den Ton angab, hatte der aschfahle und ständig betrunkene Eigentümer sein Lokal mit Ketten, mittelalterlichen Waffen, nachgebauten Folterinstrumenten, Stricken und Posters von pissenden Männern dekoriert, denen andere, knieende Burschen die Stiefel leckten. Die ewig schmuddelige Toilette wies eine Reihe von Pinkelbecken auf und hatte Spotlights an der Wand gegenüber, damit die zähen Kerls sich gegenseitig beim Pissen zuschauen konnten.

Als Marco so seinen klaren Bach fließen ließ und den Kopf drehte, erblickte er den jungen Tänzer, der sich eben noch produziert hatte. Das Kinn in die Hände gestützt, hockte er auf einem Klodeckel und wirkte — nachdenklich oder verängstigt? Marco wußte es nicht. Erst als Marco den Reißverschluß heraufzog, merkte der Mann, daß er nicht allein war; sein jugendliches Gesicht hellte sich auf. „Hast du mich gesehen?" fragte er.

„Ja", versetzte Marco kühl. Obwohl der Jüngling mit seiner seidigen Haut und seinen klaren Augen atemberaubend schön war, lag in seiner Stimme und seinem Benehmen eine gewisse nervöse Schärfe, die alles verdarb.

Er sah traurig aus. Was hätte Marco denn erwidern sollen? Er dachte nach. Dann meinte er: „Für so 'ne Show wie die würden sie dir in New York was bezahlen." Schon im selben Moment kam er sich dumm vor, aber der Junge strahlte. Marco hatte das Richtige getroffen, — das Richtige jedenfalls für einen so törichten jungen Mann. Ihm selber klangen die Worte hohl in den Ohren und drohten, ihm schlecht werden zu lassen, wenn er nicht sofort die Flucht ergriffe.

Als Marco sich durch die Menge geschubst hatte, begrüßte ihn eine erschreckend klare Nachtluft. Wenn er selbst auch nie vergaß, daß das *Bad Men* eine schillernde Oase in der sterilen Einöde von Hartfort war, so doch seine Sinne. Die unverrauchte Luft fuhr ihm scharf in die Nüstern, die Stille schmerzte ihm in den Ohren, eine Leuchtschrift vom Schaufenster auf der anderen Straßenseite sprang ihm grell in die verwirrten Augen, — blitz — flammte ein rosa geschriebenes „Pizza" auf und —

blitz — leuchtete gleich darauf ein blaues „Sandwiches".

„Es kam soweit, es kam soweit, und war es nicht ein langer Weg? War es nicht ein seltsamer Weg?"

„Danke, Leonard Cohen", sagte Marco in die Nachtluft und machte sich auf den Nachhauseweg.

2

JETZT sind es schon zwei Monate", sagte Ed zu der eifrigen Gestalt hinter sich.

„Ich mach' ganz gemütlich", beruhigte ihn Tony.

„Nimm genug Creme."

„Nehm' ich doch schon. Entspann' dich, Mensch."

Ed fühlte, wie ihm der massige Schwanz den Schließmuskel aufpreßte und ins Innere glitt. Er seufzte.

„Schöne Schnappe!" meinte Tony, während er halbwegs hinausrutschte und sich dann wieder hineinschob, bis sich seine Leisten mit vollem Gewicht gegen Eds Arschbacken drückten.

Ed lächelte. Er ließ sich mit der Brust so auf das Bett sinken, daß sein Arsch genau in der Stellung war, die Tony haben wollte. „Fick' zu!" knurrte er; Tony begriff, daß Eds zweimonatige Keuschheit nun reif dafür war, unter der Wucht des Fleisches zermalmt und von dem ätzenden Samen zerfressen zu werden, der jetzt jeden Moment unter Wonneschauern, ruckweisen Stößen und zähneknirschenden Beschimpfungen überall hinschießen würde. Als Tonys Säfte sich entleerten und er sich warm um Ed schmiegte, griff dieser nach unten und brachte sich selbst zum Abspritzen. Bei jedem Schuß Samen preßte sich sein Arschloch gierig um Tonys immer noch harten Schwanz.

Nach mehreren Minuten, während denen sich nur ihre Füße berührt und die beiden ruhig beieinander gelegen hatten, sagte Tony: „Ich hatte dich schon lange im Auge."

„Ich dich auch", erwiderte Ed. „Gleich, als ich zum ersten Mal bei euch einkaufen war."

Obwohl sich beide schon über zwei Jahre im Einkaufszentrum verfolgt hatten, brachte doch nie einer genug Courage auf, um mehr als ein zaghaftes „Guten Tag" zu sagen. Erst Donnerstag abend war Ed einmal ganz und gar nicht er selbst gewesen. Sein Gesundheitsbewußtsein, sein Erfolg als Architekt, sein gemütliches Zuhause und sein bürgerlicher Lebenswandel, — all das hatte ihn wütend gegen sich und die Welt gemacht, und nur aus dieser Wut heraus war Ed geradewegs auf Tony zugegangen, der gerade Haferflocken ins Regal räumte, und hatte zu ihm gesagt: „Wann bist du hier fertig?"

Tony hatte breit gegrinst. Dabei entblößten seine Lippen eine Reihe makelloser Zähne. „Um zehn machen wir Feierabend, und frühestens um Viertel-nach bin ich draußen. Wieso?"

„Ich brauch' 'nen Schwanz im Arsch", antwortete Ed so gelassen, als äußerte er solche Zeilen jeden Tag.

Tony errötete. „Klar doch, Mann. Ich muß nur meiner Schwester Bescheid sagen, daß sie mich nicht abholt. Bringst du mich später nach Hause?"

Ed nickte. „Bis Viertel nach zehn also!"

„Hey, wie heißt du eigentlich?"

„Oh, entschuldige. Ed. Ed Thomas."

„Tony. Tony Delgado."

Nach dem Bumsen hatten sie sich nur wenig zu sagen. Tony, der erst vor zwei Monaten von der High School abgegangen war, schien Ed zu jung. Sie fragten sich Dinge wie „Wissen deine Eltern über dich Bescheid?" und „Wieviele hast du schon so gehabt?" Verständnisvoll, aber ungerührt hörten sie die Antworten des anderen. Tony bewunderte Eds langen, muskulösen Körper und besonders seine dicken Schenkel. Eds Lippen und der sandblonde Bart erschienen ihm malerisch. Ed seinerseits war von Tonys fleischiger Kraft, seiner behaarten Bauchdecke, seinem außergewöhnlichen Schwanz und mehr noch von seinem makellosen Gebiß fasziniert. Sie fanden nichts aneinander auszusetzen.

Und doch sagte keiner von ihnen „Können wir's nochmal machen?", als Ed Tony um drei Uhr morgens zu Hause absetzte. Tony hoffte weiterhin, daß Ed im Geschäft vorbeikommen und ihn abholen würde. Jede Nacht beobachtete er um die gleiche Zeit, als Ed ihn an jenem Augustdonnerstag aufgerissen hatte, die Ladenfront, verliebte sich aber in einen anderen, nachdem mehrere Wochen vergangen waren und kein Ed sich blicken ließ.

Ed dachte noch einen Monat an den Jungen und flüsterte „Tony, Tony", wenn er mit fest zusammengekniffenen Augen onanierte und sich seinen Bauch mit heißem Samen übergoß. Statt jedoch zum IGA zurückzukehren, kaufte er seine Lebensmittel nur noch ein Stück weiter oben bei Safeway. Zuerst hatte er ja noch eine schwache Hoffnung, daß Tony wieder vorbeikäme, aber da diese Hoffnung im Gegensatz zu anderen ebenso dringenden stand, entschied Ed, daß Tony den ersten Schritt tun müßte.

Es war ein Balzritual, bei dem keiner sich ärgern konnte, weil der andere ihm nicht nachlief. Beide kannten sie ja die Sucht, sich nur bewundern zu lassen.

3

Es war drei Uhr nachts, und er konnte nicht schlafen. Schließlich warf er seine langen Beine über die Bettkante und sagte: „Seine Lenden, ja, *die* haben wie Koffein gewirkt!“ Der Vollmond zog ihn ans Fenster. Er beobachtete das rote Blinklicht eines Sendemastes. Morgen früh müßte er schon um sieben im Büro sein, weil er sich für acht mit dem Bauherren und den Investoren zu einer Besprechung über das Einkaufszentrum verabredet hatte, das er entwarf. Ich mag keine Einkaufszentren, dachte er bei sich. Ich mag Männer. Und weil seit Tony ein ganzer Monat vergangen war, wollte Ed einen neuen Mann.

Ehe er sich‘s noch recht versah, war er in Jeans und Tennisschuhe geschlüpft. Sein Hemd ließ er aus, weil es eine warme Spätsommernacht war und sich die laue Luft auf der nackten Brust gut anfühlte.

Ohne die Hand vom Lenkrad zu nehmen, kurbelte er mit der anderen während des Fahrens das Seitenfenster hinunter und griff dann nach hinten, um dort dasselbe zu tun. In zehn Minuten war er am Park.

Die Bullen leuchteten den Park von Zeit zu Zeit ab. Das wußte Ed noch. Darum stellte er den Wagen in eine Seitenstraße und marschierte zielstrebig zur Mitte der Anlagen, wo ein weißer laubumrankter Aussichtspavillon wie ein ungeduldiger Liebhaber seine Besucher erwartete. Ed kannte das Gelände, und er kannte auch die Regeln: keine Namen, kein Smalltalk. Dafür wäre sowieso keine Zeit; in vier Stunden müßte er ja im

Büro sein. Der Park schien völlig menschenleer.

Im Pavillon, vom dem aus man den größten Teil des Parks überblicken konnte und dessen Schatten ihn verbargen, schälte sich Ed aus seiner Hose und legte sich nackt auf den kühlen, lackierten Dielenboden. Nachdem er eine Stunde lang aufmerksam Ausschau gehalten und sich nichts getan hatte, sah er nur noch sporadisch nach. Seine Bedürfnisse hatte er vergessen; stattdessen studierte er jetzt eingehend die Muster, die der Mond durch das Spalier des Pavillons warf. Seine Tennisschuhe, seine langen Beine, sein Schwanz, seine Eier und sein flacher Bauch badeten genüßlich in dem Schottenkaro; seine Brust, seine Schultern und sein Kopf lagen völlig im Schatten.

Die frische Nachtluft hatte Ed schon fast in Trance gewiegt, da bemerkte er, daß sich ein Mann aus dem Gebüsch über den Rasen bewegte. Aufmerksam in alle Richtungen spähend, lief die Gestalt ziellos umher. Offenbar handelte es sich dabei um keinen Bullen, denn der Schatten trug dunkle Hosen und ein weißes Unterhemd. In der Hand hielt er etwas, das Ed nicht erkennen konnte. Männer im Park schleppen selten etwas mit sich herum, das sie nicht aus den Augen verlieren dürfen, wenn sie mit jemandem ins Gebüsch verschwinden. Der Fremde aber schien diesem Gegenstand großen Wert beizumessen. Er lief geradewegs auf Ed zu, und obwohl Ed erschrocken war, entschloß er sich aus irgendwelchen, ihm selbst unverständlichen Gründen, sich nicht zu bewegen. Sein Puls schlug bis zum Hals. Sobald der Mann jedoch den Pavillon erreicht hatte, machte er kehrt und setzte sich auf die Stufen, ohne den nackten Schwulen bemerkt zu haben. Weil der Rücken des Fremden noch mehrere Meter von ihm entfernt war, konnte Ed nicht sehen, welchen Gegenstand der Mann hielt, sondern nur, daß er ihn vornübergebeugt in Augenschein nahm. Seine Schultern zuckten nervös, während er irgendetwas damit anstellte.

„Schei-ßße!" zischte der Mann und schleuderte den Gegenstand, den Ed nun als Handtasche identifizierte, in einiger Entfernung vor Eds Füße. „Die verdammte Fotze schleppt alles mit sich rum, nur kein Geld. Sechs bescheuerte Doller! Sechs bescheuerte Dollar! Ich hätt' das Aas abstechen sollen."

Als Kind hatte sich Ed oft mit rasend pochendem Herzen stundenlang hinter verschlossenen Türen oder in Wandschrän-

ken versteckt, um andere zu beobachten. Die bloße Tatsache seiner Unsichtbarkeit erregte ihn dabei mehr als alles, was er eigentlich belauschte und mitansah, falls es in der Tür ein Schlüsselloch oder eine Spalte gab. Auf dem College hatte er sich einmal spät nachts in die Hauskapelle verirrt und in eine der vorderen Bänke gelegt. Als dann ein Pärchen hereinkam, das ganz am Ende der Kapelle platznahm, hatte Ed beschlossen, sich mucksmäuschenstill zu verhalten, weil er glaubte, diese Visite durchhalten zu können. Die beiden waren jedoch nicht zum Beten erschienen und zwangen ihn unwillkürlich, zwei Stunden regungslos liegenzubleiben, während sie mit ihrem sexuellen Ungeschick rangen. Dabei jammerte das Mädchen den ganzen Fick hindurch „Jerry, Jerry, nicht hier". Es hatte Ed nicht erregt; seine Angst, entdeckt zu werden, war zu groß gewesen, und nachdem die beiden gegangen waren — sie leise schluchzend und er stockstumm —, hatte Ed feststellen müssen, daß er sich nach seiner aufgezwungenen Starrheit nicht sofort bewegen konnte. Wie all die unzähligen Male, wenn er als Heranwachsender sieben-, achtmal hintereinander onaniert hatte, bis seine Handgelenke sich schmerzhaft verkrampften, waren sie den ganzen folgenden Tag über wund und steif gewesen.

Als der Fremde nun aufstand, konnte Ed sehen, daß es ein schöner Junge von nicht einmal fünfzehn Jahren mit schwarzem Haar und mit dunkler Haut war. Er ging auf die Handtasche zu, schnaubte voll tiefster Verachtung und versetzte ihr einen solchen Tritt, daß Schlüssel und Schminkkästchen über das taunasse Gras kollerten. „Verdammte Fotze!" Er folgte der Handtasche und stellte sich so über sie, daß er Ed den Rücken zuwandte. Dabei blieb er stocksteif. Bald konnte Ed sehen, wie zwischen den Beinen des Bengels ein Strom von Pisse auf die Handtasche fiel. „Ich piß' dich voll, du Fotze", sagte der Junge. „Ich piß' dich voll."

Im selben Moment drehte er sein Gesicht zum Pavillon und hätte Ed sehen müssen — nein, sehen *können,* — dessen nackten Unterkörper der gleichgültige Mond noch immer liebkoste. Aber es waren Eds am anderen Ende des Bodens und im vollen Mondlicht aufgestapelte Jeans, die dem Jungen ins Auge fielen, und ohne etwas von Eds Gegenwart zu ahnen, trat er neugierig auf sie zu.

Eds Herz pochte wie rasend; sein Kopf war dem Zerplatzen nah. Er hätte aufspringen und ins Gebüsch jagen sollen. Es war Irrsinn, nichts zu unternehmen, während der Junge sich näherte, aber Ed blieb starr wie eine Salzsäule. Nachdem er schon soviel beobachtet hatte, war es schwer, sich zu erkennen zu geben. Die Wut und die haßerfüllten Worte des Bengels machten Ed starr und gefühllos. „Ich piß' dich voll, du Fotze. Hätte sie abstechen sollen. Ich piß' dich voll, du Fotze. Hätte sie abstechen sollen", gellte es ihm in den Ohren.

Der Junge stand jetzt nicht einmal zwei Meter von Eds Füßen entfernt. Er bückte sich, um die Hose aufzuheben und tastete dabei nach der Brieftasche. Als er sie fühlte, richtete sich sein Körper sofort auf. Nicht die Hose, sondern die Brieftasche hatte dem Jungen verraten, daß jemand in der Nähe war. Da entdeckte er Ed. Erschrocken wich er zurück, riß die Hose an seine Brust und zog gleichzeitig ein langes Messer aus seiner Hosentasche. Die Klinge blitzte im Mondlicht. Sowie der Junge jedoch erkannte, daß er Herr der Lage war, begann er zu lachen. „Was treibst *du* denn hier, Typ? Bist du allein?"

Ed fand keine Worte. Er versuchte, sich auf seinen Ellbogen aufzustützen, aber sofort sprang der Junge zwei Schritte auf ihn zu und hielt ihm das Messer drohend unter die Nase. „Keine Bewegung, du Arschficker. Wehe, du machst einen Mucks!" Er ging in die Hocke und reckte ihm das Messer lange genug entgegen, um die Brieftasche aus Eds Hose zu ziehen, die er zwischen den Knien hielt. Ed dachte an sein Geld und ärgerte sich über seine eigene Dummheit, soviel mitgenommen zu haben — gut über zweihundert Dollar. Hirnverbrannt, dachte er. Das Gesicht des Jungen hellte sich auf. „Hey, hey, hey! Das is' vielleicht gut!" sagte er. „Wo machst du denn soviel Kohle, Mann? Wem klaust denn du die Handtaschen?" Er stopfte sich den Geldbeutel in die Hose und ließ Eds Jeans fallen. Und während Ed vor Scham fast in den Boden versank, trat der Junge auf ihn zu.

Das Gesicht des Jungen schwebte über seinem eigenen. In den Augen dieses Bengels stand dieselbe Neugier wie bei einem Kind, das ein noch nie gesehenes Insekt oder ein Nest voll winziger blauer Eier findet. Er beugte sich über Ed und senkte die Messerspitze, bis sie Eds Brustwarzen berührte. Dann ließ er

die Klinge über die Brust bis zum Nabel gleiten, wo er ein wenig fester aufdrückte; nicht fest genug allerdings, um wirklich zuzustechen.

„Ich könnte dir so einiges abschneiden, Mann", sagte er gelassen. „Das willst du doch nicht, oder?"

Ed war zu keiner Antwort fähig.

Der Druck des Messers verstärkte sich. „Ich hab' gesagt: Das willst du doch nicht, oder, du Miststück?"

Ed schüttelte den Kopf.

„Sag's laut, du Miststück?"

„Schneid' mir nichts ab", sagte Ed und war erstaunt, über seinen demütigen Tonfall.

Der Bengel grinste im Bewußtsein seiner Macht. „Sag': Schneiden Sie mir nichts ab, Sir."

„Bitte, schneiden Sie mir nichts ab, Sir."

„Zuviel, Mensch. Wart's ab. Sag' mir, daß ich toll bin."

„Sie sind toll." Ed fühlte sich dem Ersticken nah.

„Sag' mir, daß du mich deine Schwester ficken ließest."

„Ficken Sie meine Schwester", sagte Ed, ohne zu zögern.

„Und deine Mammi."

„Ficken Sie meine Mammi", sagte Ed und fügte dann — ohne zu wissen, warum — hinzu: „Sie dürften auch mich ficken."

Sofort sprang der Junge auf. „Warum sollte ich dich ficken wollen, du Mondscheinschwester?" Und angeekelt verzog er die Lippen. „Mit meinem Messer sollt' ich dich bearbeiten!"

Da wurde er durch ein Geräusch von jenseits des Rasens aufgeschreckt und, das Messer noch immer zum Zustechen bereit, heftete der Junge seine Augen auf eine ferne Stelle, wo sich etwas bewegte. Auch Ed drehte den Kopf und sah den Strahl einer Taschenlampe. Bullen, dachte er. Der Junge rannte zur Treppe und schien zur Flucht bereit. Da aber machte er noch einmal halt, griff nach unten, um Eds Jeans aufzufischen, stopfte sie sich unter den Arm und sagte: „Vielleicht erzählst du diesen Schweinen mal, weshalb du hier draußen nackt an dir rumspielst, Arschficker."

Und schon verschluckte ihn das Dunkel. Ed rappelte sich auf. Er konnte wieder atmen, und der Schweiß brach ihm aus allen Poren. Hierzubleiben war unmöglich. Darum machte er sich mit einem gewaltigen Sprung davon, hetzte durch den

Park und war bereits auf der Straße, als ihm klarwurde, daß er ja keine Schlüssel für seinen abgesperrten Wagen hatte. Die Straßen waren leer. Ihm blieb keine andere Wahl; er mußte zu Fuß nach Hause gehen. Zuerst schritt er zügig los und freute sich, wenigstens noch Schuhe anzuhaben; als er jedoch merkte, daß er sich da völlig nackt den Straßen aussetzte, begann er zu laufen. Wie durch ein Wunder sprintete er ungesehen durch das taufeuchte Morgengrauen. Die Dämmerung war noch nicht ganz angebrochen, da zertrümmerte Ed sein eigenes Fenster und kletterte in die Geborgenheit seiner Küche. Sein Oberarm war leicht aufgeschnitten, als er sich auf dem Boden zusammenrollte, einschlief und erst wieder geweckt wurde, weil das Telefon schrillte; sein Chef ließ fragen, wo zum Teufel Ed denn bleibe.

4

PORNOGRAPHIE zu schreiben — *gute* Pornographie jedenfalls —, ist ein ganzes Stück schwerer, als du, lieber Leser, es dir vorstellst. Ich heiße Mark Edwards, und vor dir liegt mein vierundneunzigstes erotisches Buch. Ich bin der erfolgreichste heute noch lebende Pornograph. Damit ich meine Einkünfte nicht aus den Augen verliere, beschäftige ich einen Stab von Buchhaltern, auch wenn ich selbst nie sehr viel ausgebe und mich weigere, mein Geld fest anzulegen. Ich schreibe Pornographie, weil mich das Schreiben genauso erregt wie dich das Lesen. Und diese Erregung kommt nicht von ungefähr.

Also, hol' dir doch einmal dieses entsetzlich schweinische Buch, das du irgendwo versteckt hast — jenes Buch, welches

dich so seltsam stimuliert —,und nimm es nur dies eine Mal kritisch unter die Lupe. Ich hoffe, es stehen keine solchen Sätze darin wie „Sie trieben es unbeschreiblich". So etwas ist keine echte Pornographie, und wenn es dich erregt, dann läßt du dich allzu leicht manipulieren. Denk' doch nur: — genügt dir dieses Wort? Nein. Wir wollen mehr. Wir wollen wissen, daß der eine der Liebhaber den anderen brutal auf das verheißungsvolle Bett drängte, während sie sich mit ihren Blicken durchbohrten und während ihre Hände über den Körper des anderen scheuerten. Wir guten Pornographen überspringen kein Detail. Gute Pornographen müssen auch gute Journalisten sein. Dieses „unbeschreiblich" beweist nur, daß der Verfasser bei seinem letzten Fick nicht mit Leib und Seele dabei war. Und Autoren, die nicht voll bei der Sache sind, nenne ich Schmieranten.

Nimm nur einmal diesen Satz: „Doris leckte den rosafarbenen Schwanz des Bernhardiners, während Mary und Fred von der Tür aus zusahen". Stehen Sätze wie dieser in deiner ach-so-sorgfältig versteckten Pornographie? Warum läßt du den Verfasser dann mit so wenig Raffinement davonkommen? Schreib' ihm zu Händen seines Verlegers und sag' ihm, daß er sich etwas Besseres einfallen lassen muß. Zunächst einmal ist Doris kein stimulierender Name. Wenn Fred und Mary auch nicht viel besser sind, ist „Doris" doch eindeutig schlecht. Dein Pornograph soll sie Angelina oder Molly nennen — praktisch alles außer Doris. Zweitens: Kann sie nichts Besseres tun als lecken? Weiß dein Pornograph überhaupt, daß Lecken eine Tätigkeit ist, die wir fast automatisch ausführen, ob nun bei einer Briefmarke oder bei unseren Fingern, bevor wir ein Buch umblättern? So weit wir die Zunge dabei auch herausstrecken, — wir nutzen sie nicht vollständig aus. Laß' Angelina (oder Molly, wie auch immer) ihren ganzen Mund, ja, selbst ihre Hals- und Rachenmuskeln, ihre Zähne, ihre volle Liebeswut an diesem Bernhardiner gebrauchen. Und bezieh' den Akteur mit dem rosa Schwanz ganz mit ein, wenn es schon ein Bernhardiner sein muß (mich für mein Teil bringen sie nicht sehr in Hitze). Laß' auch Fred und Mary nicht einfach gaffend unter der Türe stehen. Sie sollen pissen und sabbern. Bitte! Das nenn' ich gute Pornographie!

Nur weil Amateure in dieses Handwerk vordringen und weil

ich fürchten muß, daß alle Kunst daran so gut wie verschwunden ist, habe ich, lieber Leser, mich in diesen Roman gedrängt, wie ich es bei meinen anderen dreiundneunzig noch nie wagte. Es ist Zeit, daß du selbst diese Kunst erlernst, damit ich, der einzig verbliebene wahre Pornograph, mich zur Ruhe setzen und amüsieren kann, solange ich noch jung bin. Ich bin jetzt fünfunddreißig, und es wird für mich Zeit zu lernen, wie ich mich sexuell vergnügen kann, ohne fortwährend daran denken zu müssen, daß ich dieses Vergnügen mit dir teile. Höchste Zeit, daß du lernst, dich selbst zu stimulieren.

Es gehört immer Können dazu, aber selbst die Besten unter uns haben ihre schwachen Momente. In einem meiner gelungensten Bücher, *Die Drei an der Pißrinne,* erlaubte ich mir den kurzen Ausrutscher, Fäkalien zu verherrlichen. Ich ließ die Personen aufeinander scheißen, Scheiße essen und mit der Scheiße Dinge anstellen, die weder interessant noch erotisch waren. Natürlich erregen mich Demütigungen mancher Art — da dürfte es dir nicht anders gehen, — aber erregender sind Demütigungen, wenn dabei nur die Gefahr besteht, vollgeschissen zu werden. Das Scheißen selbst ist unter aller Würde, sowohl meiner als auch deiner. Ich hatte einfach die goldene Grundregel aller pornographischer Schriftstellerei vergessen, die da lautet: der Autor muß sich beim Schreiben selbst erregen, wenn er seine Leser erregen will. Es gibt so wenig Leute, zu deren Fetischen Scheiße gehört, daß wir sie nicht lang und breit bedienen müssen, es sei denn, wir wissen neue und taufrische Praktiken mit Scheiße, durch welche alte Phantasien aus dem Schlaf geküßt werden. Offengestanden finde ich, daß wir mit unseren Körperteilen, mit Samen, Speichel, Schweiß und Pisse noch längst nicht genug angestellt haben, um uns nach unverbrauchten Praktiken mit Scheiße umzusehen.

Welche Lektionen benötigst du sonst, bevor du anfangen kannst, deine Pornographie selbst zu schreiben (oder zumindest die Pornographie anderer kritisch zu lesen)? Wähle, um Himmels willen, die richtigen Worte. „Penis“ eignet sich ganz vortrefflich im Sexualkundeunterricht, ist in der Pornographie aber absolut fehl am Platze. „Schwanz“ ist von allen Ausdrücken der aufregendste, aber „Prügel“ oder „Riemen“ können ganz nett zur Abwechslung sein, wenn du „Schwanz“

überstrapazierst. Obwohl auch einige andere Synonyme ganz akzeptabel sind, habe ich mich mit dem Wort „Glied“ nie so recht anfreunden können.

„Stück Fleisch“ ist ein guter Ausdruck; „Rute“ tut es notfalls. Zu vermeiden sind jedoch verniedlichende Umschreibungen, an denen sich höchstens englische Majore ergötzen können. Ich jedenfalls kann einer Gurke, Banane oder sonstigem Gemüse keinen Steifen abgewinnen. Und auch Erotika, die Schwänze „Freudenspender“ oder „Gerät“ nennen, entlocken mir kein müdes Kichern. Bitte verzichte auch auf den Begriff „Stößel“.

Während gute Pornographie jedermann Freude bereitet, ist dürftige Pornographie peinlicher als armselige Leistungen in anderen Genres. Für gewöhnlich liegt der Unterschied in der Vorstellungskraft. Hier, versuch‘ es einmal: Du bist die Bank, die im Sportumkleideraum der Universität den Duschen am nächsten steht. Du *bist* dieses Dreimeterbrett; deine Lippen sind sein Lack; und Tag für Tag liebkost du mehrere Hundert Arschlöcher, die sich fest auf dich pressen, während vornübergebeugte Burschen sich die verschwitzten Socken ausziehen. Vor dem Duschen kleben zwischen nackten, gespreizten Schenkeln schweißnasse Eier auf deinem Lack, und nach dem Duschen saugen sie sich mit süß duftender Feuchtigkeit an dir fest. Ehe sie dich dann völlig verlassen, werden sie auf einer dünnen Schicht Talkum oder Babypuder von dir abrollen. Aber lange brauchst du nie zu warten, denn schon kommen die nächsten.

Das ist der Stoff, den gute Pornographen dir schenken. Nur müssen sie deine Phantasien wirklich teilen und sie dir übermitteln, statt Hirngespinste zu fabrizieren, die dir *vermutlich* gefallen dürften.

Verlange, daß dein Pornograph sich entblößt, lieber Leser; daß er über seine Kunst in dich eindringt. Du hast dafür bezahlt.

5

MARK Edwards saß nackt an seiner Schreibmaschine. Seine schwarzen Locken ringelten sich schlaff über die großen blauen Augen, die auf das Papier vor ihm gerichtet waren, während seine großen, flinken Finger über die Tasten flogen. Mark war nicht weniger schön als die beiden Männer auf dem Papier — die beiden, die er geschaffen hatte, die beiden, die er zwang, einander auf dem Gesicht zu hocken, einander in den Arsch zu ficken und einander die gewaltigen Schwänze zu lutschen. Während sich Marks Schwanz zielstrebig zur Schreibmaschine reckte, zwang der junge Autor seine Figur zu sagen: „Gib's mir", und sofort spritzte der andere seinen heißen Samen Klumpen für Klumpen über die wartenden Lippen und in die gierige Kehle.

Mark stand auf, packte seinen aufgerichteten Schwanz, beugte sich über die Schreibmaschine und jagte seine Säfte, Strahl um Strahl, über seine Triumph, bis Papier und Farbband völlig durchtränkt waren und Marks Samen der unschuldigen Maschine in den klaffenden Mund triefte.

6

LEE war einen Meter zweiundneunzig groß, außergewöhnlich schwer bestückt und zärtlich. Marco hatte ihn sofort ins Herz geschlossen. Vor einer Woche waren sie sich auf einer Party begegnet, und Marco hatte Lee seine Telefonnummer gegeben, ohne recht davon überzeugt zu sein, daß Lee sie wirklich wollte. Wie sich aber herausstellte, wollte Lee noch einiges mehr als nur Marcos Telefonnummer.

„Du bist ein Exhibitionist", meinte Marco, als der kräftige Mann nackt am anderen Ende des Zimmers stand und sich mit stumpfsinnigen Blicken auf Marcos Körper, der sich nackt auf der Couch räkelte, methodisch den langen Schwanz massierte. Natürlich hielt Marco die Hände hinter dem Kopf verschränkt und ignorierte geflissentlich seinen eigenen fiebernden Ständer.

„Und du bist ein Voyeur", grinste Lee, indem er sich die blonde Tolle aus der Stirn warf.

„Wie kommst du darauf?"

„So durch die Art, wie du von mir verlangt hast, mich auszuziehen und mich hier in der Ecke selbst zu bearbeiten, wo ich doch, seit wir uns kennen, an nichts anderes denken konnte, als dir deinen Riemen durchzukneten."

„Laß' mich nur ein Weilchen zuschauen", erwiderte Marco schmeichlerisch, während er Lees schnelle Handbewegungen verfolgte. Seine Erinnerungen schweiften zurück zu einem samthäutigen Puertoricaner, einem mürrischen, muskulösen Mann, den er gebumst und der ihm nachher erzählt hatte, er sei verheiratet und Vater von sieben Kindern. Marco hatte schon

öfter mit Männern geschlafen, die sich als Familienväter ausgaben, nur damit er später nicht anriefe, aber dieser hier war aus dem Bett gestiegen und hatte eine dicke Brieftasche voll Bildern von all seinen Sprößlingen hervorgezogen. Erregt hatte Marco den Mann daraufhin gebeten, ihn noch einmal ficken zu dürfen. Als er zum zweiten Male kam, waren Marcos Blicke verstohlen von den ernsten Augen unter sich zu der offenen Brieftasche auf dem Nachtschränkchen und zu einem Foto von Donaldo, dem Ältesten der sieben, geglitten; und sein zweiter Schuß Samen in dieser Nacht galt ganz allein Donaldo.

„Du bist in Gedanken woanders", sagte Lee ohne jede Spur von Eifersucht. Wenn überhaupt, so schien ihn Marcos Abwesenheit noch mehr zu erregen als jede Aufmerksamkeit.

„Bei Männern", antwortete Marco unbefangen. „In Gesellschaft schöner Männer muß ich immer an andere denken. Tut mir leid, wenn..."

„Nein, nein, schon gut. Ich habe nichts dagegen, *Männer* zu sein." Und mehr, um noch weiter eine Show zu bieten, als wegen der Stimulierung selbst, fuhr Lee, wenn auch langsamer, fort, sich den Schwanz zu massieren. „Deine Melancholie, die... die macht mich an. Wenn ich wüßte, warum du so melancholisch bist, würde ich es am Ende nur selbst. Aber als Geheimnis macht sie mich an."

Verlegen setzte Marco sich auf. Er schämte sich, daß er Lee aufgefordert hatte, sich zu entkleiden und etwas zu bieten, ohne daß er selbst die geringste persönliche Anteilnahme zeigte. „Komm' her", sagte er und deutete auf den freien Platz neben sich. „Setz' dich auf die Couch und laß' uns reden. Deine Männlichkeit knöpfen wir uns später vor. Im Schlafzimmer."

Lee grinste glücklich und nahm Platz. Es war offensichtlich, daß er Marco zwar berühren wollte, instinktiv aber wartete, bis dieser den ersten Schritt tat. Und Marco tat ihn. Sanft beugte er sich vor und küßte Lee mit geschlossenen Augen auf die Lippen, während seine Hand zuerst über Lees flachen Bauch und dann um dessen Taille glitt. Nach und nach steigerte sich die Glut seiner Küsse, und seine Zunge wurde verwegener. Lee stöhnte leise, als er Marcos Schwanz fest in den Griff nahm.

Sie wanden sich aufeinander zu und schlängelten sich der Länge nach auf die Couch. Marco erforschte mit gierigen Hän-

den Lees langen, harten Körper, rieb ihm grob über die Brustwarzen und streichelte ihm zärtlich die Arschbacken.

Lee war bereits außer sich vor Wonne, als Marco sich lächelnd aufrichtete. Beide setzten zum Sprechen an, stutzen und mußten lachen.

„Was wolltest du gerade sagen?“ fragte Lee.

„Nein, sag‘ du zuerst.“

„Ich wollte sagen, daß du sogar lächelnd noch bekümmert aussiehst; vielleicht noch mehr als sonst.“

„Tut mir leid.“

„Nein“, sagte Lee hastig. „Ich... ich mag das. Was wolltest du sagen?“

„Ich wollte sagen, daß du gut riechst — nach Melone.“

Lee kicherte. Dann, plötzlich und ohne jede Vorwarnung, schloß er die Augen, und Tränen quollen unter seinen Lidern hervor. Marco nahm ihn fest in die Arme und küßte ihn auf die feuchten Wangen. „Was hast du denn?“

Lee weinte leise und preßte sein Gesicht in die Polster. Marco stellte fest, daß Weinen ihn erregte. Sein Schwanz prickelte, und verzweifelt gern hätte er Lee gefickt, während er noch weinte, um ihn nur desto heftiger schreien zu lassen. Er fühlte, wie sein Gesicht sich rötete. Er hatte Kopfweh und fing an zu schwitzen. Darum riß er sich von Lee los, setzte sich neben ihn und ließ nur seine Hand leicht auf Lees blassem Schenkel ruhen. „Was ist los?“ fragte er noch einmal.

„Laß‘ uns Sex machen“, stammelte Lee. „Dann bist du mit mir noch nicht fertig.“

Marco zögerte. Seit ihrer ersten Begegnung hatte er nur an Sex mit diesem Athleten gedacht — hatte sich ausgemalt, wie er seine Säfte in Lees festen Arsch pumpen und danach von ihm dasselbe verlangen würde. Das ganze Abendessen hindurch hatte ihn nur eines beschäftigt: seine Lust, wenn er Lees Körper verzückte Krämpfe abringen und sich anschließend allem unterwerfen würde, was Lees Körper zurückfordern mochte. Nach dem Essen dann waren sie zu Lees Sportstudio gefahren, hatten zusammen Gewichte gestemmt, gejoggt und schließlich geduscht. Nichts von alledem hatte Marcos Erwartungen an diesen Abend geschmälert, und nun kam er sich plötzlich egoistisch vor, weil er dabei keinen großen Gedanken an Lee ver-

schwendet hatte. Mit dieser Flut von gemischten Gefühlen setzte ein neuer sadistischer Trieb ein, sich alles zu verschaffen, was er von Lee gewollt hatte, und ihn dann schnell und niederträchtig abzuschieben.

Marco konnte sich für keinen der beiden Kurse entscheiden, von denen ihn der eine antrieb, zärtlich den Menschen in Lee zu suchen, und der andere, ihn wie einen Gegenstand zu benutzen. Ersteres Vorgehen würde Marco ermüden, vielleicht sogar schmerzen; das letztere riefe Leonard Cohen wieder auf den Plan.

Marco stand auf und ging in die Küche, um eine Kanne Kaffee zu kochen. „Du bleibst ja sowieso über Nacht?", hörte er sich fragen. Er wußte oder glaubte doch zumindest, daß Lee noch viel mehr wollte.

Lee kam zu ihm in die Küche. Ein zäher Tropfen Sperma spannte sich zwischen Lees langem, schlaffem Schwanz und seinem Schenkel. „Es ist halt nur..."

„Ich mag dich, und ich weiß, daß, wenn wir erst das Bett hinter uns haben, ..."

„Schon gut."

„Das ist mir oft so gegangen. Jedesmal..."

„Ruhe mit diesem Scheiß!" Marco erschrak über seine eigene Heftigkeit. Lee war sprachlos. „Tut mir leid." Lee wirkte blaß. „Schau', ich sage, es tut mir leid. Ich wollte einfach nur 'nen Arsch, Mann. Irgendeinen. Ich wollte dich bumsen und von dir wiedergebumst werden. Wir kennen uns doch gar nicht. Ich will nicht... weißt du, ich habe schon echte Vertrauensverhältnisse gehabt, und ich wollte dich einfach bumsen!"

Lee sah verstört aus. Er drehte sich um und steuerte schnurstracks auf das Kleiderhäufchen zu, das sich auf Marcos Kaffeetisch stapelte. Marco hörte auf, Kaffee in den Filter zu löffeln, und folgte ihm.

Er haßte sich, als er sagte: „Es könnte schon was mit uns werden, aber nicht so ruckzuck. Wir kennen uns doch gar nicht."

„Du willst mich auch gar nicht kennenlernen. Du bist woanders. Wer ist denn der Typ?"

„Sechshundert verschiedene, die ich schon hatte, und zehntausend, die ich noch nicht hatte."

„Hatte?“ Lee zog sich seine Unterhose über die anmutigen Beine und ließ sie auf seinen strammen Hintern klatschen. „Sex ist keine Frage von 'haben‘. 'Haben‘ bedeutet Sich-kennen und Für-einander-da-sein.“

Marco spürte, wie die Wut in ihm gärte. Er wollte Lee jetzt ohrfeigen, ihn zu Boden schlagen, ihm wehtun, ihn demütigen, steif werden, während Lee, um Gnade flehend, unter ihm lag. „Leck‘ mich am Arsch“, sagte Marco. „Du kennst mich nicht gut genug, um mir was über Sich-kennen vorzupredigen.“

Lee hob seine Jeans auf. „Ich könnte dir auch nichts vorpredigen, weil ich mich auf diesem Gebiet selbst kein bißchen auskenne. Ich hab‘ in deiner Trauer einfach was zu sehen geglaubt. Ich dachte, vielleicht könntest du mich ganz bewußt...“

„Ganz bewußt stützen, wie?“

Lee schlüpfte in seine Jeans. „Daß wir uns vielleicht gegenseitig stützen könnten.“

„Hör‘ zu, Hengst, sich gegenseitig zu stützen, das paßt nicht ganz in meine Sexphantasien. Ich suche...“

„Dein Vergnügen, wett‘ ich.“

„Arschloch.“

Lee ließ den Kopf hängen, während er sein T-Shirt aufhob. Auch er ärgerte sich nicht mehr. „Hättest du‘s nur gesucht! Hättest du‘s nur.“

Auch Marco ärgerte sich nicht mehr. „Das wollte ich ja gerade von dir.“

„Hätte ich dich nicht so gern gehabt und so begehrt, dann wäre es leicht gewesen. Aber ich wußte genau, daß nach dem Bumsen alles vorbei wäre. Ich hab‘ ja auch nichts dagegen. Halt‘ mich bloß nicht für naiv, Mann. Ich kenn‘ das auch, mit diesen sechshundert Typen.“ Er lachte irgendwie verständnisvoller, als Marco es erwartet hätte. „Schließlich habe ich die selbst schon gehabt, und vielleicht wären wir hinterher im Bett drauf gekommen, daß es genau dieselben sechshundert waren. Und wenn die anderen zehntausend wirklich aufkreuzen, werd‘ ich mit denen schon auch fertig.“ Er sah Marco fest in die Augen, zwinkerte ihm zu und ließ dann seinen Blick abwärts über Marcos Nacktheit gleiten. „Aber ich hab‘ dich gerngehabt“, sagte er trocken.

Erst als die Tür zwischen ihnen zugefallen und Lee für immer fort war, hörte Marco sich flüstern: „Ich dich auch.“

7

IN seinem Buch *Der Ekel* schreibt Sartre, daß wir, wenn wir realistisch sind, in unserem Leben nur auf ein paar Momente der Vollkommenheit hoffen können. Marco klammerte sich hartnäckig an solche Momente, weil er nichts Besseres erwartete. Er rief sich einen vollkommen glücklichen Moment mit Lee ins Gedächtnis. Es war in der Dusche, bevor sie zu ihrer glücklosen Begegnung nach Hause aufbrachen. Lee stand direkt unter dem Duschkopf und ließ sich das Wasser über die fest geschlossenen Augen, die Schultern und die Arme stürzen, bis es in seinen Leisten zusammenfloß und sich an den Schenkeln wieder in zwei Ströme teilte. Unter den stummen Blicken von drei anderen sportlichen Burschen, die ebenfalls unter der Dusche standen, hatte Marco Lee langsam und methodisch den Rücken gewaschen. Lee blieb völlig regungslos. Als er fertig war, drehte Marco seine eigene Dusche an und lächelte bei dem Gedanken, wie er die anderen drei verblüfft hatte. Er tat einen leichten Sprung, als er Lees Hand fühlte, die ihn mit einem Riegel Seife an der Schulter berührte und ihm dann den Rücken hinabglitt. Im Gegensatz zu Marco allerdings ließ Lee seine Hand noch tiefer gleiten, um ihm völlig hemmungslos die Arschbacken abzuseifen. Marco hatte Angst, die Augen zu öffnen, und wagte es erst, als die drei Sportsmänner gegangen waren; aber doch genoß er dieses öffentliche Einseifen und bedauerte, daß es so bald vorüber war.

Er wollte sich ganz bewußt, absichtlich, als Anhaltspunkt an diesen Moment erinnern. Und auch die schreckliche Trennung,

die später erfolgt war — die gesprochenen Worte ebenso wie die unausgesprochenen —, wollte er nicht vergessen. Nach Herzenslust würde er sich an diesen Moment der Vollkommenheit zurückerinnern; selbst dann, wenn er es einmal nicht wollte.

Zum Beispiel rief ihm noch Wochen später ein Frühstück mit Müsli und Kaffee ihre Trennung ins Gedächtnis. Eines Morgens, als ihn seine fixe Idee wieder einmal verfolgte, sagte Marco laut, als spräche er zu niemand anderem als zu Lee: „Die Liebesromane und die Pornos stehen in verschiedenen Regalen, Mann. Es gibt keine Liebe im Porno, und keinen Porno in der Liebe. Das sind zwei Gattungen, kapiert? Zwei Gattungen!"

Da Lee wahrscheinlich gerade mit jemand anderem oder auch mit keinem sein Müsli aß (Marco wußte es nicht und wollte es auch gar nicht erraten), gab er keine Antwort vom anderen Tischende. Wenn Lees Geist in den nächsten Wochen überhaupt etwas sprach, hörte Marco nichts als „Aber ich hab' dich gerngehabt". Im Gegensatz zur Vollkommenheit der Duschraumszene tröstete ihn dieser Satz jedoch nicht, sondern tat nur weh.

8

IN Hartford hatte sich das Blatt gewendet, als Ed Thomas sich endlich wieder einen Erkundungsgang genehmigte. Es war die längste Keuschheitsphase seit seiner Pubertät, aber eine Keuschheit voller Phantasien, eine Keuschheit, die eher Scharlachrot als Weiß trug, denn Eds Nächte waren seit jener Nacht im Park reich an Träumen und Hirngespinsten. Er konnte sich den jungen Dieb einfach nicht aus dem Kopf schlagen.

Als seine Sekretärin Brenda ihn eines Tages anschubste und sagte „Ihre Kopien, Mr. Thomas“, hatte sie den abwesenden Architekten mit schiefen Blicken gemustert. „Stimmt etwas nicht?“

„Oh nein“, hatte er geantwortet und ihr die Kopien lächelnd abgenommen. „Ich war nur in Gedanken.“

„Das habe ich gesehen!“ lachte sie. „In letzter Zeit denken Sie sehr viel, und ich weiß nicht, ob es gute oder schlimme Gedanken sind.“

„Ich auch nicht“, entgegnete er.

In Eds Gedanken hatte der junge Handtaschenräuber gerade wieder gepinkelt, und noch deutlicher als in jener lauen Nacht konnte Ed das harte „Ich piß‘ dich voll, du Fotze. Ich piß’ dich voll“ hören. Die Worte klangen Ed genauso unkontrollierbar und vage in den Ohren wie anderen das Radiogeklimper von McDonalds. Es war gleichzeitig beruhigend und nervtötend, verheißungsvoll und tückisch. Was hatte diese Szene nur an sich, daß Ed sie nicht vergessen konnte? Was gab sie ihm? Gewalt oder Gewaltandrohung hatten ihn doch noch nie gereizt;

alberne Lederklamotten, Ketten oder sonstige Abzeichen des Sadomasochismus, ob echt oder bloß Schwindel, hatten ihn noch nie erregt. Immer hatte er ausschließlich die elektrisierenden Tabus des Soft Sex genossen und über sie phantasiert. Immer hatte er im Sex eher knabenhafte Unschuld als zynische Dekadenz gesucht. Er konnte sich an nichts und niemanden erinnern, der in ihm den Boden für jene neue Richtung seiner sexuellen Interessen geebnet haben könnte, wie sie sich in dieser Nacht im Park so zahlreich bei ihm einstellten.

Allerdings hatte Ed von solchen Fällen gelesen. Viele Männer, die man wegen Belästigung Minderjähriger verhaftet hatte, sprachen von der Plötzlichkeit, mit der ihre neuen Leidenschaften sie eines Tages überrumpelten — Männer, die schon lange ein Leben mit alltäglichen oder anerkannten sexuellen Neigungen geführt hatten. Diejenigen, deren Fetische sich zufällig mit denen decken, die die Gesellschaft großmütig verzeiht, halten sich auf ihre Normalität etwas zugute; dabei verträgt sich Normalität von vornherein schlecht mit Fetischen, denn genau wie die Perversesten aller Perversen wollen die Fetischisten ja ihre Phantasien unterdrücken und können keinem versprechen, wie diese Phantasien morgen aussehen werden.

Ed aber hatte die Männer, die ihre Sexualpartner in Damenunterwäsche stecken, ihnen Polizeiuniformen anziehen oder sich nie waschen, stets bedauert. Solche Vorkehrungen sollten die Teilnehmer doch offensichtlich vom reinen Geschlechtsakt distanzieren — als wären Fleisch, Rhythmen, Gestöhn und Samensäfte an und für sich unbefriedigend geworden. Und das, dachte Ed, war doch ein Jammer.

Bedauern und manchmal sogar tiefe Anwandlungen von Reue überfielen Ed darum, wenn er sich nachts im Bett wieder einmal bei fiebrigem Onanieren ertappte und seinen strammen Schwanz vulgärem Glück entgegenjagte, während der Handtaschendieb mit drohend gesenktem Messer über dem Bett schwebte. „Stich zu, stich zu", grunzte Ed jedesmal, wenn er sich dicke, milchige Klumpen über Bauch und Brust spritzte. Danach fühlte er sich schmutzig und verloren.

Diese Nach-Gefühle beim Onanieren trieben ihn schließlich in die Nacht hinaus. Er mußte seine Phantasien durch solche ersetzen, die er mit vollster Befriedigung auskosten konnte, oh-

ne sich deshalb massakrieren zu lassen. Er mußte sich zwingen, an einem vernünftigen Mann Gefallen zu finden, der lieber vorhandene Öffnungen ausnutzen als neue schaffen wollte. Als er sich anzog, fiel ihm Hamlets Beschwörung an Mutter Gertrude ein: „Nehmt Tugend an, wofern Ihr keine habt“. Ja, er würde die alte Tugend wieder annehmen und sich für einen vernünftigen Mann interessieren, damit seine Leidenschaft für die blitzende Klinge und den wasserlassenden Dieb nachließe.

Und in eben dieser Absicht machte Ed Arnie Baker, einen muskulösen, blonden Motorradfahrer, an, der in der Bar auf dem Stuhl neben ihm saß und ihm ein Bier spendierte. Arnie war Schlosser, besaß eine eigene Motorradwerkstatt und war Mitglied in drei Motorradclubs, einer davon rein schwul. „Sonntags treffen wir uns zu einer Tour an den Strand oder in einen Naturpark, wo wir einen draufmachen“, erzählte er. „Hast du Lust, irgendwann mal mitzukommen und die Typen kennenzulernen?“

„Klar“, sagte Ed.

„Wie wär's mit nächsten Sonntag?“ fragte Arnie.

9

WÄHREND die Attacke gegen Eds schmerzendes Arschloch noch weiterging, wurde Arnies Keuchen schwerer und schwerer. „Ist schon gut, Baby“, gurrte er Ed ins Ohr, „nur noch zwei.“

Mit quellenden Brust- und Armmuskeln massierte der nackte Arnie gemächlich seinen Ständer über Eds ausdruckslosem Gesicht, während Buddy, der zehnte von zwölf Motorradfreunden, die an diesem Ausflug teilnahmen, seinen leergepumpten Schwanz aus Eds taubem Arsch zog. Ed hatte auf dem Rücken gelegen, und diejenigen, die warteten, bis sie an die Reihe kamen, oder die bereits mit ihm fertig waren, zogen ihn an den Beinen himmelwärts, während Buddy ihn fickte. „Einweihung“ nannten sie dieses Ritual, und Ed hatte nicht dagegen protestiert, ja, wurde sogar über alles informiert, als er an diesem kühlen Novembernachmittag an Arnies Rücken geklammert in Richtung Sandgrube fuhr.

„Ich kann dich erst haben“, hatte Arnie, dessen heisere Stimme das Heulen des Fahrtwindes mühelos übertönte, nach hinten geschrieen, „wenn alle anderen mit dir durch sind. Das wär's dann.“

„Was wär's?“

„Dann dürfen sie dich nicht wieder rannehmen, bis ich es sage.“

Arnie war schön, und während Ed seinen Körper an den Rücken der Lederjacke schmiegte, öffneten seine Hände den Reißverschluß und schlüpften dem Motorradfahrer unters

Hemd. Es hatte ihn überrascht, daß Arnie in dieser Bar nicht mit ihm nach Hause gehen wollte und sich mit einer Verabredung für Sonntag und einem Händedruck begnügte. Noch in derselben Nacht hatte sich Ed deshalb aufgemacht, einen Mann zu suchen, der kein Messer schwang. Nur hatte ihm Arnies Äußeres so gut gefallen, daß er sich, nachdem Arnie gegangen war, von etlichen lüsternen Blicken abwandte und sich schließlich allein auf den Heimweg machte. Arnie und nur Arnie — das stand für Ed fest — konnte ihn von seinem Trieb heilen — dem Wunsch, sich von dem messerschwingenden Handtaschendieb verstümmeln zu lassen. Und wirklich hatte Ed zwischen dieser Nacht und Sonntag an nichts anderes gedacht als an Arnie — Arnie, in dessen kurzgeschorenem Haar Frisiercreme glänzte und dessen Lippen ständig bereit schienen, sich zu einem Lächeln zu öffnen. Arnies Motorradclub dagegen befremdete Ed, der seine Tage mit Planern, Bauherren, Investoren und Kollegen verbrachte. Leute, die sonntags motorradfuhren, waren exotische Kreaturen, und nicht einen Moment hatte er auch nur daran gedacht, was sie wohl tun würden, wenn sie an gottweißwelchen Zielen angelangt waren. Ed vermutete — reichlich naiv —, sie würden sich gegenseitig die Gangschaltung richten oder die Zündkerzen reinigen. Und in seinen kühnsten Träumen hätte er nie geglaubt, daß sie ihre Liebhaber abwechselnd in die Brüderschaft einweihen könnten, daß jeden Sonntag ein anderes Vereinsmitglied angehalten war, Fickmaterial für alle zu beschaffen, und daß er Arnie gerade in der Woche kennengelernt hatte, als dieser mit Anschaffen an der Reihe war.

Daß Ed jedoch mit keinem Wort aufbegehrt hatte, erstaunte ihn selbst überhaupt nicht. Er wollte sich allem unterwerfen, was da kommen sollte, und er genoß es, Arnies harte Brust- und Bauchmuskeln zu massieren, während sie Seite an Seite mit anderen Motorrädern in sechs schmutzverkrusteten Reihen zu der Grube rasten, wo sie allwöchentlich abstiegen, um jemanden zu vergewaltigen — zwölf kernige Männer, die sich kameradschaftlich *ein* Arschloch teilten, um sich so ihre Zuneigung zu beweisen.

Als sie in die Grube geprescht waren, wartete Ed noch einen Moment, bis das Motorradgebrüll verstummte. Dann fragte er:

„Sagt ihr es denn euren Opfern nie im voraus?"

„Doch", antwortete Arnie und wartete, daß Ed vom Sattel stieg.

„Warum hast du mir's dann erst auf der Straße verraten?"

Arnie nahm seinen Helm ab. Er lächelte wie Cäsars Weib. „Weil ich Angst hatte, du würdest Nein sagen, und ich wollte dich doch unbedingt."

„Wenn die anderen mit mir fertig sind?"

„Wenn die anderen mit dir fertig sind."

„Du hältst dich wohl immer treu an die Regeln?"

„Die Jungs gehören zur Familie." Er warf einen Blick in die Runde, wo sich die Motorradmänner breitbeinig vom Sitz schwangen, ehe er wieder Ed ansah. „Wir treiben's nicht untereinander, nur mit unserem jeweiligen Lover. So gibt's wenigstens keine Eifersucht."

„Und kommen die Typen, die ihr hier rausschleppt, jemals wieder?"

„Oh doch. Fred, der dort drüben..." Arnie schwenkte den Ellbogen in Richtung eines großen, bärtigen Schwarzen. „Fred bringt uns alle zwölf Wochen seinen Freund Bob mit, wenn er an der Reihe ist. Wir mögen Bob."

„Und du?"

Arnie errötete. „Das letzte Mal war es ein Matrose aus London, der sich als Stricher ausgab. Der ist bei der ganzen Geschichte glatt ausgetickt. Ich glaub' nicht, daß er wirklich auf den Strich ging."

„Sind manche... sind manche auch widerspenstig?"

Arnie lachte. „Wenn sich ein Typ auf den Rücksitz eines Motorrads schwingt und mit zwölf stockschwulen Lederkerls davonrauscht, wird er später kaum die Polizei anrufen und behaupten, man hätte ihn vergewaltigt. Außerdem nehmen wir Gleitcreme und machen dich zuerst richtig high. Wir wollen dir ja nicht wehtun." Arnie tätschelte ihm die Wange. „Ich hab' dir doch schon in der Bar angesehen, daß du mich willst."

Als Ed sich umsah, merkte er, daß die anderen Ledermänner nun durch eine Schneise in ein Wäldchen vordrangen, das die Gruben umgab. Sie befanden sich weitab von der Hauptstraße, und kein Haus war in Sicht. Ed wollte Arnie, und genauso wollte er die anderen Motorradfahrer. Insgeheim lachte er ja

über die Ironie des Schicksals: Da hatte er versucht, die Erinnerung an den sadistischen Handtaschendieb auszulöschen und eine ungefährliche Zerstreuung zu finden, nur um stattdessen auf Arnie und seine Kumpels zu treffen. Er sah wieder in Arnies Engelsgesicht, hinter dem kein Mensch perverse Gelüste vermutet hätte.

„Können wir uns unter vier Augen sehen, wenn... wenn deine Männer mich eingeweiht haben?“

„Klar“, sagte Arnie.

„Und wirst du dann auch meine Wünsche erfüllen?“

Arnie grinste herzhaft. „Wenn sie nicht zu speziell sind.“

Ed wandte sich um. Er schritt rasch auf die Gruben zu, während Arnie — die eine Hand um Eds Taille geschlungen und die andere in Eds strammen Arsch gekrallt — zügig neben ihm herging.

Das Gras war gut, und als das Lagerfeuer hoch genug brannte, um die Kleider allmählich auszuziehen, begannen alle zwölf, ihren Prügel zu bearbeiten. Manche warfen auch sämtliche Sachen ab, und es freute Ed, daß Arnie dazu gehörte. Arnies Körper war massig und muskulös, unbehaart bis zu den Hüften, aber darunter mit einem dicken Busch Schamhaar und pelzigen Schenkeln ausgestattet. Ed, der neben dem Feuer lag und mehr Dope rauchte als alle anderen, empfand eine prikkelnde Aufregung, als er merkte, daß Arnie kein Auge von ihm abwandte. Er kicherte nervös.

„Hey, Arnie“, rief ein großer, bärtiger Kerl von der anderen Seite des Lagerfeuers, „ich sehe, du hast's diesmal ganz schön eilig. Ich dachte schon, nach deinem kleinen Matrosen von letztem Mal wärst du ins Zölibat gegangen.“

Der Mann sprach mit schleppendem, südlichem Akzent und dehnte die Vokale auf eine Weise, die Ed spöttisch vorkam. Da Ed in seinem Doperausch die Gedanken unmöglich auf etwas Bestimmtes konzentrieren konnte, ließ er seine Blicke von einem zum anderen wandern. Da bemerkte er plötzlich, daß alle Augen auf ihn gerichtet waren. Das Gras machte ihn aufgeregt und verwirrt; mit einem Mal fühlte er sich sonderbar entrückt und unbeteiligt, als säße er gemütlich in einem Kinosessel und sähe dreizehn Akteure in einem Pornostreifen — zwölf herb maskuline, die in den Bruchstücken einer Motorradkluft steck-

ten, und einen tolpatschigen, der nervös an den herumwandernden Joints saugte und seine Augen von Mann zu Mann schnellen ließ. Von dem Kinositz in seiner Phantasie konnte Ed sehen, daß sein eigener Darsteller hoffnungslos bekifft war und daß der Rauch ihn schwindlig machte. Darum zischte er von seinem Sessel aus: „Fickt den Bastard!"

Die Ledermänner lachten. Ihm wurde bewußt, was er gerade gesagt hatte, aber er duldete sich nicht lange auf der Leinwand. Irgendwoher stürmten forschende Hände auf ihn ein. Ed kam sich vor, als treibe er hilflos dahin. Auf der Leinwand wurde sein Körper vom Boden gehoben, und einer der Motorradfahrer, der nichts außer ein paar Stiefeln und einen Lederriemen um den Bizeps anhatte, zog ihm rasch die Stiefel aus, während ein anderer, ein blonder junger Mann mit grünen Augen, Ed die Hose herunterriß. Dann sah er, wie man ihn auf die Beine stellte, um ihm auch noch Hemd und Jacke zu nehmen; seine Nacktheit erschreckte und erregte ihn zugleich. Er brannte darauf, mitanzusehen, wie man ihn fickte.

„Ed?" Die Stimme gehörte Arnie. Ed fühlte, wie er aus seinem sicheren Logenplatz in die Szene gestoßen wurde, der er so genüßlich zuschaute. Er grinste Arnie an, den schönen Arnie, der jetzt nackt zwischen zweien seiner Motorradfreunde vor ihm stand. Ed sah drei riesige Ständer auf sich gerichtet. Er mußte an seine Party zum sechzehnten Geburtstag denken, als Roger Peterson, Morris Warrick und er über einem Kasten Bier so betrunken geworden waren, daß sie mitten in der Wildnis von Pennsylvania landeten. In seinem Rausch zog Ed sich damals die Hose herunter und begann zu onanieren. Roger und Morris hatten ihn zunächst nur ängstlich beobachtet, denn beide interessierten sich nicht im geringsten für Männer; dann aber gerieten sie allmählich in Erregung — nicht über Eds Schwanz, aber über seine Geilheit. Weder Roger noch Morris wagten es, sich oder Ed anzuschauen, als sie sich beide auszogen, ins Gras legten und ihre Augen ebenso fest zudrückten wie ihre Schwänze. Wahrscheinlich stellten sie sich dabei vor, sie bumsten mit Betty Sue Danforth, aber das war Ed piepegal. Zuerst sah er zu, wie Roger und Morris sich über ihre Brust spritzten, um sich dann, zitternd und unter Flüchen, wie rasend selbst zu überschwemmen. Anschließend war er in Ohnmacht

gefallen und von den beiden zu Hause abgeliefert worden, die dieses intime Beisammensein nie wieder zur Sprache brachten. Ja, für ein paar Sekunden gehörten die drei steifen Riemen vor ihm nun Roger, Morris und ihm.

„Ed? Alles in Ordnung?“ Arnies Stimme hatte etwas Beruhigendes, und Ed freute sich, wieder in der Gegenwart und unter Männern zu sein, die nicht ihre Augen schlossen, um an Betty Sue Danforth zu denken — Männer, die genossen, daß Ed war, wie er war.

„Bestens. Wann geht die Show los?“ hörte Ed sich fragen. Die Ledermänner um ihn herum grölten vor Lachen.

„Der da ist gut“, meinte ein grobschlächtiger Schwarzer, der hinter ihn trat und ihm seine riesige Pranke auf die Arschbacke klatschen ließ. Ed drehte sich um und sah, daß der Mann grinsend eine Tube KY schwenkte.

„Das ist Big Jim“, sagte Arnie. „Er nimmt dich zuerst. Bück' dich.“ Ed neigte sich vor, und Arnie und die beiden Männer neben ihm reckten ihm ihre Prügel ins Gesicht. Alle drei bearbeiteten sich die mächtigen Schwänze fieberhaft und nur wenige Zentimeter vor Eds Nase, während ihm Big Jim einen gutgeschmierten Finger in den Arsch schubste. Ed zuckte mit keiner Wimper.

Big Jim lachte. „Hey, der wär' ja schon reif!“ Und ehe Ed noch wußte, wie ihm geschah, hatte sich ihm der gewaltige schwarze Schwanz bis an die Wurzel in den Arsch gequetscht. Selbst als Ed wie unter Krämpfen zuckte, machte Big Jim keine Anstalten, sein Monstrum wieder herauszuziehen. Ed hätte schreien mögen, hätte ihm nicht einer der drei Schwänze — er konnte nicht einmal sagen, welcher — den Mund aufgestoßen und sich ihm tief in die Kehle gerammt, während die Besitzer der beiden anderen Schwänze ihre feisten Eicheln mit wütenden Stößen in Eds Gesicht peitschen ließen. Er fühlte sich dem Zusammenbruch nah, ging aber nicht in die Knie. Und da bemerkte er plötzlich die Hände — viele Hände, die aus allen Richtungen auf ihn eindrangen, ihn hochhielten, ihn überall berührten und ihm die Beine nach vorn zogen, damit Big Jim Eds Arschloch voll ausnutzen könnte.

Danach spürte Ed nur noch sehr wenig, aber er hörte einen Chor von Zurufen.

„Jetzt zieht ihm alle Viere lang!"
„Pack' ihn dir, Jim."
„Gib's ihm. Fick' ihn!"
Ed fühlte, wie er leise auf seinen Kinosessel zurückglitt und den Angriff von dort beobachtete. Von seinem sicheren Platz konnte er sehen, daß sein Darsteller tatsächlich völlig über dem Boden schwebte und ihm vier Mann seinen Arsch auf Big Jims Schwanz rammten. Während ihn hinten und auf beiden Seiten andere Motorradfahrer noch liebkosten, bäumte sich Big Jim auf, reckte den Schwanz nach vorn, warf den Kopf verzückt in den Nacken und schwenkte die muskelbepackten Arme. Die drei Männer stimulierten sich abwechselnd, indem sie ihre Ständer in Eds Kehle zwangen, und wenn Ed auch noch so sehr den Hals reckte, um zu sehen, wessen Stück Fleisch er da gerade kaute, konnte er unter der Wucht der dauernden Stöße doch nie nach oben schauen.
„Sag' uns, wann du kommst", rief einer, und Big Jim winselte: „Ich komme, ich komme... Scheiße! Scheiße! Scheiße!" Er brach über Eds Rücken zusammen, so daß beide zu Boden fielen. Dort stieß Big Jim seinen Schwanz ein letztes Mal so tief hinein, wie er nur konnte, und knabberte dabei von hinten an Eds Ohrläppchen. „Danke, Schatz!" sagte er. Dann zog er seinen schwarzen Pflock schmatzend heraus, sah nach oben in Arnies aufgeregt glühendes Gesicht und sagte auch zu ihm: „Danke, Junge."
Die nächsten beiden nahmen sich Ed auf dem Boden vor. Rhythmisch klatschte er mit dem Bauch auf die sandige Erde, während die anderen obszöne und aufmunternde Zurufe ausstießen. Der vierte Mann drehte Ed auf den Rücken und ließ ihm von den anderen die Beine so weit hochziehen, daß Eds nasses, weiches Arschloch genau dort war, wo ein knieender Mann mit pochendem Schwanz es brauchte. Der Mann fickte ihn in aller Ruhe und beschimpfte Ed als „verhurte Fotze", bis er abspritzte.
In seinem Theatersessel fühlte Ed, daß ihn vor Steifheit und Feuchtigkeit der Schwanz schmerzte. „Nicht kommen!" ermahnte er sich im stillen.
Nacheinander wurde er von allen Motorradfahrern gefickt, und nicht einer von ihnen unterbrach die gleichmäßigen Rhyth-

men seiner Vorgänger. Die anderen bearbeiteten sich selbst, während sie zusahen und im Kreis herumgingen, um einen guten Blick zu bekommen. Ab und zu trat jeder einmal vor, um den zu küssen, der gerade fickte, oder ihm zwischen die Beine zu greifen und ihm beim Ficken seine Eier zu kneten. Manche rieben mit ihren aufgerichteten Schwänzen auch über Eds Gesicht oder legten sie ihm in die Hände; sobald sie aber zu erregt wurden, zogen sie sich wieder zurück. Da all diese Männer in Eds Arsch kommen sollten, blieb alles andere nur Spielerei.

Während Ed noch verfolgte, wie der Darsteller auf der Leinwand gefickt wurde, hörte er ein Flüstern an seinem Ohr. „Halt' durch, Baby!" Er drehte sich um und bemerkte, daß er nicht mehr im Kino, sondern auf der Leinwand war, wo Arnie ihm „Halt' durch, Baby!" zugeflüstert hatte, als ihm der neunte Schwanz — der viertletzte vor Arnie — im Arsch explodierte.

Arnie sickerte der Samen inzwischen schon aus dem Ständer, und er verwandte viel Aufmerksamkeit auf Eds Gesicht; zuerst beugte er sich vor, um ihn zu küssen und hielt ihm dann seinen Schwanz so über das Gesicht, daß die Eier Ed in den Mund baumelten. Der zehnte Ficker erreichte einen ganz neuen Rhythmus, und als er sich berserkerhaft aufbäumte, um abzuspritzen, spuckte er über Arnies Latte und Eds Gesicht.

Der elfte Ficker — der letzte vor Arnie — wurde Ed als Wallace vorgestellt. Allerdings konnte Ed nichts sehen, als Arnie den Namen flüsterte. Nur von seinem Kinosessel, aber nicht vom Boden aus erkannte er, daß Wallaces Schwanz einen scharfen Knick hatte. Eine Viertelstunde lang bohrte ihm das krumme Gerät in den Därmen, ehe Wallace fertig war. Da Arnie sich inzwischen allzu erregt fühlte, um seinen Schwanz auch nur anzufassen — unweigerlich würde er sonst all den Samen verspritzen, den er für Ed aufgespeichert hatte, — plazierte er seinen Arsch über Eds Gesicht, ohne sich jedoch auf die Lippen hinabzusenken. Erst als Wallace sagte „Hier, Arnie, da hat dein kleiner Freund ein kleines Geschenk" und mehrmals grunzte, durften Eds Lippen freudig Arnies runzliges Loch küssen.

Nachdem Wallace sein Krummschwert herausgezogen hatte, erhob sich auch Arnie und sah zu Ed hinunter. „Du bist süß",

sagte er. „Steh' auf." Und er streckte eine Hand aus, an der Ed sich mühsam hochzog. Arnie gab ihm einen zärtlichen Kuß auf die Lippen und ließ seine Finger über Eds Körper spielen, bis die Gefühllosigkeit von elf wilden Ficks neuer Leidenschaft Platz machte; dann setzte Arnie sich auf den Boden und lehnte sich, die Arme hinter dem Kopf verschränkt, zurück. Sein Schwanzpfahl bebte vor Verlangen, als Arnie sagte: „Und nun setz' dich langsam drauf und sieh mir ins Gesicht."

Ed trat vor. Er setzte seine Füße unter Arnies Achselhöhlen und ging dann über Arnies mächtigem Stamm in die Hocke.

„Langsam", sagte Arnie.

Ed merkte, daß hinter ihm mehrere Männer herantraten. Sobald sein Arschloch Arnies pralle Eichel berührte, zogen ihm fremde Hände die Arschbacken auseinander, und sofort überschüttete Eds Loch den Körper unter sich mit einer Flut von dickem, weißem Samen, der Arnie den ganzen Schwanz badete und ihm über Bauch, Schenkel und Eier floß. Sofort leckten wilde Zungen den Samen auf; Lippen schlürften die üppigen Ergüsse und verschlangen die Männersäfte, die andere Kumpels in Eds bereitwilligen Arsch aufgespeichert hatten.

Doch schon packte Arnie Ed bei den Hüften, um ihn auf seinen Schwanz — den krönenden, letzten — hinabzuziehen. Nur ein einziger hungriger Motorradfahrer noch leckte den Strom auf, der weiter aus Eds Arsch über Arnies dicke Eier floß, als dieser seine Hüften himmelwärts stieß, um Ed aufzuspießen. Rauhe Hände hielten den Arsch über Arnies auf und nieder fahrendem Schwanz, der Ed ruckweise in die Höhe schleuderte.

Während Arnie sich immer tiefer in Eds glitschigen Arsch bohrte und der gierige Schlecker weiter an Arnies samenglasierten Eiern saugte, lehnte Ed sich nach vorn und knetete mit seinen Händen Arnies fleischige Bauchmuskeln. Arnie lächelte und sagte: „Oh, ich... hier, Baby, hier. Oh, Jesus! Nimm mich!" Er verdrehte die Augen und röchelte leise, während seine Bewegungen immer langsamer wurden und Ed fühlte, wie die heißen Säfte in sein Arschloch schossen. Noch bevor der letzte Strahl gesprudelt war, griff eine Hand von hinten nach Eds Rute und begann, gierig, wütend an ihr zu reißen. Binnen Sekunden überkam Ed ein stürmischer Wonneschauer.

Schuß um Schuß schwappte sein Samen über Arnies Gesicht, so daß Arnie mit jungenhaftem Grinsen die Augen schließen mußte, als zwei von den Ledermännern rasch nach vorn krabbelten, um ihm das Gesicht sauberzulecken, während der eine ihm einen dicken Batzen in den Mund schob. Kaum hatte sich Arnie wieder flach auf den Boden gelegt, da fühlte Ed, wie Lippen den Samen saugten, der ihm aus dem Arschloch floß, und als er sich umdrehte, sah er daß Big Jim gerade dabei war, Arnie den Schwanz sauberzulecken.

Arnie legte seine Hände auf Eds Arschbacken. Dann ließ er ihm eine Hand über den Rücken gleiten und zog ihn so auf seine Brust hinunter, während er gleichzeitig die Lippen spitzte, um leidenschaftlich an Eds Mund zu saugen. Die anderen Motorradfahrer leckten die beiden Männer inzwischen ab und zogen sich dann von der Bildfläche zurück.

Es gab kein Lebewohl. Ineinandergeschlungen lauschten Ed und Arnie, wie die schweren Maschinen mit herzhaftem Gebrüll aus dem Wäldchen brausten. Bald lagen Ed und Arnie völlig ungestört neben dem warmen Feuer und sahen hinauf zu den Sternen. Noch während Ed ihn betrachtete, schlief Arnie lächelnd ein. Da zog Ed die Jacken über sich und seinen Geliebten, kuschelte sich in Arnies Achselhöhlen und wünschte sich nur, daß jemand „Ende“ über die Leinwand schriebe.

10

ICH kann dir versichern, lieber Leser: die Arbeit eines Pornographen ist so eng umrissen wie die keines anderen Künstlers, denn der Pornograph muß sowohl den Freuden des Realismus als auch denen der dichterischen Freiheit entsagen. Während der Pornokäufer mit der einen Hand das Buch und mit der anderen seinen Schwanz umklammert, will er Figuren haben, die nicht langweiligen Berufen nachgehen oder Besuche von nervtötenden Tanten und Verwandten ertragen müssen. Während er seine Sexphantasie fest in beiden Händen hält, wünscht der Leser ausschließlich Figuren, die sich unbeschwert von all den kleinkrämerischen Verpflichtungen, aus denen unser Leben zum Großteil besteht, vor seinen Augen winden und krümmen. Er will Gestalten haben, die Saiten in ihm zum Klingen bringen — Saiten, die schon früher einmal erklungen sind. Tierisch, wie er ist, lechzt er nach flachen Charakteren, die sich klischeehaft verhalten.

Jawohl, der Leser möchte nichts wissen, als daß der Mann, der die Hauptfigur durchbumst, blond (bzw. bärtig, bullig, breitschultrig, brutal, usw.) ist; daß er dagegen Schulden bei der Bank hat oder daß man bei seinem Wagen mal nach den Bremsen sehen müßte, interessiert niemanden. Ja, je weniger der Leser über die Sorgen und nicht-sexuellen Hoffnungen des Helden weiß, desto wäßriger wird ihm der Mund. Dieser törichte Wunsch nach ungetrübter Einseitigkeit beherrscht vielleicht schon unsere realen Beziehungen; in unseren Ansprüchen an die Pornostars aber kommt er erst recht zum Tragen. Den-

noch sind solche erzählerischen Lücken, die die böse Realität verbannen, vielleicht ein Vorteil. Sie entspringen ja einzig und allein dem guten Willen des Autors, seine Figuren so blaß zu lassen, daß eine breite Leserschaft die menschlichen Umrisse hinter den samenschleudernden Schwänzen mit einem ganzen Sortiment von Traumtypen ausfüllen kann.

Ich jedenfalls bezweifle sehr, daß auch nur einer unter meinen Lesern ein reales Interesse daran hätte, sich ritualmäßig von zwölf Motorradfahrern bespringen zu lassen. Die meisten würden sich an Eds Stelle wohl auf einen oder zwei (ganz Schlimme vielleicht auch auf mehrere) von diesen Ledernacken verlegen und den Rest zum Teufel wünschen. Wann warst du schließlich das letzte Mal mit zwölf anderen Männern zusammen, von denen du jeden aus vollstem Herzen begehrt hast? Und alle gleichstark? Es ist also mehr das bloße Gedankenspiel, daß dir so etwas zustoßen könnte, als die konkrete Möglichkeit, die dich reizt und lockt, und wenn dem so ist, dann muß das Gedankenspiel ungetrübt bleiben. Und gemessen an der konkreten Verwirklichung ist das ja auch meist der Fall.

Aber wozu taugen Träume, die so selten Wahrheit werden? Machen sie die Realität nicht noch trostloser? Nein, lieber Leser, solche Geständnisse wirst du mir nicht aus der Nase ziehen, denn jeder Künstler — ob Pornograph oder sonst etwas — muß an die Heiligkeit seiner Ideen glauben, d.h. an ihren Wert, ganz egal, welcher Nutzen sich daraus nun ableiten läßt. Sich von zwölf geilen Motorradkerls den Arsch vollpumpen zu lassen, ehe man ihren Samen über dem Schwanz des Mannes entlädt, zu dem man sich wirklich hingezogen fühlt, das funktioniert im Gedankenapparat ganz schön und gut; und es tut der Träumerei nicht den geringsten Abbruch, daß all ihre Herrlichkeit dahin wäre, wenn man tatsächlich dreizehn Männer mit schwachen Persönlichkeiten, kleinlichen Eifersüchteleien und wirren Begierden in einen Topf werfen würde. Ganz zu schweigen von den Problemen, die sich aus der berechtigten Angst ergeben, daß unter den sexuell Aktiven heute die tödlichsten Krankheiten grassieren.

Es tut mir leid, geduldiger, treuer Leser, wenn ich so offen zu dir sein muß, denn ich weiß sehr gut, daß du seit Jahren davon ausgehst, ich beschriebe dir nur die Steifen und nicht die

Härten. Mein Buch über die Rodeostars, die von Hengst zu Hengst hüpfen, hast du an dich gedrückt, ohne je Gefahr zu laufen, daß du von ihren Feigwarzen oder ihrem Freund hören müßtest, der einsam zu Hause an Krebs stirbt. Hätte ich dir auch diese Seiten geschildert, so hätte mir der Geist Emile Zolas sicher wohlwollend zugelächelt, du aber, mein Gönner, hättest weitergeblättert zu dem, was du als „die guten Stellen" bezeichnest.

Ich leiste deinen Bedürfnissen Vorschub, so gut ich es bisher noch kann, aber ich bin mir nicht so sicher, daß dies ist, was du auf lange Sicht brauchen wirst; zumal dann ich nicht mehr da bin, um die Phantasien, die dein Kopf beherbergt, zu Papier zu bringen. Ich billige deine rauschhaften Begierden mehr als jeder andere und wäre der letzte, der sie dir austreiben wollte. Ich werde dich nicht für weniger menschlich halten, falls du je dahinterkommen solltest, daß dein verzehrendster Wunsch darin besteht, dich auf dem Achterdeck bumsen zu lassen, während dir die Besatzung ins Gesicht pinkelt. Meine einzige Sorge, die mich auch davon abhält, mich meinem Beruf mit Leib und Seele zu ergeben, ist die, daß du vielleicht niemals genau erkennst, warum du dir den Kopf mit so exotischen Träumen vollstopfst. Wenn du nicht den Grund für deine geistigen Besuche an unmöglichen Schauplätzen und bei absurden Partnern erkennst, wirst du deine Phantasien nie dort einordnen können, wohin sie gehören: neben die anderen intelligent-geistigen Gedanken.

Solange dir unklar ist, warum die „guten Stellen" eines pornographischen Werkes nicht weniger edel und tugendhaft sind als die belehrenden oder ausmalenden, bist du dazu verurteilt, mit deiner Faust und einem winzigen Zipfel deiner Seele zu onanieren; dabei könntest du es doch aus allertiefstem Herzen tun, wenn ich es dir nur richtig beibringe — könntest nicht einfach nur deine Bauchdecke vollkleckern, sondern die gierige Zunge des Lebens selbst.

Sobald du gelernt hast, daß an deinen verschwitzten, hüpfenden Eiern genausoviel Gutes ist wie an deiner Gottergebenheit, Vaterlandsliebe oder Familientreue, werde ich dich ruhigeren Gewissens der Seligkeit entgegenlocken — egal, ob ich dir von Fußballspielern erzähle, die ihren Trainer durchbumsen, von Autostoppern, die es einem Vater von hinten und sei-

nem Sohn mit dem Mund besorgen, oder von Bankiers, die dem Liftboy zwischen sechstem Stock und Dachgarten einen runterholen. Wohlgemerkt: Pornographie, gute Pornograpie, muß für den Verfasser mindestens so erregend sein wie für den sexbesessenen Leser.

Ich bitte dich also um nichts als Aufmerksamkeit — nicht nur bei dem, was ich oder unbedarftere Schreiberlinge dir erzählen, sondern auch dir selbst gegenüber.

11

DURCH seine dreiundneunzig pornographischen Romane war Mark Edwards so etwas wie ein Fachmann für sexuelle Themen geworden, zumal er sich seiner Gattung mit wissenschaftlicher Sachlichkeit näherte. Er kannte die Ahnherrenschaft seines Gewerbes, hütete sich aber, kritiklos von dort zu „borgen", und nahm oft aufgrund eigener Beobachtungen gewisse Abwandlungen vor. Schon als Kind hegte er nämlich ein ungewöhnliches — manche würden wohl sagen „unnatürliches" — Interesse an Sex. Er studierte ihn, wie andere Kinder Fußballtabellen oder Insekten studieren.

Wenn Mark nicht gerade schrieb, sammelte er Eindrücke. Er beobachtete, wie vernünftige, ja selbst biedere Menschen sich dazu hinreißen ließen, wie ein Tier an allen erdenklichen Fleischknubbeln und feuchten Löchern zu saugen. Er entdeckte, was einige von uns nie entdecken: daß nämlich Bankdirektoren und schieläugige Bibliothekare heimliche kleine Gelüste besitzen, die sie höchstens mit ihrem Partner teilen, vielleicht aber auch bloß mit sich selbst, wenn sie gerade onanieren. Es

frappierte Mark, daß die meisten, wenn nicht alle Menschen durch ihre Alltagsfassade rundweg zu leugnen scheinen, daß auch sie nur irgendwie sexuelle Geschöpfe sind.

In seinem letzten Hochschuljahr beobachtete Mark fast jede Nacht einen Mann mittleren Alters, der im Nachbarhaus onanierte. Das Fenster dieses Mannes lag im zweiten Stock, aber unmittelbar vor einem Viadukt mit einer gemütlichen Nische, wo Mark im Licht des Mondes liegen und zuschauen konnte. Das Ritual blieb sich ewig gleich: zuerst zog der Mann seine Kleider aus, kramte dann einen Stapel Magazine unter dem Bett hervor und setzte sich in einen Sessel gegenüber dem Fenster. Dort spielte er zwischen fünf und fünfundzwanzig Minuten mit seinem Schwanz und hielt nur inne, wenn er das Magazin, das über die Sessellehne hing, umblättern wollte. Zuguterletzt überschüttete er seinen Körper mit Sperma, saß drei, vier Minuten idiotisch glotzend da, während seine Hände die tropfende Soße in den Lenden auffingen, und machte sich dann schleunigst ins Bad, um sich abzuwaschen. Manchmal legte er auch eine Socke neben den Sessel und wischte sich damit ab. Unserem jungen Mark, den diese Darbietungen stets mehr interessierten als erregten, war es immer so vorgekommen, als hätte der Mann, obwohl dieser ganze Vorgang völlig privat war, die anschließende Reinigung mit Küchentüchern oder Waschlappen quasi schon vorweggenommen. In einer albernen gebückten Haltung ins Bad zu hasten oder sich mit einer schmutzigen Socke abzuwischen, die er hinterher in eine Ecke feuerte, — das hatte etwas A-, wenn nicht gar Unsexuelles. Die Magazine flogen unters Bett, die Lichter gingen aus, und das war's.

Mark wußte: Es ging auch anders.

Ehe er im zarten Alter von zwanzig Jahren damit anfing, Romane zu schreiben, guckte Mark auch durch einige andere Fenster, spähte unter Kabinenwänden hindurch, betrachtete die Reihen nackter Körper in Sammelduschräumen oder las sich durch gewisse Bücher. Er hatte sogar schon Männerpaare angeheuert, die es in seinem Schlafzimmer treiben mußten, während er aus einer Ecke zusah und sich viele pedantische Notizen machte. In Bussen und Restaurants griff er sich bestimmte Typen heraus und baute ihr Äußeres in Drehbücher ein, die er

kritzelnd auf seinen Knien entwarf. Sein Personal bestand aus richtigen Menschen, die authentische Dinge taten, auch wenn die Gesichter, die er sich aussuchte und zu Figuren ausbaute, nicht mit denen übereinstimmten, die er bei bestimmten Dingen beobachtet hatte. Mit anderen Worten: Mark entdeckte z.B. einen rassigen Boy an der Frittenbude, setzte sich hin und malte sich vor seinem geistigen Auge aus, wie der Boy auf eine Art Sex machte, die Mark bei jemand anderem gesehen hatte.

Sein rundum gelungenes Meisterwerk *Bums in der Besserungsanstalt* entstand nach markanten Schönheiten, wie er sie überall antraf und die er in Rollen einsetzte, zu denen eine ganze Serie sexueller Erniedrigungen gehörte. Diese hatte ihm ein Sechzehnjähriger beschrieben, der aus einem Erziehungsheim ausgerissen war, wo ihn die Wärter zwei Jahre lang täglich vergewaltigten. Mark hatte den Jungen als Anhalter an einem Autobahnkreuz aufgelesen. Da Sex der einzige Selbstschutz war, um in der Anstalt zu überleben, bot der Ausreißer sich beiläufig selbst als Bezahlung für die Fahrt an. Mark mietete sofort ein Motelzimmer, wo er ihn drei Tage und drei Nächte über seine Erlebnisse im Heim ausfragte. Auf Sex ließ Mark sich nur ein, weil der Junge sich weigerte, das von ihm bestellte Essen anzunehmen, wenn er es nicht irgendwie zurückzahlen könnte. Er hatte einen gesunden Appetit.

Mark warf alles hinaus, was er über die wirklichen Narben des Kindes erfuhr — seine erschreckende Wehrlosigkeit, den zwanghaften Wunsch, sich einzuschmeicheln, und das bittere Resümee der Ereignisse. Den ganzen Sex und die körperlichen Demütigungen jedoch behielt er bei, und *Bums in der Besserungsanstalt* war vom ersten Augenblick an ein Renner.

Einmal nahm Mark Block und Bleistift in die Kathedrale mit und projizierte auf seiner geistigen Leinwand die Chorknaben in einen flotten Vierer, für den er zwei Erlebnisse zusammenbastelte: einen Dreier, den er in Greenwich Village, und eine raffinierte Selbstbefriedigung auf einem Dildo, die er vor Jahren in Houston gesehen hatte. Die Chorknaben taten also alles, was in dem einstigen Dreier geschah, während der vierte Junge als Onanierer aus Houston auftrat, aber am Fußende des Bettes saß, wo der Dreier in Gang war. Die Rechnung ging auf, und das Ergebnis war die Kurzgeschichte „Die Chorbengelbande“

in der Sammlung *Schuß um Schuß,* die sich gelegentlich aus den Sexshops in die Regale der Drugstores verirrte. Sie verkaufte sich an beiden Stellen ganz gut.

Erst kürzlich hatte Mark ein Erlebnis gehabt, das ihm durch alle Knochen ging. Durch ein Fenster beobachtete er, wie ein Elfjähriger unter gewissenhafter Anleitung eines Fünfzehnjährigen die Onanie entdeckte; und er hatte einen verdammt guten Lehrer. Das Aufregende für Mark bestand darin, daß er im selben Haus und in derselben Nacht dabei gewesen war, in welcher der schöne Junge gezeugt wurde. Er hatte den Vater gefickt, während dieser die Mutter bumste. Oh, es ging alles ganz offen und ehrlich zu! Das Paar war mehr als erfreut, Marks Phantasie behilflich zu sein, und hatte sich sowieso ein Kind gewünscht. Mark war ein großherziger, gütiger Patenonkel, und natürlich erfuhr der Junge weder die Umstände seiner Geburt noch, daß Onkel Mark — wie er ihn leider nannte — von Zeit zu Zeit durchs Fenster guckte.

Der Vater des Jungen hatte Marks außergewöhnlicher Schönheit nicht widerstehen können — den wallenden schwarzen Locken und den strahlend blauen Augen, die wegen ihrer langen Wimpern immer verschreckt wirkten. Wie so viele andere waren auch dieser Mann und seine Frau von Marks Charme und Schönheit hingerissen und hatten nie die Nacht bereut, in der sie ihren Sohn zeugten. Marks späteren Roman *Pappis Freuden* lasen sie sogar mit Genuß.

Es fiel Mark nie schwer, jemanden herumzukriegen, und jeder Sexualakt, oft sogar ein bloßer sexueller Gedanke, lieferten ihm neuen Rohstoff; nichts entging ihm ungenutzt. Allerdings war es häufig unvermeidlich, seinem Körper die Segnungen ungezählter Freuden vorzuenthalten — jene Höhen, die nur den strahlenden Schönheiten zugänglich sind, — wenn er die Sexualität restlos erforschen wollte. Oft sah Mark sich gezwungen, scheinbar unbeteiligt Gespräche in Bars wie dem *Bad Men* zu belauschen, mitten in der Nacht im Gebüsch vor Parkpavillons zu kauern oder heterosexuelles Desinteresse an den Zärtlichkeiten eines schwules Paares vorzutäuschen, das sich ihm gegenüber unter der Dusche eines Sportstudios abseifte.

Mark machte sich zahlreiche Notizen, denn immer strickte er gerade an der Handlung eines oder zwei neuer Romane. Er

paßte auf, er spähte mit den Augen eines Reporters und ließ seine Leser nicht einen Moment vergessen, daß auch er selbst einen Schwanz hatte, einen Prachtschwanz mit purpurnen Venen an der Unterseite, die ihn antrieben, an jeder wissenschaftlichen Expedition, die Mark unternahm, um die beste Pornographie aller Zeiten zu schreiben, selbst teilzunehmen. Im Gegensatz zu der Jammergestalt, die neben ihrer alten Socke onaniert hatte, beherrschte Mark nämlich vollendet die Kunst, kein Tröpfchen Samen — ob von sich selbst oder jemand anderem — ungeplant, unaufmerksam oder ungewürdigt davonfließen zu lassen.

12

MENSCHEN, die sich ein Leben lang mit tragischen Ereignissen herumschlagen, sind aufrichtig zu bedauern, und es gibt mehr davon, als die meisten unter uns je wahrhaben wollen. Würden wir uns über sie alle Gedanken machen — wir würden im Geiste Tragödie auf Tragödie häufen und ein Leben führen, in dem man sich zwar nicht mit dem Unglück selbst, aber mit einer ständigen Furcht vor dem drohenden Verhängnis herumschlägt. Die Gefühle, die ein solches Leben erregt, wären sogar noch tiefer und schrecklicher als schlichtes Bedauern.

Marco aber lebte mit dieser, vielleicht widersinnigen, Angst. Dabei hatte er es in vieler Hinsicht gut: Seine Eltern hatten ihn geliebt und gehätschelt, bis sie bei einem Flugzeugabsturz ums Leben kamen, als er gerade dreizehn war; seine Tante und sein Onkel, die ihn daraufhin großzogen, hatte ihm nichts abge-

schlagen und sogar sein Schwulsein akzeptiert; er war gebildet und arbeitete als Aufseher bei einer Spedition, weil er diesen Beruf der Rolle eines Sportlehrers vorzog, für die er ausgebildet worden war; er war gesund und attraktiv, und er hatte die Kunst erlernt, sich auch zu amüsieren, wenn ihn seine Umwelt nicht amüsierte.

Doch gerade diese Umwelt plagte ihn, und er haßte das, was ihm von seiner Warte als Snobismus erschien; er bewertete die Welt und ihre Hauptfiguren nämlich stets nur aus der Distanz und war zu dem Schluß gekommen, daß das Spiel auf dieser Weltenbühne im besten Fall „schwach" und im schlimmsten Fall „chaotisch" wäre — nichts als Abwandlungen des ewig gleichen Grundthemas: existenzielle Gleichgültigkeit. Daß die Sterblichen Narren wären, daran hegte er keinerlei Zweifel; aber anders als Puck im *Sommernachtstraum* hatte Marco noch nicht gelernt, diese Tatsache amüsant zu finden. So kindisch Marcos Idealismus auch war, er wünschte sich die Welt durch und durch „gut".

„Du suchst einen Sinn hinter dieser Welt", hatte ein früherer Bekannter gemeint, von dem Marco sich schließlich griesgrämig zurückzog. „Du willst einfach nicht kapieren, daß *wir* der Welt einen Sinn geben müssen. Wir können nicht warten, bis ihn uns jemand auf einem Silbertablett serviert."

Marco hatte diesem Bekannten ein bißchen Camus vorgelesen, aber davon wurde auch nichts besser. Marco wußte ja, daß sein Bekannter im Grunde recht hatte, und war nicht so fatalistisch zu glauben, daß sich die Menschen sinnwidrig verhielten oder daß egal wäre, was sie tun. Nur wußte er einfach nicht, wie man dem Leben einen Sinn geben könnte, und fand es widerlich, sich krampfhaft vorzuspielen, daß „alles auf seine Art doch ganz schön" wäre. Es gab eine lange Reihe von Dingen, die nichts Schönes an sich hatten, und er war nicht der Typ, um diese Reihe zu übersehen oder sich an diversen Sinnsprüchen zu berauschen, an denen sich die Schwärmer und Lebemänner erbauen. Bestenfalls konnte Marco den schweigenden Beobachter spielen, ohne anderen die Laune zu verderben, ja, bewerkstelligte manchmal sogar ein Lächeln; nur wenn man ihn zwang, ihre Lügen zu bestätigen, wurde er aufgebracht und wünschte sich, in das Wohlbehagen grauer Biederkeit zu entwischen.

Er konnte nicht so leicht vergessen wie andere, daß der Barkeeper gerade einen besinnungslos Betrunkenen auf den Bürgersteig geworfen hatte. Andere bestellten eine neue Runde oder lächelten den Männern trocken zu, die sich in der Glaswand hinter der Bar spiegelten — „zum Glück" war der ungehörige Säufer entfernt worden. Sie wollten nicht daran erinnert sein, daß all ihre Fröhlichkeit vergänglich war. Nur Marco konnte es nicht vergessen und trat auf den Gehsteig hinaus, um sich neben das sabbernde Häufchen Elend zu setzen, damit die Straßenjungs sich nicht an ihm vergriffen. Von diesem Platz aus beobachtete er, wie die Männer aus der Bar kamen — die meisten als schnucklige Pärchen, ein paar verärgert und allein oder, noch seltener, drei Mann als nervöses Kleeblatt. Alle warfen sie einen kurzen Blick auf ihn und seinen abgewrackten Gefährten, dem sie nie zuvor begegnet waren, und sahen dann rasch wieder weg, damit ihnen dieser Anblick nicht die schöneren Bilder verderben könne, die sie für diesen Abend vor Augen hatten. Zwar versuchte Marco, ihnen allen geradewegs ins Gesicht zu sehen, aber geile, enttäuschte oder stimmungsgeladene Trinker begreifen die Vorwürfe zweier bohrender Blicke nicht so leicht. Marco war froh, als er um vier Uhr morgens und nach wiederholten Bemühungen, den Betrunkenen neben sich wachzurütteln, einen Streifenpolizisten kommen sah, der sich um das Bündel kümmerte.

Er konnte nicht vergessen, daß ein dicker, unbeachteter Mann in der Ecke seinen „Moralischen" hatte, während ihm selbst die Männer über den Raum hinweg zuzwinkerten. Er konnte nicht vergessen, daß der Barkeeper quer über seine Wange eine Narbe trug, wo ihm einst ein Heterosexueller das Gesicht zerschnitt, *nachdem* er seinen Samen in den Mund des Barkeepers geschossen hatte. Er konnte nicht vergessen, daß der ältliche Pole, der Nacht für Nacht auf dem gleichen Barhocker saß, unter seinem schlabberigen Anzug einen künstlichen Darmausgang versteckte. Er konnte, wie Thoreau einmal gesagt hat, nicht vergessen, daß die Menschen ein Leben in stiller Verzweiflung führen.

Dabei durchschaute Marco diese Verzweiflung mehr in überdrehten Stimmungsbekundungen als hinter den eingefallenen Gesichtern jener, die sich mit ihrem Schmerz abgefunden ha-

ben. Ja, er empfand sogar eine gewisse düstere Freude angesichts echter Seelenqual, während ihn das Lachen von Lust und Vergnügen nur traurig und bitter stimmte.

Zwar glaubte er an die Momente der Vollkommenheit, weil er viele davon erlebt hatte, aber in diesen seligen Augenblicken lag eine Heiterkeit, die in den gängigen Vorstellungen von Spaß und Vergnügen fehlt. „Spaß" war etwas Geborgtes — die Imitation einer Imitation dessen, was ganz zu Anfang vielleicht wirklich einmal ein seliger Moment war. Die Leute jagten ihm mit einer Nervosität nach, die Marco schon lange davon überzeugt hatte, daß die meisten Menschen bis an den Rand des Erträglichen gequält werden. Und das zeigte sich hier viel einleuchtender als in ihren Sorgen und Nöten.

Obwohl Marco wußte, daß solche von außen auferlegten Qualen die Menschheit zu guten und wertvollen Taten motivieren, war er doch davon überzeugt, daß sie sie noch öfter veranlaßten, den Trubel des Lebens bis zur Neige auszukosten — einen Trubel, hinter dem sie sich vor der Möglichkeit verschanzten, daß es da draußen vielleicht gar keinen Sinn, gar nichts Wesentliches gäbe. Und obwohl Marco genauso unsicher war wie andere, fühlte er sich in seiner Verschanzung doch weniger gut aufgehoben. Wie sehnte er sich danach, tief zu atmen, frei zu denken, — nackt zu sein!

Weder in Alkohol, Musik, Arbeit, Schlaf oder Sex konnte er Erleichterung finden wie die anderen. Obwohl er unregelmäßig, aber unmäßig trank, konnte er dem Alkohol nichts abgewinnen. Alkohol löschte unangenehme Erinnerungen aus und beschwor dafür andere Einzelheiten herauf, die Marco in den Irrgängen seines Geistes verloren hatte. Die gleichmäßigen, pulsierenden Discorhythmen oder die bestürzenden Grabgesänge Leonard Cohens wirkten kurze Wunder in seinem Leben. Und obwohl es nicht zu seinen Pflichten gehörte, ließ er sich vor dem Nachhausegehen öfter dazu hinreißen, mit den Arbeitern zu schwitzen und zu ächzen, die im Hinterhof der Spedition Lastwagen beluden. Da er nun einmal allein lebte, schlief er ganz nach Lust und Laune — manchmal in einer Serie von kurzen Nickerchen, manchmal zwölf Stunden hintereinander, manchmal auch so gut wie gar nicht, — aber fast jedesmal fühlte er sich beim Aufwachen besser als vor dem Zu-

bettgehen. Doch egal, was er tat — er konnte nie lange aufatmen. Und das galt besonders für sein Sexualleben.

Menschen mit akademischem Lorbeer für menschliche Verhaltensforschung haben die Auswirkungen haltloser Sexualität fast einhellig verdammt; deshalb glaubte Marco, Sex sei nicht gerade das, wonach die meisten Leute sich sehnen bzw. wovon sie einen Nutzen haben. Für ihn selbst allerdings war Sex von Zeit zu Zeit ein wundervolles Mittel, den Schmerz zu lindern, der ihm an der Seele nagte, wie es kein Alkohol, keine Musik, keine Arbeit und kein Schlaf fertigbrachten.

Einmal hatte er einen jungen Bengel aufgelesen, der in der Gasse vor dem *Bad Men* herumlungerte, und ihn übers Wochenende mit nach Hause genommen. Dort teilten sie sich das Mescalin des Jungen, eines langhaarigen lockigen Burschen mit unbehaartem Körper, tauschten aber weder die Adressen noch den Namen und wechselten das ganze Wochenende keine zwei Worte, wenn sie nicht gerade Sex machten und der Junge jauchzte, fluchte oder schnurrte. Seine Lieblingsmethode bestand darin, daß Marco ihm ins Gesicht onanierte und ihn mit einem Finger fickte, während er selbst genau in dem Augenblick abspritzte, wenn Marcos Samen ihm auf die Lippen traf. „Fester“ stöhnte er dann, und Marco stieß seinen kräftig bohrenden Finger so weit wie nur möglich nach innen. Wenn sie diese Praktik nicht gerade wiederholten oder stürmisch bumsten, interessierte sich der Bengel für alles an der Wohnung, nur nicht für Marco, den er aus ungeklärten Gründen immer „Scheißkopf“ nannte. Marco hatte ihn am Montagmorgen gerade in den Arsch gefickt, da grunzte der Junge: „Ich hasse dich, Scheißkopf.“ Als Marco nachts nach Hause kam, war sein Besucher verschwunden und hatte bei einem späteren Wiedersehen nur so getan, als wäre ihm Marco nie vor die Pupille gekommen. Trotzdem war es eines der schönsten Wochenenden in Marcos Leben.

Kaum etwas liebte Marco so sehr wie, sich irgendwo in einer öffentlichen Toilette einzuschließen (im Sportstudio, in der Bibliothek, an der Bushaltestelle, im Theaterfoyer) und mit Fremden eine flotte, ungeschickte Nummer zu schieben. Im Laufe der Jahre hatte er alle Angst davor abgelegt und achtete gar nicht mehr daauf, daß die Männer vor der Kabine mitbeka-

men, was sich drinnen abspielte. Der Umstand, daß andere bei diesem Sport weniger wagemutig waren als er selbst, brachte ihn aus der Stimmung. „Die werden uns hören“, hatte ihm einmal einer ins Ohr gequiekt, nachdem er die Kabine aufgesperrt und Marco eingelassen hatte, der ihm ruhig seinen steifen Schwanz in den Hals stieß und antwortete: „Nicht, wenn du den Mund hältst und leise lutschst“. Mit den Jahren hatte er gelernt, daß es gewisse Toiletten gab, wo sich die Benutzer entweder damit abfanden, daß man die Kabinen zum Sex mißbrauchte, Angst hatten bzw. unsicher waren, wie sie sich darüber beschweren sollten, oder selbst über die Laute in Erregung gerieten, die hinter den Metalltüren hervordrangen. Kaum etwas machte Marco mehr Spaß als aus einer dieser Kabinen zu spazieren, sich den tröpfelnden Schwanz wieder in die Hose zu stecken und zufrieden die erschrockenen Biedermänner anzulächeln, die sich über dem Waschbecken ihre längst sauberen Hände reinigten. „Guter Kopf, der da drinnen!“ sagte er dann zuckersüß und deutete mit dem Daumen auf die geschlossene Kabine hinter sich.

Aber auch diese Begegnungen brachten nur vorübergehende Erleichterung — eine Beruhigungsspritze für die Symptome, mit denen er schon immer lebte. Es war lediglich als eine winzige Gelegenheit, der Welt Contra zu geben, die wie ein zorniger Erwachsener mannsgroß über ihm stand und ihn drängte zu akzeptieren, was er für Banalität hielt. Sie verlangte, daß er Minigolf spielen, Konkurrenzkämpfe aufnehmen und Heimcomputer kaufen solle, wenn er etwas Besseres von ihr erwartete — keinen Gelegenheitssex und keine Löcher in der Toilettenwand, durch die er seinen Schwanz zwängen und fühlen konnte, wie eine unsichtbare Zunge an ihm leckte — solange, bis er in eine Leere spritzte, die er nicht füllen wollte. Das ganze war nichts als ein Warteprozeß. Aber diese Art zu warten gefiel ihm besser als andere, die die Menschen um ihn herum „Leben“ nannten.

13

JETZT hör' mal zu, du Hundesohn! Ich hab's mir von all deinen kleinen Freunden in den Arsch geben lassen, ohne zu meckern — also piß' mich jetzt voll!"

Arnie stand wie befohlen mit einem langen Messer über ihm. Auf dem Boden wand sich ein merkwürdig giftiger Ed und peitschte sich mit wütenden Händen den steifen Schwanz, während er zu dem Messer und Arnies hängendem Schlauch aufsah. Arnie wollte Ed in den Armen halten, ihn liebkosen, zärtlich sein, aber Ed wollte den Bengel aus dem Park.

Arnie schloß die Augen. Nur so konnte er sich überwinden zu pissen, und selbst dabei mußte er sich noch vorstellen, daß vor ihm ein Pinkelbecken wäre. Ed kläffte freudig auf, als die ersten Tropfen rieselten; Arnies Pinkelbecken löste sich in Nichts auf — der Strom kam zum Stocken.

„Verdammt nochmal, piß' mich voll! Du sollst mich vollpissen!"

Wieder schloß Arnie die Augen und suchte zu vergessen, daß sein schöner Ed ihm onanierend zwischen den Beinen lag — suchte zu vergessen, daß er sich seit jener glücklichen Episode in der Sandgrube, bei der Ed soviel bot wie kein anderer und dadurch Arnie überzeugte, daß er endlich den Mann seiner Träume gefunden hätte, — ja, daß er sich die ganze Woche auf diese Verabredung gefreut hatte.

Fiebernd und mit erwartungsvoll angespanntem Körper konzentrierte sich Ed auf den nassen Kopf des über ihm baumelnden Schwanzes. „Piß' mich voll, Mann. Na los, piß' schon!"

Der Strom begann zu fließen — in ruckweisen Spritzern zuerst, dann gleichmäßig, voll und gelb. „Sag: Ich piß' dich voll, du Fotze!" befahl Ed, während er sein Gesicht in den heißen Urinfluß reckte und ihn sich über den ganzen Kopf plätschern ließ. Dann öffnete er den Mund, um in vollen, tüchtigen Zügen zu trinken, zu trinken, zu trinken. Er konnte gar nicht so schnell schlucken, als daß ihm die Pisse nicht auf den festen Körper geflossen wäre.

„Ich piß' dich voll, du Fotze", sagte Arnie ruhig zu dem schönen Gesicht dort unten, das er so gerne geküßt hätte. „Ich piß' dich voll."

Mit einem grotesk zufriedenen Lächeln auf dem nassen Gesicht schoß sich Ed seinen Samen stoßweise über den Körper, wo sich die üppige Masse mit dem dampfenden Urinüberzug vermischte. Erst jetzt geriet Arnie in Erregung. Beim Anblick des vollgekleisterten Ed und des durchgeweichten Bodens unter ihm wurde sein Schwanz steif und prall, sein Gesicht lächelte strahlend, und sein massiger Riemen glitt ihm flink durch die Hand. Als Ed die Augen aufschlug und Arnie wild wichsen sah, drehte er den Kopf zur Seite und leckte die Nässe neben seinem Gesicht auf. Schon fühlte er, wie ihm Arnies Samenstrahlen nacheinander auf den Körper klatschten und ihm einer bis auf die Wange spritzte.

Während Ed noch starr auf dem Boden lag, schlüpfte Arnie schnell und ohne ein Wort in seine Kleider. Erst aus dem Badezimmer rief er schließlich: „Ich hab' gar nichts gegen diese Nummer, aber ich will vor- und nachher Zärtlichkeit. Ich meine, ich kann schon tun, was du brauchst, aber ich persönlich brauche eben..."

„Leck mich!" knurrte Ed.

„Bitte?"

„Ich sagte: 'Leck' mich doch, du und was du brauchst'. Du weißt ja nicht mal, wie man ein Messer richtig hält. Du könntest mich gar nicht schneiden, wenn du's müßtest."

Ohne Ed eines Blickes zu würdigen, erschien Arnie wieder im Zimmer und eilte zur Tür. „Nein, ich könnte dich nicht schneiden. Such' nur schön weiter deinen Messerhelden."

Als die Tür zufiel, drehte Ed sich um und merkte, daß die Pisse neben ihm schon kalt war. Zuerst strich er mit seiner

Hand durch die Lache und über das krustige Sperma, das ihm am Körper klebte. „Piß' mich voll", flüsterte er. Dann brach er in ein langes, häßliches Gelächter aus, das seine von Pisse und Lachen — eine ungewöhnliche Mischung — geröteten kleinen Augen vollends ermüdete. Langsam rappelte er sich auf und bahnte sich seinen Weg ins Badezimmer, wo er all seine Handtücher zusammennahm, um sie über den nassen Boden zu werfen. Dann fiel er ins Bett, ohne sich zu waschen und hatte einen friedlichen Schlaf — friedlicher als in sämtlichen Nächten, seit er dem Handtaschendieb begegnet war.

Am nächsten Morgen wachte er glücklich auf, wusch sich und ging zeitig zur Arbeit. Alle Kollegen wunderten sich über seine Fröhlichkeit und gaben ihre Kommentare. „Darf man denn nicht bei der Arbeit pfeifen?" fragte Ed.

Um zehn Uhr rief er bei *Weiss Florists* an und ließ Arnie ein Dutzend rote Rosen in die Werkstatt schicken. „Wie?" fragte er in den Hörer. „Oh, eine Karte. Daran hatte ich gar nicht gedacht. Nein, schicken Sie einfach die Rosen und richten Sie aus, sie kämen von Ed. Die Grüße bestelle ich persönlich."

14

MEIN Verleger war strikt heterosexuell und hatte seinen Schreibtisch mit jeder Menge Familienfotos geschmückt. Während er mich streng über das Pornoschreiben ins Gebet nahm, griff ich mir eines nach dem anderen heraus, um das friedliche Gesicht seiner Frau und die vielen Babyfotos zu studieren, bis mein Blick an dem Examensbild eines äußerst attraktiven Sohnes hängenblieb. Ich war damals erst achtzehn.

„Außerdem“, sagte er, ohne meinen Schlaganfall über dem Foto seines Sohnes zu registrieren, „glaube ich nicht, daß die Öffentlichkeit auf einen achtzehnjährigen Pornographen gefaßt ist, egal, wie gut das Buch ausfällt.“ Er bemerkte mich, sprang auf und riß mir das Bild aus den Händen. Dann stellte er das Foto seines hübschen Sohnes mit übertriebenem Stirnrunzeln so auf den Schreibtisch zurück, daß ich es nicht mehr sehen konnte. Ich errötete. „Und wir müssen dein Buch noch mit ein wenig Heterosexualität würzen! Ich denke, deinen Schlosser Fred, den ändern wir in eine Kellnerin. Es gibt einfach keinen Markt für rein homosexuelle Pornos. Porno ist etwas traditionell Heterosexuelles.“

Sicher, ich war erst achtzehn, aber mein erster Roman — derjenige, den Billings veröffentlichen wollte, weil er wußte, es würde ihm eine Stange Geld einbringen — beruhte ganz und gar auf eigenen Erlebnissen und Beobachtungen. Ich war erst achtzehn, aber ich war nicht dumm.

„Oh, pardon, aber da bin ich anderer Meinung“, unterbrach ich. „Pornographie ist etwas rein Homosexuelles.“

Er lächelte huldvoll. Er glaubte ja soviel mehr zu wissen als ich. „Unsere größten Renner waren *Die Gelüste der Wanda Kay* und *Betty Lou, ganz privat* — beide heterosexuell!"

Mit Unschuldsmiene verschränkte ich die Arme. „Haben Sie", fragte ich langsam, „schon einmal über den pornographischen Prozeß nachgedacht?"

„Prozeß?"

„Nun, Sie als Verleger sollten über Ihr Produkt doch Bescheid wissen. Haben Sie je über diesen Prozeß nachgedacht? Den Prozeß der Entstehung und den Prozeß der Lektüre? Über das Verhältnis zwischen beidem? Ich vermute, Ihre Autoren... Wer schrieb denn die beiden Bücher, die Sie eben erwähnten, diese heterosexuellen?"

„Bob Lauder und Morris Stennis — Künstlernamen." Und er lächelte, als hätte er bei einem Streit rechtbehalten. „Künstlernamen, weil beide Männer Familie haben."

„Aha", sagte ich. „Haben Sie schon einmal über das Verhältnis von Mr. Lauder und Mr. Stennis zu jenen 'heterosexuellen' Lesern nachgedacht, die Ihre Kunden sind? Haben Sie schon einmal darüber nachgedacht, was diese Leser wohl tun?"

„Worauf willst du hinaus?"

„Nun", sagte ich achselzuckend, „wenn ein Mann einen anderen erregt — egal, aus welchen Motiven, — ist das ein homosexueller Prozeß. Sich Geschichten über Wanda May auszudenken..."

„Kay. Wanda Kay."

„Wie auch immer. Wanda Kay oder Betty Lou. Wenn man in seiner Phantasie, in Gedanken, in den wüstesten Räuberpistolen einen anderen Schwanz streichelt, so wie es Ihre Familienväter tun, dann ist das gar nicht so viel anders, als streichelte man diesen Schwanz mit den Händen, oder? Das Verhältnis zwischen Pornograph und Leser ist sehr delikat, und es sind traditionsgemäß Männer, die schreiben, um andere Männer zu erregen. Wanda May..."

„Kay."

„Wanda Kay oder Betty Lou sind kleine Phantasieflittchen, Pornograph und Leser aber sind leibhaftige, am Sexualakt beteiligte Menschen. Wanda Kay — Kay! — und Betty Lou sind

nur die Gleitcreme, die Pornograph und Leser gestatten, ineinander zu schlüpfen, ohne sich den wahren Prozeß einzugestehen. Ohne sich einzugestehen, daß dieser Prozeß unterschwellig homosexuell ist." Ich nahm ein anderes Foto vom Tisch, eines, das ihn, seine Frau und all seine Kinder zeigte. „Familienväter sind nicht weniger pervers als wir anderen auch."

Daß ich diesen Prozeß kannte, machte mich für Billings unbezahlbar. Seine Hauptmotivation bestand eigentlich nur in Habgier, und zuguterletzt kamen meine ersten siebzehn Romane bei ihm heraus. Sein stärkster Bestseller war *Tiefe Wasser, tiefer Süden,* ein übermütiger Roman über einen Trapezkünstler mit abnorm großem Schwanz, der in einer Sauna von New Orleans als Geisel festgehalten wird. *Gefesselt und geknebelt* wurde weltweit zum meistverkauften S/M-Roman aller Zeiten. In Europa zahlte man dafür zwanzig Dollar pro Exemplar. *Das* war die Ware, die Billings' Verlag am Leben erhielt, und ich glaube, nie wieder hat er einen Schlosser Fred in eine Kellnerin geändert oder es auch nur vorgehabt.

15

ARNIE stand mit dem Rücken zu Ed. Er hatte kein Hemd an. Sein nackter Oberkörper war verschmiert von einem Tag harter Arbeit an schweren Maschinen. Zwar stand auf dem Schild an der Tür „Geschlossen“, aber Ed klopfte trotzdem. Arnie wirkte wütend, als er sich umdrehte. „Hau‘ ab!“ knurrte er.

„Komm‘ schon, Arnie, nur ein auf Wort“, rief Ed.

Arnie betrachtete ihn mit einer Kälte, wie sie nur von blauen Augen ausgehen kann. Ihm ging bloß eins durch den Kopf: das Messer, das er für Ed hatte halten müssen, das Messer, das Eds Schönheit trotz aller männlichen Gesichtszüge und trotz Eds sanfter, voller Stimme für ihn vernichtet hatte. Langsam und desinteressiert schlurfte Arnie an die Tür, öffnete und lehnte seine Stirn an den Rücken der Hand, die den Spalt versperrte. Selbst sein blonder Schopf war scheckig von Öl, und seine Handgelenke zeigten blaue Quetschungen. „Das mit den Blumen war ein mieser Trick.“

Ed lächelte. „Ich mach’ dir ’nen Vorschlag.“

„Hey, du hörst nicht zu, Mann“, seufzte Arnie. „Ich versuch‘ dir beizubringen, daß ich nicht mehr interessiert bin. Du bist nicht der, für den ich dich gehalten habe, klar?“

„Und wie äußert sich das gefühlsmäßig?“ fragte Ed.

„Du liebst‘s wohl nicht auf die sanfte Tour, wie? Du willst die schweren Geschütze. Schön, dann paß‘ auf, du verhurte kleine Wanze. Du bringst mich aus der Stimmung.“

Ed starrte auf Arnies steife Brustwarzen. „Gut“, sagte er.

„Ich möchte auch gar nicht, daß du in mich verliebt bist. Das brauch' ich nicht."

„Und was brauchst du dann?"

„Wann machst du dicht? Jeden Tag um diese Zeit?"

„Was?"

„Machst du jeden Tag um diese Zeit den Laden dicht?"

„Jaa. Warum?"

„Dann laß' mich jeden Tag hierherkommen und deine Pisse trinken. Ich sag' auch kein Wort dabei. Ich komm' einfach jeden Tag her und laß' mir von dir in den Mund pissen. Jeden Tag, Ehrenwort. Na?"

Arnie studierte Eds kantiges Gesicht und den kurzen, strengen Bart. „Und was hab' ich davon?"

„Ich höre auf, dich zu belästigen."

„Jetzt hör' mal zu, du, ich hab' keine Angst vor dir. Du kannst mich nicht erpressen, Mann."

„Ich weiß, daß du keine Angst vor mir hast. Ich weiß, daß du mich zusammenschlagen würdest, wenn ich dir zu sehr auf die Eier gehe. Du gehörst zu der Sorte, die ihre Fäuste gebraucht, stimmt's? Keine Waffen, stimmt's?" Ed lächelte lüstern. „Ich könnte mir vorstellen, daß ich darauf abfahre, von diesen Fäusten geschlagen zu werden."

Arnie schien am liebsten ausspucken zu wollen. „Du kotzt mich an, Mann."

„Gut", sagte Ed. „Abgemacht?"

Arnie riß sich von der Tür los und wischte sich die Hände an seiner Jeans ab. Er schien außer sich vor Wut. Er redete sich ein, wie gern er diesen Ed vom Hals hätte. Dann klemmte er seine Daumen in die Ecken der Hosentaschen. Nervös trat er von einem Bein auf das andere. Schließlich musterte er Ed aus den Augenwinkeln und meinte gelassen: „Okay. Aber nur dir zuliebe — weil du mir leid tust." Er wandte sich ab, als er weitersprach. „Für mich bist du ein Wurm. Das ist kein Sex für mich. Das ist nur Sich-vollpissen-lassen."

Wie versprochen, sagte Ed kein Wort.

„Du blöder Bastard", knurrte Arnie und wölbte den nackten Brustkasten. „Komm' mit nach hinten." Er drehte sich um und ging auf den Waschraum zu — ein stinkendes Loch, an dem sich aber weder Arnie noch seine Kunden, die Motorrad-

fahrer, störten. Ed folgte, ohne die Augen von Arnies arbeitenden Rückenmuskeln abzuwenden. Als sie sich im Waschraum gegenüberstanden, blickte Ed sehnsüchtig in Arnies Gesicht.

„Also dann, runter mit dir und fang' an, du Schweinehund."

Ed kniete sich in den Schmutz, knöpfte Arnies enganliegende Jeans auf und zog ihm den langen Schwanz heraus. Während Arnie die Augen schloß und sich abermals vorstellte, er stünde über einem Pinkelbecken, umschloß Ed wortlos das fleischige Organ mit seinen Lippen. Bald begann die Pisse zu fließen, und ohne ein Tröpfchen zu verschütten, trank Ed mit tiefen Zügen den warmen Urin, der so reichlich aus dem Rüssel strömte. Als er damit fertig war, verstaute Arnie seinen Schwanz rasch wieder in der Hose und sagte: „Zieh' Leine."

Ed stand auf und wollte fortgehen, als er aber an die Tür trat, hörte er Arnie von hinten rufen: „Morgen abend hab' ich Kunden; warte bei der Telefonzelle auf der anderen Straßenseite. Und komm' ja nicht her, bevor ich das 'Geschlossen'-Schild hingehängt hab'. Und..." Er erschien in der Tür des Waschraums. Eine seltsame Aura von roher Kraft umgab ihn. „Und halt' den Mund. Ein Wort, und du kannst die Pisse vergessen. Zieh' Leine!"

16

SEHR geehrter Mr. Edwards,
ich bin neunundvierzig Jahre und lebe hier ganz allein in Sulphur, Oklahoma. Ich hab es zwar noch nie mit einem Mann probiert, aber ich würd ganz gerne mal. Ein paar von den Sachen in *Handarbeit* würde ich echt gern mal versuchen, wenn ich bloß wüßte, wer eben Lust hat und wer nicht, weil, in Sulphur läßt sich das einfach nicht sagen, wer schwul ist und wer nicht, weil er behauptet Nein, die Tunten würde man aus der Stadt jagen oder noch schlimmer. Ich kann's mir nicht leisten, mich verjagen zu lassen, weil ich die einzige Stütze von meiner Mutter und meiner verkrüppelten Schwester bin, die nebenan wohnen. Sie können schon verstehen, warum ich mir einfach nicht alles leisten kann, wenn ich wen aufreißen will. Fast wär ich ja mal soweit gewesen, wie Parker Steckle besoffen war und hier in meinem Haus zusammengeklappt ist. Da hab' ich ihm alle Sachen ausgezogen, aber der war völlig hinüber und konnte gar keinen hochkriegen. Ich habe vor, nach Oklahoma City zu fahren, wo doch alles passieren können soll und in der Regel auch passiert. Nun meine Frage: Wo passiert's in Oklahoma City? Wenn Sie dort nicht Bescheid wissen, kennen Sie doch bestimmt jemand von Ihrem Rumgebumse, der schon dagewesen ist und mir eventuell ein paar Tips geben könnte. Nächsten Monat werde ich nämlich fünfzig, und ich könnte ein bißchen harten Sex verdammt gut gebrauchen, ehe ich jenseits von Gut und Böse werde. Ach ja. Ihr Buch gefällt mir, und ich lese jeden Abend drin. Ich habe es echt gut versteckt, weil meine

Schwester, das arme Ding, mir jeden Tag die Bude saubermacht, und der würden die Haare zu Berge stehen, wenn sie im sechzehnten Kapitel liest, was diese Bande in der Schlucht so anstellt. Ich bin ja so dankbar, daß ich Sie kenne, und würd Ihren Brief auch immer behalten, wenn Sie mir schreiben sollten und erzählen, was Sie alles über Oklahoma City wissen. Ihr treuer Fan, Ernie Baker.

Mit einem Stoßseufzer legte Mark den Brief in das Körbchen mit der Aufschrift „Standardantwort". Gemächlich griff er dann nach dem nächsten, einem Kuvert, das den Stempel von Pittsburgh, Pa., trug.

Lieber Mark Edwards,
ich habe dein letztes Buch *Handarbeit* gelesen und finde es einfach Spitze. Du bist ein toller Schriftsteller. Nun wüßte ich aber gern, ob du diese Figur namens Mitch wirklich je kennengelernt hast. Seine Beschreibung entspricht aufs Haar einem Mann, den ich sehr liebe, aber aus den Augen verloren habe. Auf dem College gingen wir zusammen, und er hat genau dieselben Dinge gesagt wie Mitch — sogar genauso verhalten hat er sich. Es wäre doch bestimmt ein zu großer Zufall, wenn es nicht der gleiche Mann sein sollte. Er hieß Brent Belinski, aber so wie ich ihn kenne, könnte er sich heute auch Mitch nennen. Du tätest mir wirklich einen Gefallen, wenn du mich wieder mit ihm in Kontakt brächtest, denn ich bin nie über ihn weggekommen und werde unglücklich sein, bis wir wieder ein Paar sind. 1962 ist er von Pittsburgh weggezogen. Vielen Dank für jede Hilfe, und weiter so! R. C. Davis

Mark verdrehte die Augen und legte den Brief von Davis auf den von Baker. Das dritte Schreiben stammte aus Boston.

Lieber Mark Edwards,
mein Freund und ich würden Sie liebend gern einmal zum Hard-Core-Sex kennenlernen. Er ist 21, und ich 37. Als Direktor einer Autoersatzteilfabrik könnte ich ohne weiteres für Ihre verlorene Zeit aufkommen. Besonders sind wir daran interessiert auszuprobieren, was im sechzehnten Kapitel von *Handar-*

beit geschieht. Anlage: ein Nacktfoto von uns beiden. Hoffentlich gefällt Ihnen, was Sie sehen. Umseitig unsere Telefonnummer. Bitte melden Sie sich. Raymond L. Feister.

Mark betrachtete das Bild mehrere Minuten. Dann griff er nach einem Exemplar seines Buches, schlug das sechzehnte Kapitel auf und überflog es mehrere Minuten. Zuguterletzt legte er Brief und Foto in einen Korb mit der Aufschrift „Persönliche Antwort" und nahm sich das nächste Schreiben vor. Es kam aus Omaha.

Sehr geehrter Mr. Edwards,
ich bin erst zwölf, aber ich lasse mir's schon von hinten besorgen wie die Typen in Ihrer *Handarbeit.* Es ist mein Lieblingsbuch. Könnten Sie mir nicht bitte eine Autogrammkarte schikken? Das Foto auf Ihrem Umschlag gefällt mir zwar, aber wenn Sie eins ohne Kleider hätten, wo man den Schwanz drauf sieht, wäre es mir noch lieber. Meine Mutter lasse ich es schon nicht sehen, sonst hätten wir beide ganz schönen Trabbel. Ich liebe dich! Danny Bates. X X X (Küßchen. Tu' sie dir, wohin du willst.)

Mit sanftem Lächeln ließ Mark Dannys Brief in den Papierkorb segeln.

Lieber Freund,
warum müssen Sie die Sexualität so in den Schmutz ziehen? Warum können Sie nicht über zwei Burschen schreiben, die sich begegnen, es schön miteinander treiben, sich verlieben und zusammenziehen. *Das* finde ich sexy! Warum all diesen Schund über einen Penis im Mund, einen im After und einen in jeder Hand? Ich glaube, Sie bringen uns Homophile in üblen Geruch. Paul O'Brien.

Sehr geehrter Mr. Edwards,
meiner Meinung machen Sie einen großen Fehler, wenn Sie einen Typen schildern, der, wie in Kapitel 16, zwei Schwänze gleichzeitig in den Arsch nimmt. Dabei könnte jemand ernstlich zu Schaden kommen. Mir persönlich ist ein Schwanz vollauf genug, wenn es der richtige ist. R.K. Grant.

Lieber Mr. Edwards,
jeden Abend onaniere ich vor Ihrem Bild. Mein einziger Wunsch ist, in Ihren Armen zu liegen. Der Rest der Welt, meine Frau inbegriffen, könnte von mir aus zum Teufel gehen, wenn ich bloß bei Ihnen wäre. Meinen Namen werde ich Ihnen übersenden, sobald ich meine Frau über uns beide informiert habe. Ihr heimlicher Verehrer aus Detroit.

Lieber Mark,
beiliegend ein Scheck über zwanzig Dollar. Würdest du dafür bitte auf eine von deinen Unterhosen (oder Jockstrap!) wichsen und ihn mir herschicken? Es ist einsam in Vinegar Bend, Ala. Weil ich keinen weiß, der mich photographieren könnte, habe ich dir ein Bild von mir gezeichnet. Die Schwanzpartie ist nicht übertrieben. Er ist so groß! Sende mir also bitte ein altes Paar kurze Unterhosen und denk' an mich, wenn du sie verkrustest. Du und dein Buch haben mich steif gemacht. Ich würde dir meine Lanze gern in den Arsch stechen. Ich bin vierundzwanzig. Bob Sueskind. (Wenn zwanzig Dollar nicht reichen, schicke ich mehr — nur enttäusch' mich nicht!)

Der letzte Brief aus dem Stoß war in Providence, R.I., abgestempelt.

Lieber Mark,
ich bin sechzehn und wohne mit meinem Vater zusammen. Er hat mich großgezogen, seit meine Mutter vor sechs Jahren gestorben ist. Sie hatte Krebs an ihren Geschlechtsteilen. Ich muß einfach jemandem erzählen, was inzwischen passiert ist. In der Nacht nach Muttis Begräbnis kam Papa zu mir ins Zimmer, hat mich am Kragen gepackt, in ihr Ehebett geschleppt und mich dort gebumst. Seitdem schlafen wir jede Nacht zusammen. Er nennt mich Alice, wenn er es treibt. Nur nachts tut er das; die ganze übrige Zeit ist er stinknormal, behandelt mich als mich selbst und nennt mich Brian. Ich liebe ihn ja, aber nachts Mammi zu spielen, gefällt mir gar nicht. Ich halte immer ganz still, wenn er es tut, damit er an sie denken kann, aber ich möchte von ihm weg. Ich brächte es nie übers Herz, ihm das zu sagen. Der einzige Grund, weshalb ich ausgerechnet Ih-

nen das erzähle, ist, weil Sie doch nichts schockieren kann. Das sehe ich an *Handarbeit*. Meine Frage: Was soll ich tun? Brian Landis.

Nicht schockiert? Oh doch, Mark war schockiert. Nur gehörte dazu mehr als das sechzehnte Kapitel von *Handarbeit*. Dazu gehörten schon Pappis, die ihren Söhnen „Alice" ins Ohr girren, wenn sie sie bespringen. Das Leben selbst und nicht die Kunst gehörten dazu — dann war Mark sehr wohl zu schockieren!

17

DIE Gardinen waren offengelassen worden, und das Rouleau hing zwanzig Zentimeter über dem Fensterbrett. Fensterläden gab es nicht. Alles war wie vereinbart, als Marco sich zwischen zwei Nadelsträucher zwängte und sich direkt gegenüber dem Fenster postierte. Er sah auf die Uhr; es war Mitternacht, die vereinbarte Zeit. Während Marco in das Schlafzimmer starrte, öffnete er die Hose und zog seinen Schwanz heraus. Das Ding stand bolzengerade, noch bevor Bart in der Tür erschien und Marco anlächelte.

„Schätzchen", sagte Bart und wandte sich wieder um, „ich bin scharf wie tausend Landsknechte."

Marco hatte Bart im *Bad Men* kennengelernt. Bart war geradewegs auf ihn zugekommen, und sofort hatte Marco eine Aufregung verspürt, die in seinem Leben selten geworden war. Bart suchte etwas anderes als die anderen — den feinen Unterschied; das wußte Marco gleich. Als er zum ersten Mal auf die

Toilette ging, heftete sich ihm Bart schnurstracks an die Fersen. Aus den Augenwinkeln konnte er sehen, wie Barts Riesenschwanz sofort steif über das Pinkelbecken ragte, einem direkten Blickkontakt aber wich Marco aus. Noch bevor er jedoch mit seinem zweiten Bier zu Ende war, bahnte er sich wieder seinen Weg durch die Menge, und wieder kam Bart ihm hinterher.

Als sie sich beim Pissen zusahen, wurden ihre Schwänze nur desto härter, und kaum sickerten die letzten Tropfen nach, da packten beide Männer ihre steifen Rohre und fingen an, methodisch zu pumpen. Bart bemerkte, daß ein schlanker junger Mann mit Lidschatten vor dem Spiegel stand und sie beobachtete. „Verpiß' dich", fuhr Bart ihn an, und mit verärgertem Gesicht verließ der Mann den Raum. Barts Schwanz war am Schaft dick geädert und olivfarben; seine Eichel war gewaltig wie eine Pilzkappe. Marco pumpte, ohne dabei ein Auge von dem verheißungsvollen Pilzhut abzuwenden. „Hol' dir einen mit mir runter", sagte Bart heiser und heftig pumpend. Wild, mit schwerem Keuchen, wichsten die beiden los, und gerade, als sie gleichzeitig in irrsinnigen Schwällen spritzten, jappste Bart: „Du mußt unbedingt zusehen, wenn ich meine Frau bumse."

Als sie beim Hinausgehen an dem schmollenden Mann mit dem Lidschatten vorüberkamen, sagte Bart lächelnd: „Wir haben dir was im Becken gelassen." Marco drehte sich noch einmal um, ehe sie die Tür hinter sich schlossen, und sah den jungen Burschen in die Toilette eilen.

Im Auto dann erklärte Bart, er sei verheiratet und treibe es trotzdem aus vollem Herzen mit Männern; zur Zeit sei es allerdings seine Lieblingsphantasie — eine, die zu genießen ihm Marco hoffentlich helfen würde —, es mit seiner Frau zu treiben, während ein Mann ihm vor dem Fenster zusah, ohne daß seine Frau es merkte. Ja, er wüßte, es sei eine merkwürdige Bitte und er hätte sie auch noch nie an jemanden gestellt, aber in Marcos Augen könne er dafür Verständnis erkennen, und das habe ihm den Mut gegeben zu fragen.

Er errötete schamhaft und wandte den Blick ab. „Ich bin vierundzwanzig. Als vor fünf Jahren meine Tochter zur Welt kam, haben wir geheiratet. Alle halten mich für einen tollen Hecht." Er sah Marco wieder an, diesmal aber aus traurigen

Augen. „Ich würde wirklich voll drauf abfahren, wenn du zuschaust, wie ich sie ficke."

Marco hatte nie die Begeisterung geteilt, die andere für Ehemänner empfanden. Er war immer davon ausgegangen, daß diese Schwärmerei nur auf Selbstverachtung beruhe. Darum war Bart nicht als Ehemann für Marco attraktiv, sondern durch die Unanständigkeit seiner Bitte und durch seine massige Schönheit (er war vom Bodybuilding, aber auch schon von Natur durch und durch stark gebaut). Als dieser baumlange Muskelprotz nun errötete und sich erklärte, geriet Marco über diese Aussicht, den Wunschtraum dieses Fremden zu erfüllen seltsamerweise viel mehr in Erregung, als er es je hätte sein können, wenn er eigene Wunschträume wahrmachte.

Barts Frau, ein kleines, farbloses Weibchen, erschien verwundert unter der Tür. Sie sagte jedoch nichts, sondern entkleidete sich brav und mit Anmut. Erstaunt stellte Marco fest, daß ihr kleines, zerbrechliches Äußere ihm gefiel, denn im Gegensatz dazu traten Barts Muskelmassen nur desto schärfer hervor.

Nachdem er sich völlig ausgezogen hatte, ging Bart zur Kommode und nahm etwas aus der obersten Schublade. „Das brauchen wir nicht", warf seine Frau ein, „ich nehme doch die Pille."

„Mir macht's aber Spaß so", erwiderte Bart und wandte ihr seinen Rücken zu, so daß sein Schwanz direkt auf das offene Fenster wies und die blanke Eichel nicht einmal einen Meter vor Marcos Gesicht wippte. Marco verschwand vorübergehend ins Dunkel, falls die Frau gerade hinausschauen sollte. Als sie sich das Unterhemd über den Kopf zog, trat Bart an das Fenster und reichte Marco den Gummi. Nervös, aber ohne zu zögern, griff Marco zu, stülpte ihm den Gummi über die Eichel und rollte ihn dann über den ganzen pulsierenden Stamm. Danach zog er sich rasch wieder ins Dunkel zurück und beobachtete die Frau. Sie nahm sich vor dem Spiegel ihre Ohrringe ab. Als sie ins Bett stieg, drehte sich Bart, von Marcos Berührung noch hundertmal erregter als zuvor, zu ihr um. Marco knetete sich inzwischen den Schwanz, der unter ihm im Dunkeln hämmerte. Er sah, er begehrte, und er fühlte sich nicht im mindesten ausgeklammert.

Sie rollte sich auf den Rücken und spreizte die Beine. Bart kniete am Fußende des Bettes. Ohne Kuß oder Liebkosung schleuderte er sich nach vorn und rammte ihr seinen Ständer in die Möse.

„Du gemeines Schwei..." Noch ehe sie ihren Fluch beenden konnte, hatte Bart ihr den Kopf so gegen die Bettkante geschlagen, daß ihr der Atem verging. Als Marco sah, wie Barts Arsch sich straffte, spannten auch seine Arschmuskeln sich an. „Fotze!" bellte Bart seiner Frau ins Gesicht und stieß ihr den Schwanz so tief wie möglich hinein. „Fotze." Und wieder stieß er zu. „Fotze!" Noch einmal.

„Warte!" schrie sie.

„Fotze!" sagte er.

„Bitte, nur..."

„Fotze", und noch einmal rammte er sich hinein.

Sie schrie wieder auf. Er antwortete mit einem neuen Stoß.

Als er sich zum zehnten Mal in sie gebohrt hatte, schlang sie ihm ihre Beine um die Schenkel und zog ihn an sich. „Fick' mich", sagte sie. Ihre Füße, die sich bleich und winzig von seinen kraftvollen Lenden abhoben, zuckten krampfhaft. Als Bart seinen ganzen Pfahl ohne jede Bewegung in sie getaucht hielt, begann sie zu keuchen. Marco wußte, daß ihr jetzt die Säfte flossen, und er mußte seinen Schwanz loslassen, um nicht zu kommen.

Bart steckte in ihr, so tief es nur ging. Dann zog er seinen Schwanz so plötzlich heraus, daß Marco noch ein Schmatzgeräusch hören konnte. Wie im Taumel wälzte sich die Frau von einer Seite auf die andere. „Dreh' dich um", befahl Bart, während er herunterstieg und auf Marcos Fenster zuging.

Marco konnte sehen, wie sie mit hochgerecktem Hinterteil auf den Ellbogen balancierte — stets darauf gefaßt, es sich wieder in die Möse geben zu lassen, — da schritt Bart schnell zum Fenster und rieb mit der Handfläche an der Unterseite seines tropfenden, gummibedeckten Schwanzes entlang. Noch ehe Marco sich rühren konnte, fühlte er, wie Bart seine verschmierte Hand über das Fenstersims stieß und ihm damit naß über die Wangen wischte. Verblüfft stand Marco da, und in seinen Barthaaren glitzerten die Säfte der Frau. Als er wieder aufschaute, sah er, wie der Athlet die Frau abermals bestieg, um

ihr seinen Prügel in die Fotze zu schieben. Diesmal aber bot sich Marcos Augen nur der muskulöse Arsch und die gewichtigen Eier, die im Rhythmus mitschwangen, während der Mann sich auf und ab, auf und ab stemmte. „Nicht aufhören, du verdammter Kerl!" schrie sie, als Bart laut grunzend sein Stück Fleisch jäh aus ihr herauszog. Sie schnappte wie wild nach seinem prallen Schwanz, aber schon hatte Bart ein Bein angezogen und damit seinen ganzen Körper aus ihrer Reichweite gehievt.

„Jetzt wirst du's dir schön von hinten besorgen lassen, Liebling", sagte er kühl.

„Ja", hauchte Marco.

„Oh", schrie sie, „das denk' ich mir. Mach'... *vorsichtig!* Hey."

Schon war der Athletenschwanz wieder im Innern, diesmal aber in einem engeren Loch — einem, das ihn noch gieriger machte. Immer schneller klatschten Barts gewaltige Eier, während er sich unablässig gegen die Frau wuchtete. Zuguterletzt hatte er ihren Körper — der, Marco wußte nicht was: keuchte oder röchelte? — so flach wie möglich auf die Matratze gedrückt. Sie vergrub ihr Gesicht in den Kissen. Bart lachte schroff, als er seine Schultern hob und sagte: „Ja, und schon kommt's Liebling, schon... kommt's! Scheiße!"

Seine Eier quetschten sich an die zusammengepreßten Arschbacken, und sein Keuchen wurde lauter. Marco zitterte von Kopf bis Fuß; er war kurz davor, die Mauer unter dem Schlafzimmersims mit einem dicken Mantel Sperma zu überkleistern. Da riß Bart seinen Schwengel mit einem Ruck aus dem Arschloch seiner Frau, stürzte ans Fenster, zog sich den schnalzenden Gummi vom Schwanz und stülpte ihn mit dem Zeigefinger nach außen, um Marco mit dem dicken Klumpen Sahne zu füttern, den er eben im bereitwilligen Arschloch seiner Frau abgeschossen hatte. Gierig saugte Marco an dem samigen Gummi, als er seinen eigenen Saft gegen die Hauswand spritzen ließ.

Dann fiel er schwach und abgespannt zu Boden, während Bart krachend das Fenster herunterzog.

18

ICH weiß nicht, ob du, lieber Leser, je *Das Sexmonstrum* gelesen hast. Es war mein zweiundachtzigster Roman, und er hat mir besser gefallen als all meine vorangegangenen Werke, weil die Hauptfigur der Erzählung, Joe Gianelli, auf einen jungen Mann zurückgeht, den ich tatsächlich einmal sehr ins Herz geschlossen hatte. Sein wirklicher Name war Joe Wjonski, und ich kann seine Geschichte jetzt ruhigen Gewissens erzählen, denn er ist tot. Einige Zeit, nachdem sich unsere Wege — ich glaubte, nur vorübergehend — getrennt hatten, lief Joe Amok und schlachtete zwei Bengels aus Florida ab. Die Polizei erschoß ihn auf der Flucht.

Was die Zeitungen verschwiegen haben, vorausgesetzt, du kennst die Zeitungsberichte über diese Tragödie, ist, daß Joe, genau wie der erfundene Joe Gianelli im *Sexmonstrum,* zwei sehr große Schwänze besaß. Ich entdeckte ihn über ein Medizinbuch in der Universitätsbibliothek. Wie dir jeder Medizinstudent bestätigen kann, gibt es bei Mißgeburten einfach alles, was nur möglich ist. Die Geschichtsschreibung der Heilkunst wimmelt von bizarren Fällen, und Joe war einer von insgesamt drei „doppelschwänzigen" Männern, die ich ausfindig machte. Diese körperlichen Anhängsel als „Doppelschwanz" zu bezeichnen, scheint mir treffender, als von „zwei Schwänzen" zu reden, denn in allen drei von mir untersuchten Fällen fungierten die beiden Schwänze als Einheit; d.h. sie waren gleichzeitig erregt und ejakulierten auch gleichzeitig. In keinem dieser Fälle aber hatte ein Mann dazu zwei Paar Hoden.

Einer dieser Doppelschwänze gehörte einem jungen Mann in Louisia nanamens Lebeau, und ich suchte ihn auf, um mit ihm zu reden. Obwohl er mir alle Fragen beantwortete, wollte er mich doch sein doppeltes Naturgeschenk nicht sehen lassen. Angeblich hätte keiner das Organ zu Gesicht bekommen, seit er den Windeln entwachsen war. Zum Zeitpunkt unseres Gesprächs, also mit zwanzig Jahren, lebte er in einem kleinen Landhaus in Baton Rouge. Seine Eltern hätten die „Mißbildung", wie er es nannte, mit keinem Sterbenswort erwähnt. Offenbar waren sie schon vor seiner Pubertät verstorben, und die Tante, die ihn danach großzog, wußte vermutlich nichts über seine Einzigartigkeit. Ja, keine Menschenseele hatte den jungen Lebeau je nackt gesehen.

Er war ein schüchterner Mulatte mit großen Händen, die er zwischen die Knie steckte, wenn er mit mir sprach. Ich mußte ihm von Anfang an schwören, keinem Menschen zu verraten, was ich aus den Medizinbüchern wußte. Wie er sagte, hätte er noch nie Sex gehabt und wollte es auch nie, obwohl er zugab zu onanieren. Die beiden Schwänze ließen sich, so versicherte er mir, leicht mit einer einzigen Hand manipulieren und säßen eher übereinander als Seite an Seite. Nur im Interesse meiner Leser, versteht sich, fragte ich ihn nach ihrer Größe, und verschämt gab er mir zur Antwort: „Sie sind 'n bißchen größer als die, wo ich auf Bildern an Statuen gesehen hab'." Er sah zu Boden. „Der untere is'n bißchen größer."

Als ich ihn fragte, woran er dann beim Onanieren denke, deutete er auf das Fenster seines Wohnzimmerchens. „An die Mädchen, die vorbeikomm', wenn die Schule aus is'."

„Und was tust du in deiner Phantasie mit ihnen?" fragte ich. (Zugegeben, meine Fragen waren sehr direkt, aber bitte sehr, ich bin ja auch kein müßiger Spanner!) Er wirkte verlegen. „Ich stell' mir vor, ich hätte bloß einen. Ich denk' mir nie, daß ich zwo benutze. Das wär' doch nicht recht, oder?"

Ein zweiter Doppelschwanz gehörte einem älteren Herrn in Wisconsin. Er hieß Kraugher. Ein Gespräch mit mir lehnte er rundweg ab und beantwortete meinen freundlichen Brief so:

Werter Herr,
Ihre Schnüffeleien passen mir nicht, und daß Sie mich aufge-

spürt haben, gefällt mir genauso wenig. Wenn Sie noch einmal von sich hören lassen, bringe ich Sie ins Kittchen. T. Kraugher.

Joe Wjonski aber lernte ich ganz gut kennen. Er war nicht schwermütig wie Lebeau oder verbittert wie Kraugher, sondern von Kind an arrogant. Seit frühester Jugend hatte er seine beiden gewaltigen Gaben als Trophäen, als Männlichkeitsbeweis, ja mehr noch, als Beweis seiner Überlegenheit auch auf anderen Gebieten betrachtet. Einen großen Teil seiner jungen Jahre — als ich ihn kennenlernte, ging er auf die Dreißig zu — hatte er damit verbracht, jedem Schaulustigen seine beiden langen, knüppeldicken Schwänze vorzuzeigen. Seine Eltern hatten eine andere Taktik als die Lebeaus eingeschlagen und ihn von Kindesbeinen an als etwas ganz Besonderes behandelt. Wjonski ließ durchblicken, daß sie seine speziellen Merkmale nicht nur mit Verwandten und Bekannten besprachen, sondern ihn auch so lange neckten, bis er sich besagte Merkmale vor aller Augen aus dem Höschen holte. Die Zuschauer hätten diese Naturerscheinung stets belächelt und gebilligt. Aber erst in der Footballmannschaft der High School brachte überhaupt jemand Joe auf den Gedanken, daß seine doppelte Gabe doch des Guten zuviel sein könne. Der Mannschaftskamerad, der diese Andeutung machte, endete eines Abends auf dem Boden des Duschraums, wo sich die Spieler gerade von ihren Strapazen reinigten, während ihm Joe breitbeinig auf der Brust saß und ihn mit dem Handrücken rechts und links ohrfeigte.

Zu der Zeit, als ich ihn aufspürte, war Joe nach Philadelphia übergesiedelt, und ich unternahm die erste Annäherung per Telefon, um einen Gesprächstermin zu vereinbaren. Er hatte nur zwei Fragen, bevor er zusagte.

„Nummer Eins“, sagte er, „wie haben Sie meinen Namen entdeckt?“

„In medizinischen Forschungsberichten.“

„Oh, und ich dachte schon, Sie hätten mich vielleicht über dieses Magazin, *Thrust,* aufgestöbert. Je davon gehört?“

„Sie können sich denken, daß ich schon von mehreren Blättern dieses Titels gehört habe.“

„Vor sechs Jahren war mir eine ganze Nummer gewidmet, und dafür gezahlt haben sie auch noch. Das heißt: Ich hab‘ ‘ne

Frau gleichzeitig in die Fotze und in den Arsch gefickt, aber die Schecks von diesem verdammten ungarischen Fotografen sind geplatzt. Dieses dreimal verfluchte Bumsmagazin hat natürlich toll eingeschlagen, und das ungarische Arschloch verdiente die dicken Tausender. Aber ich kann ihn einfach nicht ausfindig machen."

„Da kann ich Ihnen leider auch nicht helfen. Und wie lautet Ihre zweite Frage?"

„Haben Sie Geld?"

Kaum erfuhr er, daß man ihn diesmal entschädigen könnte, sagte er schleunigst zu, und mit der nächsten Maschine flog ich nach Philadelphia. Ich war nicht gefaßt auf den Mann, der mir die Tür öffnete. Die Stimme am Telefon hatte etwas Niederträchtiges, das unmöglich auf das frische, heitere Gesicht schließen ließ, welches mir jetzt aufmachte und mich ins Haus führte. Er war groß, blond, auf den ersten Blick liebenswürdig und hochsensibel. Das ganze entsprach aufs Haar der gängigen Vorstellung von einem schönen Mann. Seine Augen hatten ein leuchtendes Grün, sein Händedruck war stark und fest. Während er mich in das geschmackvoll möblierte Appartment führte, betrachtete ich seine prallen Apfelbacken. Vor einem großen Picaosso im Wohnzimmer blieb ich stehen und beugte mich zu der Signatur hinunter.

Joe lächelte. „Ja, ja, der ist schon echt. Hat mir so ein Versicherungsfritze aus Cincinnati geschenkt." Und indem er die mächtige Beule vorn in seiner Hose umklammerte: „Meine beiden hier haben mir immer 'nen guten Lebensstandard gesichert."

„Sie... leben von..."

Er zuckte mit den Achseln. „Wovon auch immer. Und vergessen Sie nicht, daß Sie mir schon allein für das Interview was zahlen müssen. Je mehr Sie wollen, desto mehr müssen Sie lokkermachen."

„Dann würde ich mich ohnehin wohler fühlen. Ich möchte mir nicht aufdringlich vorkommen..."

„Hören Sie", sagte er und ließ sich mit weit gespreizten Beinen auf die große, grüne Couch fallen, „noch keiner hat mich bisher ausgebeutet. Außer diesem ungarischen Hundesohn, und mit dem bin ich noch nicht fertig. *Ich* bin's, der jeden aus-

beutet, sobald er nur davon träumt, was von mir zu bekommen. Aber, Sie, daß Sie mich nicht falsch verstehen: Ich biete was für mein Geld."

„Als was genau arbeiten Sie?" fragte ich, während ich am anderen Ende der Couch platznahm.

„Ich ficke. Ich stehe Modell. Ich hol' ihn raus und zeig' ihn den Leuten. Ich tu' eben alles, was Leute mit Kleingeld von mir wollen, und ich tu' es gut. Ich hab' auch schon so ganz verrückte Scheiße gemacht, aber mir kam sie nie so verrückt vor wie den merkwürdigen Vögeln, die für sowas zahlen. Ich bin ein wilder Traum für sie. Nur gibt's mich eben wirklich. Handfest."

In seiner Derbheit lag etwas hündchenhaft Zutrauliches. Er fragte mich, was ich wolle, und ich mußte zugeben, daß ich das gar nicht so genau wußte. „Wenn Sie nur quatschen möchten", sagte er, „nehme ich zwohundert. Legen Sie zwohundert drauf, und ich zeig' ihn Ihnen. Was Sex betrifft, kommt's darauf an, was Sie wollen und wer noch mitkommt. Sie ahnen ja gar nicht, wieviele Paare es zusammen besorgt haben wollen. Aber keine Fotos oder Filme, wenn Ihnen mein Anwalt keinen Vertrag gibt. Dieser Ungar..."

Ich griff nach meiner Brieftasche, zog tausend in zehn Hunderterscheinen heraus und blätterte sie auf den Kaffeetisch. Er grinste: „Dafür können Sie aber 'ne Menge labern. Oder 'ne Menge von mir kriegen." Er war wie ein kleiner Junge, der sich freut, wenn man ihn liebt und begehrt. An Stelle der elterlichen Ermunterung war heute für ihn das Geld getreten.

Er stand auf, stopfte sich die Scheine in seine Gesäßtasche, und während er die Riemchen an seiner Hose aufschnürte, hielt er mir die mächtige Beule immer dichter vors Gesicht. Ich sah auf. Er grinste. „Das wird Ihnen gefallen", sagte er und schob sich seine weiße Hose bis auf die Knie hinunter.

Und da sah ich sie baumeln — zwei gewaltige Schwänze, einer über dem anderen, wie es Lebeau beschrieben hatte. Obwohl blond, waren die Schamhaare doch eine Nuance dunkler als sein schöner Wuschelkopf. Seine Bauchdecke straffte sich fest, als er sich das graue T-Shirt über den Kopf zog. Er griff nach unten, hielt beide Schwänze hoch und ließ dann den unteren wieder fallen. Weniger als zwei Zentimeter Fleisch trenn-

ten die beiden Schwanzwurzeln, und es gab nur Schamhaare an dieser Stelle. Dann ließ er auch den anderen Schwanz fallen und lächelte hinterhältig. „Ich will Ihnen mal was zeigen." Obwohl er die beiden Organe mit seiner Hand nur gerade halbwegs umspannen konnte, begann er, ruhig und gleichmäßig zu wichsen. Im Nu waren die zwei Rohre steif. „Sehen Sie mal", sagte er stolz, „der eine ist 'n bißchen nach links gebogen, und der andere 'n bißchen nach rechts." Das stimmte zwar, aber doch konnten sie sich, zusammengeklammert, mühelos auf ein- und dasselbe Ziel richten. „Sie gehen zusammen rein, und wenn sie drin sind, breiten sie sich aus. Macht die Leute rein verrückt."

Auch ich grinste — ein Grinsen allerdings, das ich wohl schon auf Lager hatte, seit ich meinen ersten Mann erforschte. „Nur zu", sagte er, „langen Sie mal hin." Das ließ ich mir nicht zweimal sagen. Nur muß ich wohl leider gestehen, daß meine Hände dabei weniger die eines Wissenschaftlers oder Schriftstellers, sondern vielmehr die eines pubertierenden Knäbchens waren. Ich ließ meine Finger erst über den einen und dann über den anderen Schwanz streichen. Sein Körper bebte leise. Er seufzte.

„Was möchten Sie denn damit anstellen?" fragte er voller Vorfreude.

„Äh, was machen Sie denn damit?"

„Mensch, ich mach' alles, was die Leute wollen. Das ist mein Beruf. Eine Frau hat mir mal ihre fünfzehnjährige Tochter zum Ficken gebracht, und ich hab' sie gebumst, bis sie schrie. Süßes Dingelchen. Worauf haben Sie denn Lust, Mann?"

„Ich glaube, das geht über rein Berufliches hinaus."

Er errötete. „Sie sehen gut aus. Wäre mir ein Vergnügen, Ihnen die Därme aus dem Leib zu rammeln."

Ich hielt den Atem an. „Nehmen manche Männer denn beide — auf einmal?"

„Klar doch", sagte er und griff nach unten, um mich an den Handgelenken zu fassen. Dann zwang er mir je eine Hand um seine beiden aufragenden Schäfte. „Bewegen Sie Ihre Hände ganz gemütlich auf und ab, ja, so." Mit geschlossenen Augen legte er den Kopf zurück und gab sich meiner Liebkosung hin. „Das kann nicht jeder so gut", sagte er nach ein paar Minuten.

„Ich kann Sie ja mit dem Unteren von hinten bumsen, und wenn er in Ihrem Arschloch kommt, spritzt Ihnen der Obere über den Rücken. Im Grunde find' ich das noch besser, wie wenn ich beide ins selbe Loch schießen lasse. Die meisten Löcher sind zu eng für zwei. Nicht aufhören zu pumpen! Das tut... gut. Ein bißchen fester. Ja..." Mit lustvollem Seufzen ließ er seinen Körper kreisen. „Oder", fuhr er fort, „wenn Sie einen Freund haben, kann ich euch zwei auch gleichzeitig ficken."

Ich stand auf und warf alles, was ich anhatte, von mir.

„Nicht aufhören", bettelte er kindisch.

Als ich nackt war, setzte ich mich wieder zu ihm und begann, seine Schwänze von neuem zu massieren. „Wie? Kannst du denn zwei gleichzeitig ficken?"

Da er sich nun ganz meiner Arbeit an seinen empfindlichen Organen hingab, war seine Stimme leiser geworden. „Du kniest dich auf die Bettkante oder auf den Boden. Hey, das fühlt sich ja verteufelt geil an. Fahr' ganz runter mit deiner Hand. Nicht aufhören. Und dein Freund legt sich dir auf den Rücken — entweder mit dem Gesicht nach vorn oder nach hinten. Wenn er nach hinten sieht, muß man ihm die Beine hochziehen. Sieht er nach vorn, dann legte er seine Beine um dich. Jedenfalls muß sein Arschloch genau über deinem sein. Man kann zwei Arschlöcher in genau dieselbe Lage bringen. Bei einer Frau klappt das nicht so gut — dazu ist die Fotze ein bißchen zu weit vom Arschloch weg. Außerdem stimmt der Winkel nicht. Bei den Arschlöchern von zwei Typen geht's... Das tut gut. Junge, ich schwöre dir, ihr würdet euch winden vor Lust. Hey, mach' mal langsamer da unten, sonst komm' ich, und du möchtest doch bestimmt noch 'n bißchen rumspielen, ehe wir die beiden da zum Abschuß bringen. Hey, Mensch, hey."

Ich gönnte ihm eine Verschnaufpause und sah ihm ins Gesicht. „Ich möchte dich ficken", sagte ich.

„Was?" lachte er.

„Ich möchte dich in dein Arschloch ficken."

„Also, das hat mir ja noch keiner gesagt! Mein Arschloch ist doch wie tausend andere!"

Ich stand auf und stieß ihn flach auf die Couch. Er ließ sich

von mir die Beine hochziehen, während er auf dem Rücken lag. Dann spuckte ich ihm auf sein Loch und brachte meinen Prügel in Stellung. Dabei sah ich ihn an; er lächelte. Sein Körper zuckte krampfhaft, als ich mich hineinschob. „Jesus", war alles, was er sagte.

Dann entspannte er sich und sah mir in die Augen. Ich beugte mich hinunter, um ihn zu küssen. Er packte seine beiden Ständer und begann sie zu bearbeiten. Ich ritt seinen Hintern, so gut es die Couch nur erlaubte, und bohrte, stieß und schlitterte ihm zwischen die Arschbacken. Er stöhnte leidenschaftlich und onanierte wie besessen. Dabei drängte er mit seinen Lippen fortwährend an meine, um mir seine Zunge in den Mund zu schieben.

Als ich soweit war, ihm in den Arsch zu schießen, klemmte ich meinen Kopf unter sein Kinn und verfolgte, wie er aus beiden Knüppeln abspritzte. Mächtige Klumpen Samen trafen mir auf Stirn und Lippen. Ich leckte mir gerade noch seine warmen Batzen vom Mund, da entlud ich mich in seinem Arsch.

„Fick' mich", wisperte er wie ein kleiner Junge, „fick' mich."

19

IM Grunde war Joe schuld, daß Mark Edwards für herkömmlichen Sex mit herkömmlichen Männern nicht mehr zu haben war. Nie wieder konnte ein Typ seinen Samen in Marks Kehle schießen, ohne daß Mark daran denken mußte, wie ihm die beiden enormen Schwänze starr im Rachen stocherten und ihm ihre Säfte in den Schlund hatten regnen lassen. Nie mehr konnte ein Mann über ihm schlottern und beben, ohne daß er daran denken mußte, wie der niedliche Joe sich gewunden hatte, als seine beiden Schwänze in Marks aufgespreiztem Arschloch abspritzten.

Joe war die süße Erinnerung, die das Hier und Jetzt enttäuschend machte, und darum wußte Mark, daß sie sich trennen müßten.

An Marks letztem Tag in Philadelphia — dem letzten Tag, an dem er Joe leibhaftig sehen sollte — spritzte ihm dieser doppelt bestückte Bursche direkt ins Gesicht. Der eine der beiden Prügel jagte ihm seinen samigen Schwall über die Lippen und in den feuchten, gierigen Mund, und der andere schoß ihm sein Sperma quer über die Wange, daß es Mark in den Haaren klebte. Danach leckte Mark Joes Arschloch aus und holte sich in einem Handtuch einen runter.

Es gab belegte Brote zum Essen. Mark blätterte zehn Hundertdollarnoten auf den Kaffeetisch. Joe lächelte. „Jederzeit", sagte er.

Mark sollte Joe nie wiedersehen. Ein paar Wochen, nachdem er in der Zeitung von Joes Tod erfahren hatte, fiel ihm in

einer Buchhandlung das bewußte Exemplar des Magazins *Thrust* in die Hände. Er kaufte es, klemmte es sich unter den Arm und nahm es mit nach Hause. Dort warf er es auf sein Bett, zog sich aus und kuschelte sich in die Federn. Eine Zeitlang konnte Mark sich nicht überwinden, das Magazin aufzuschlagen, aber als er dann schließlich doch die Seiten durchblätterte, sah er eine hübsche Frau. Sie leckte und saugte an den zwei riesigen Organen, die Mark nur zu gut kannte. Beim letzten Bild, einem ganzseitigen Foto in leuchtenden Farben, begann Mark zu onanieren. Es zeigte Joes frisch aus den klaffenden Öffnungen der Frau gezogene Geschütze; ein Faden Sperma spannte sich schimmernd zwischen einer der geröteten Eicheln und ihrem Arschloch. Auch aus der Möse triefte ihr noch der Samen. „Hol's der Teufel", zischte Mark, während er sich über die angespannten Bauchmuskeln spritzte, „hol' dich der Teufel, Joe." Und im selben Moment fing er an zu weinen. Er stieg aus dem Bett und nahm das Magazin mit ins vordere Zimmer, wo er Feuer im Kamin machte.

Als die Flammen hoch genug waren, warf er die Zeitschrift hinein. „Und hol' der Teufel diesen Ungarn", sagte Mark mit tränenverschleiertem Lächeln.

20

ED haßte seinen Beruf. Zwar ging ihm die Arbeit leicht von der Hand und er leistete eine Menge, aber irgendwie hatte er sich doch vorgestellt, mehr Zeit mit Brettern, Nägeln und Grundstücksgestaltung zu verbringen. Meistens saß er heute über Blaupausen und Verträgen, bearbeitete die Kostenvoranschläge seiner Poliere oder wurde von seinen Kunden mit gerichtlichen Maßnahmen bedroht. Ed war gelenkig, taktvoll und imponierend. Wenn er Brenda beim Hinausgehen zulächelte, konnte sie nicht ahnen, wie verhaßt ihm die Sterilität dieses Ortes war. Selbst bei Rechtsstreitigkeiten benahmen sich die Leute hier krampfhaft zivilisiert. Niemand nannte ihn je einen „Schweinehund". Und nie wurde man hier angepißt oder angeschissen — wenigstens nicht im wörtlichen Sinne.

„Guten Abend", sagte Brenda. Im stillen sehnte sie sich danach, unter Ed Thomas zu liegen und ihm den braun-blonden Bart zu streicheln, während er sie stöpselte; aber sie verlor nie ein Wort darüber, und Ed empfand keinerlei Verlangen nach Frauen.

„Guten Abend", gab er zurück während er in Gedanken schon am anderen Ende der Stadt war, im Männerklo der Motorradwerkstatt, wo er vor Arnies Hosenlatz kniete.

Wie in Trance fuhr er los, ohne seine eigene Besessenheit oder sein letztliches Scheitern in der sklavischen Beziehung zu dem sadistischen Arnie überhaupt erkennen zu können. Er hatte nur einen Wunsch: Pisse schmecken, Pisse riechen. Über das Unbefriedigende an diesen Begegnungen konnte Ed sich erst

Gedanken machen, wenn ihn der robuste Arnie wieder allein nach Hause schickte. Selbst dann aber wußte er genau, daß er am nächsten Tag zurückkehren würde, um sich aufs neue zu demütigen. Ja, so schlimm sie vielleicht auch war, schützte ihn diese Meister/Sklave-Beziehung doch vor den Flutwellen der Sterilität, die ihn bei seiner täglichen Arbeit unter sich zu begraben drohten.

Ed parkte an seinem Stammplatz hinter der Werkstatt, nahm seine Krawatte ab und stopfte sie in die Aktenmappe unter dem Autositz. Dann sah er auf die Uhr, stieg aus dem Wagen und schlenderte gemächlich zu der Telefonzelle, wo er wartete, bis das „Geschlossen"-Schild in Arnies Fenster hing.

Arnies Pisse war ihm zur Sucht geworden. Ed brauchte das Gefühl, sich die Sauberkeit abzuwaschen, die ihn jeden Tag nach Büroschluß zu umgeben schien.

Arnie hatte ihre Begegnungen im Laufe der Woche nur leicht abgewandelt. Ed für sein Teil hielt sich an ihre Vereinbarungen, sagte nie ein Wort und wartete nur auf Arnies Anweisungen, um sich ihnen schweigend und beherrscht zu unterwerfen. Nicht einmal griff er sich an das eigene pralle Organ. Erst später, in seinem Schlaf- oder Badezimmer, genehmigte er sich das Vergnügen, mit geschlossenen Augen zu wichsen und so die Erniedrigung, die er zu Arnies Füßen erfahren hatte, noch einmal zu erleben.

Ed hatte den Eindruck, daß Arnie ihre gemeinsamen Stunden im Laufe der Wochen immer mehr genoß. Schon mehrere Male hatte sich Arnies Schwanz verheißungsvoll aufgerichtet, und Ed hoffte, er würde ihm nicht nur in den Mund pissen, sondern auch kommen. Aber selbst, wenn Arnie keinen Steifen hatte, schien ihm ihr intimes Drama Freude zu bereiten. An der Präzision, mit der Arnie ihre Treffen inszenierte, an der Art, wie er sich unmittelbar vor dem Spiegel postieren wollte, um Eds Dusche mitansehen zu können, und an dem Eifer, mit dem er immer wieder dieselben Sätze sagte — an alledem war etwas, das Ed davon überzeugte, dieses ganze Verhältnis sei für Arnie schrecklich aufregend. „Trink's auf", befahl er, wenn die Pisse zu fließen begann, und „Ich piß' dich voll, du Schweinehund", wenn die Pisse aus Eds voller Kehle quoll und ihm über die Kleider prasselte. Einmal, nur ein einziges Mal, hatte Arnie

ihm auch befohlen, sich splitternackt auszuziehen und sich auf den schmierigen Boden zu legen, während er Eds Körper samt steifem Schwanz und bebenden Eiern mit seiner Pisse durchnäßte. Doch jedesmal hatte Arnie, wenn alles vorbei war, Ed schroff und abrupt abgefertigt.

„Jetzt verpiß' dich, zum Teufel. Du kotzt mich an."

Und ohne Protest zog Ed ab. Seine größte Angst war ja, daß Arnie ihn eines Tages auffordern könnte, nicht mehr zu kommen. Diese Gefahr wollte er um jeden Preis vermeiden.

Auf der anderen Straßenseite schwang sich das „Geschlossen"-Schild in Sicht, und Ed überquerte die Fahrbahn. Als er jedoch die Tür erreichte, merkte er, daß irgendetwas nicht stimmte. Nicht Arnie, sondern jemand anderes befand sich hinten in der Werkstatt. Ed trat ein, schloß die Tür hinter sich und sah einen jungen, schlanken, aber muskulösen Mann in Jeans und T-Shirt. Es sah fast so aus, als würde er Ed kennen. Seine Blicke waren verschlagen, sein Grinsen unverschämt. Als er in die Toilette ging, folgte Ed langsam nach.

In dem dunklen, schmuddeligen Waschraum sah Ed zu, wie der Bengel sich die Hose öffnete. Ed sah genauer hin. Sein Gegenüber mochte noch nicht einmal zwanzig sein, war blond wie Arnie und kam ihm irgendwie bekannt vor. Erst als der Kerl den massiven Schwanz herauszog, löste sich seine Erscheinung aus der nebulosen Sandgrubenszene in Eds Gedächtnis. An seinem enormen krummen Riemen erkannte Ed Arnies Motorradfreund Wallace, der an jenem Sonntag, als Ed und Arnie gemeinsam abgespritzt hatten, bei dem Bandenfick mithalf.

Ed brannte darauf, sich nach Arnie zu erkundigen, aber Wallace grinste bloß: „Arnie hat mich gebeten, heute für ihn einzuspringen, Mann. Ich hab' draußen vier Stunden an 'ner Harley rumgebastelt, und wenn ich recht verstehe, gehörst du zu meiner Bezahlung. Runter mit den Klamotten. Arnie hat mir befohlen, dich nach Lust und Laune ranzunehmen, aber ich darf dich nicht mit Samen füttern, weder hinten noch vorne. Und auch sprechen lassen soll ich dich nicht. Stimmt das?"

Ed nickte. Der junge Bursche trat auf ihn zu und kickte beim Näherkommen seine Jeans fort. Als er direkt vor Ed stand, schien sein Aussehen, das genauso unschuldig war wie das von Arnie, seinen feindseligen Worten zu widersprechen. Seine

Lippen bildeten ein Schmollmündchen, und sein finsterer Blick war Übertreibung. Er trat so nahe an Ed heran, daß dieser zuerst den Atem und dann den Schwanz des Burschen fühlen konnte, der ihm in die Lenden stach. Ein paar Minuten atmete Wallace Ed ins Gesicht, um sich an seiner frisch gewonnenen Macht zu erregen.

Langsam, betont und mit leiser Stimme sagte er: „Also paß' auf, Mann, worauf ich gerade Lust hab'. Ich hab' Lust, dir in die Gurgel zu pissen. Arnie sagt, das gefällt dir. Und dann hätt' ich Lust, daß du dich hinkniest und mir den Arsch leckst, während ich hier in Arnies Waschbecken wichse. Also runter mit den Klamotten, los! Ich helf' dir. Ja, so ist's brav, Baby, auch den Slip schön runter. Ja, ja. Warte, ich helf' dir mit den Schuhen. So.

Und jetzt dein Hemd, Baby. Feine Muskeln, hey! Du hast da 'n paar prima Muckis. So. Und jetzt knie' dich hin, du Miststück. Runter! Du siehst gut aus, da unten. Leg' mir deine Arme um die Schenkel, und jetzt grapsch' dir meine Arschbakken. Gut. Jetzt schließ' ganz locker deine Lippen um meinen verbogenen Schwanz. Von Lutschen hab' ich nichts gesagt!

Halt' ihn ganz einfach sanft in deiner Fresse. Nicht mit der Zunge! Mach' mich nicht geil. Ich werd' jetzt ganz langsam in dich reinpissen, damit du alles trinken kannst. Warte. Warte. Ja. Jetzt geht's los, Mann. Oh, ja. Trink's auf, Baby. Schluck's. Sauf's. So ist's schön. Sauf' meine Pisse. Junge, du machst das toll."

Und im selben Moment stieß Wallace ohne jede Vorwarnung sein Knie nach vorn und kickte Ed rücklings zu Boden. Ed war sprachlos, aber bevor er noch wußte, wie ihm geschah, stand Wallace schon über ihm und schwenkte seinen krummen Schwanz so hin und her, daß die heiße Pisse Ed über den ganzen Körper strömte und ihm auch ins Gesicht plätscherte. Ed machte den Mund auf, um zu schlucken, was er nur konnte.

„Trink' meine Pisse, du Arschficker", johlte Wallace, und sein langes Stück Fleisch wurde steinhart, noch ehe er mit Pissen fertig war. Mit dem Gesicht zum Waschbecken fing er an, fest an seinem mächtigen Krummschwanz zu pumpen. „Rauf mit dir und saug' mir mein Arschloch. Schnell!"

Ed krabbelte auf die Beine und schob sein Gesicht so zwi-

schen die strammen Backen, daß er Wallace' Schenkel gegen das Waschbecken drückte. „Leck' mich aus, los, Zunge rein!" schrie der Bengel, während er wie rasend pumpte. Ed machte den Mund auf und saugte so lange, bis er seine Zunge durch den geöffneten Schließmuskel nach oben stoßen konnte. Als Wallace krampfhaft zu zittern anfing, schob Ed sein Gesicht in den Arsch, so fest er nur konnte. Der Schließmuskel schnürte sich um Eds Zunge zusammen, und schon klatschten Wallace' Samenbatzen in das schmierige Waschbecken. „Lecken, lekken, lecken..." Sein Geschrei wurde zu schwerem Keuchen. Ed behielt sein Gesicht so lange in der Kerbe, bis er fühlte, daß Wallace ihn zurückstieß.

Der Junge drehte sich um und sah auf Eds pochenden Schwanz hinunter. Ed saß auf dem Boden, sagte nichts und erwartete auch nichts. Arnie betrachtete seinen aufgerichteten Penis meist nur angewidert, ob das schwere Stück nun aus der Hose gedurft hatte oder nur als mächtiger Zacken zu erkennen war. Wallace verschränkte die Arme und lehnte sich grinsend an das Waschbecken. „Aber Arnie hat nichts davon gesagt, daß du dir keinen runterholen dürftest, wenn ich mit dir fertig bin."

In diesem Augenblick wurde Ed schlagartig klar, daß mehr geschehen war, als er bisher geahnt hatte. Wallace und er waren nicht allein. Etwa fünf Zentimeter neben dem Spiegel hinter Wallace war ein Riß im Verputz, der sich zu einem Loch erweiterte. Nun konnte Ed erkennen, daß es sich um ein Guckloch handelte. Es war eher das zuckende Augenlid als der gleichmäßige Schimmer des Augapfels, der ihm den Spion verriet. Sofort fühlte Ed sich erregt. Sicher hatte Arnie die ganze Episode beobachtet, und wenn ja, dann wollte Arnie ihn jetzt auch onanieren sehen.

Mit unverschämtem Grinsen und im Vollgefühl seiner Macht hatte sich Wallace vor Ed aufgebaut, aber es war Arnie, für den Ed sich produzierte. Dabei hütete er sich, auf das Guckloch zu schauen, damit Arnie nichts von Eds Entdeckung merkte. Langsam ergriff Ed seinen prallen Schwanz und zog ihn nach oben, während er sich mit der anderen Hand über die dicken, steifen Brustwarzen rieb und sie desto fester zwickte, je starrer sein Körper sich aufbäumte.

Arnie, nur Arnie zuliebe, der hinter der Wand auf seine Kosten kommen sollte, sah Ed in Wallace' männliches Gesicht hinauf, während er sich den massigen Pfahl bearbeitete. Er preßte sein Kinn auf die Brust, krampfte die Knie zusammen und spannte die Arschbacken an, als er schließlich Strahl um Strahl seiner ureigensten männlichen Sahne hinausjagte.

Ohne sich die Pisse oder seinen Samen abzuwaschen, schlüpfte Ed in die Kleider. Dabei sah er sich vor, nicht auf den Riß in der Wand zu starren. Seine überschwängliche Freude an diesem Abend jedoch entsprang ganz dem Bewußtsein, daß es diesen Riß gab.

21

WENN er die Männertoilette aufsuchte, nahm Marco in der Regel eine der beiden Kabinen mit dem kühnen, bequemen Loch in der Trennwand. Er verbrachte hier viele Stunden; manchmal, indem er seinen Schwanz zum Lutschen durch das Loch stieß und dann seinerseits den Schwanz des anderen lutschte; manchmal, indem er einem Typen einen blies und ihm hinterher Zeichen machte, zu verschwinden, damit er selbst sich von jemand anderem einen blasen lassen konnte. Manchmal aber onanierte er auch ganz allein und lutschte dabei irgendeinen anonymen Schwanz.

Seit er jedoch beobachtet hatte, wie Bart seine Frau vögelte, hatten sich Marcos Interessen verändert. Einmal saß er drei Stunden in einer Kabine und lutschte fünfzehn Schwänze, obwohl es nur dreizehn Männer waren. Ein junger Mann mit fast gar keiner Schambehaarung war auf ein zweites und drittes

Mal zurückgekommen. Marco ignorierte alle Signale, sich seinerseits abfertigen zu lassen, und ging nach dem Fünfzehnten, ohne selbst eine Ejakulation gehabt zu haben. Ihm war wie unter Hypnose.

Als er das nächste Mal an das Loch zurückkehrte, nahm er nicht eine der entsprechenden Kabinen, sondern die nebenan. Dort wartete er, bis zwei Männer an der Trennwand zugange waren, legte sich dann auf alle Viere und kroch gerade noch rechtzeitig unter die Wand, um mitanzusehen, wie einer der beiden gierig den Samen des anderen hinunterschlang und dabei onanierte. Der Mann schien durchaus nichts gegen den heimlichen Beobachter zu haben, und daß der andere die Anwesenheit dieses Zeugen nicht einmal bemerkte, erregte ihn nicht weniger als Marco. Da erkannte Marco, daß er schon immer scharf darauf gewesen war, hinter dem Rücken eines der Partner jemandem beim Sex zuzusehen. Er verspürte die höchste Erregung über seine Verletzung der Intimsphäre, über diese Art Ausbeutung, diese Heimlichtuerei und diese Untreue — alles vereint in *einer* speziellen Sexphantasie.

Wochenlang lebte er in Saunen, Badekabinen und Büschen, um Männern beim Ficken zuzusehen. Er sah, wie Männer Männer fickten, sah, wie Männer Frauen fickten, sah, wie Männer Knaben fickten. Immer höher steigerte sich seine Faszination, bis er endlich einsehen mußte, daß er nicht im geringsten daran interessiert war, seinen Samen einfach in jemandes Mund oder Arsch zu entladen bzw. sich den Samen eines anderen in Mund oder Arsch spritzen zu lassen. Wenn er nicht gucken, wenn er nicht zuschauen konnte — am liebsten, ohne daß es der eine der beiden Partner bemerkte, — dann hatte Marco von vornherein kein Interesse. Auf diese Weise wurden ihm die Augen zu seinen primären Geschlechtsorganen.

****

„Hey, dich kenn' ich doch. Wir haben doch in der Dusche zusammen gewichst. Weißt du noch?"

Der Junge runzelte die Stirn. Marco setzte sich neben ihn auf die Bank der Bushaltestelle. Es war der Junge: große dunkle Augen, schimmernde rosa Lippen, militärischer Haarschnitt.

„Mensch, im Studio Y“, sagte Marco. Es lag schon Monate zurück.

Der Junge sah sich um. „Schon gut, schon gut, ja. Ich erinnere mich. Aber deshalb mußt du's nicht gleich an die große Glocke hängen.“ Marco sah sich um, ohne jemanden entdecken zu können.

„War das stark, gleichzeitig mit dir abzuspritzen“, sagte Marco. „Du hast 'nen Superbody.“

„In dem Ton hab' ich noch nie mit jemandem geredet. Ich quatsch' nicht, sondern tu' es eben. Ich bin nicht schwul oder sonstwas.“

Am liebsten hätte Marco losgelacht. Er hatte diesen Satz schon oft gehört. Mit wievielen Typen hatte er es getrieben, die alle nicht schwul waren, sondern bloß mal ihren Schwanz gelutscht kriegen wollten! Er fragte sich oft, wieviele es wohl ihr ganzes Leben damit bewenden ließen. Aber schließlich war das Kindchen neben ihm ja noch jung, und über kurz oder lang blühte ihm vielleicht sein totales Coming Out. Es war eben als Teenager nicht leicht, schwul zu sein.

Marco sprang wieder auf die Beine. „Alles klar“, sagte er und legte dem Jungen seine Hand auf die Schulter. „Ich will dir nicht auf die Nerven gehen. Ich hatte einfach nur so 'ne wilde Phantasie im Kopf, die ich gerne mit dir verwirklicht hätte. Mit dir und deinem Schwanz da unten.“ Trotz seiner Angst, daß der Junge ihn am Ende wirklich gehen ließe, wandte sich Marco ab und marschierte los.

Er war schon einen halben Block weiter, als er den Jungen schreien hörte: „Hey, was muß ich tun?“ Wie sich herausstellte, hieß er Jonathan.

****

Der Wunschtraum ging in Erfüllung wie geplant. Er brachte Marco der Ekstase näher, als er es je erlebt hatte. In leidenschaftlichen Momenten dichten die Menschen ihrer Ekstase ja eine durchdringende Bedeutung an, von der sie weniger überzeugt sind, wenn ihre Leidenschaft erst wieder erlischt. Eine milde Geringschätzung gewinnt die Oberhand, wo die Gedanken der Menschen zu lange von sexuellen Dingen abschweifen, und genau diese milde Geringschätzung und ihre Behaglichkeit

hatte Marco ein für allemal aufgegeben. Er dachte ständig an Sex — an der Arbeit, beim Stadtbummel, in der Menge, im Kino. Je bewußter ihm die Allgegenwart des Sexuellen wurde, desto mehr erkannte er es auch in den Menschen. Ja, er entdeckte: Die Menschen wollten in seinen Phantasien leben.

Marco verabredete sich mit Bart für einen kühlen Abend, um ihm wieder beim Ficken zuzusehen. Es war das sechzehnte Mal, und Bart sagte, es fiele ihm verdammt schwer, seine Frau zu ficken, wenn Marco nicht mehr auf Beobachterposten stünde. Marco freute sich, das zu hören. Wieder hatten sie vereinbart, daß das Fenster offenbliebe. Was Marco nicht erzählte, war, daß Jonathan mitkäme.

Mit Jonathan wiederum verabredete er sich zum Spannen. „Es gibt da ein Paar, dem hab' ich schon öfter zugesehen", sagte Marco. „Sie können mich nicht sehen, weil mich von ihrem Fenster aus Büsche verstellen. Dieser Riesenlümmel bumst seine Frau — sowas hast du noch nicht gesehen. Es ist toll. Los, schau' zu und spritz' ab mit mir." Was er nicht erzählte, war, daß er den „Riesenlümmel" kannte.

Jonathan hatte Angst. Noch nie hatte er Spanner gespielt und stellte pausenlos Fragen. „Bist du dir auch ganz sicher, daß nichts passieren kann?" Marco grinste nur, als er ihn in die Büsche zog.

Noch bevor Jonathan wußte, wie ihm geschah, hatte Marco sich an die Hecken gelehnt und sich den Schwanz herausgezogen. Wie gebannt starrte er in das Schlafzimmer des nackten Bart. Zum Glück hatte Bart ihm ein Hallo zugewinkt, bevor Jonathan die Nase vorsichtig über das Fenstersims reckte.

„Hey, hast du nicht gesagt, wir wollten uns amüsieren, Liebling?" rief Bart seiner Frau zu.

Marco griff hinüber, um Jonathan die Hose aufzureißen, aber noch ehe er hineinlangen konnte, hatte Jonathan ihm die Hand fortgestoßen und beförderte seinen langen, steifen Riemen selbst zutage. Er verschlang den nackten Männerkörper, der dort im Zimmer stand, mit seinen Blicken, — ganz so, als wäre Marco gar nicht vorhanden. Marco bemerkte Jonathans aufgerissene Augen und wendete seine Aufmerksamkeit gerade wieder Bart zu, als dessen Frau hereinkam. Sie trug noch ihren Morgenmantel, und Bart bearbeitete sein Stück Fleisch wie

22

DIE Tür zum Dunkelraum öffnet sich knarrend, und eine große dunkle Silhouette sieht sich langsam um. Ihre Hand ruht unsicher auf der Klinke. Aus der Bar sickert gerade soviel Licht in das Hinterzimmer, um dem Schatten drei Männer zu zeigen — zwei mit heruntergezogenen Hosen und ein nackter —, die alle zur Tür blicken. Noch bevor sich jemand über das Licht beschweren kann, hat der Fremde sie hinter sich zugezogen, seinen Reißverschluß geöffnet und tritt in jenen Teil des Raumes, wo sich die Traube Männer drängt. Auch wenn der Text der draußen gespielten Songs untergeht, dringt der dröhnende Baß der Musikbox bis in die tintenschwarze Schwüle des Dunkelraums.

In der Finsternis verschwindet die Silhouette. Wenn einen kein Licht umgibt, scheint selbst die eigene Existenz ausgelöscht.

An ihre Stelle treten ein offener Reißverschluß, eine offene Gürtelschnalle, heruntergezogene Jeans unter einem blanken Arsch und ein steifer Schwanz.

An ihre Stelle treten Hände — erst vier, dann... ja, es sind fünf. Sechs! Sechs gierige Hände, die forschen, was aus der Silhouette geworden ist.

An ihre Stelle treten lutschende Münder — Münder, die lutschen, noch ehe sie den Fremden erreichen. Münder, die ihm an den Fingern, am Arschloch, am Schwanz saugen.

Und in der Ecke, in der allerfinstersten Ecke des alleräußersten Dunkels, treiben es andere einstige Silhouetten miteinan-

der. Ihr Grunzen ist noch verlockender als die Schmatzgeräusche der Lippen, die er an sich fühlen kann. Es ist noch jemand in diesem Dunkelraum — einer, dessen Hände seinen Körper nicht erforschen, dessen Lippen sich nicht drängen, ihm den Arsch auszusaugen. Irgendwo auf der anderen Seite der Finsternis gibt es einen egoistischen Hundesohn, der in Ekstasen schwelgt, an denen er ihn nicht teilhaben läßt. Einen, dem das Arschloch so köstlich geweitet wird, daß er die Nähe eines echten Hengstes gar nicht bemerkt.

Ungehalten schiebt er die Hände und Lippen fort, die ihn erforschen, und zieht sich die Hose hoch, um sich mit ausgestreckten Armen durch die Dunkelheit zu tasten. Das Gestöhn wird lauter. Was fühlt er da? Ein Rücken. Der muskelbesetzte Rücken eines Mannes. Ein Mann, der vornübergebeugt steht, während... ein anderer ihn fickt.

Die Silhouette läßt ihre Hände von dem, der es sich besorgen läßt, auf den festen Körper des Fickers hinübergleiten. Dann streichen die Hände über den Rücken des Fickers hinab und graben sich in seine stramme Arschbacke. Unaufgefordert klemmt sich der Fremde hinter den Ficker und steckt ihm seinen Schwanz bis an die Wurzel in die Därme. „Oh Gott, fick'! Fick'!", stöhnt der Mann. Er paßt sich dem Tempo an, mit dem ihn sein eigener Ficker bumst, und bald bewegen sich die drei Leiber in völligem Gleichklang. Dann die Hände.

Erst zwei, dann vier, dann sechs. Sechs Hände streichen oben, unten, hinten, vorn über alle drei Körper — streicheln, zupfen, zwicken. Dann die Lippen.

Ein unsichtbares Lippenpaar schließt sich warm um den steifen Schwanz des Vordermannes, während ein anderes sich unter den Mittleren geschoben hat — Lippen, die abwechselnd an seinen, dann an den Eiern des Vordermannes und dann wieder an seinen saugen. Da spürt auch der Tempomacher in diesem Dreier, der sich immer fester in den Ficker rammt, wie sich ihm ein Gesicht in die Arschritze klemmt und eine kraftvolle Zunge sich in seinen Schließmuskel wühlt.

Nein, er erlebt nicht den Himmel auf Erden. Die himmlischen Silhouetten umgibt ein schimmernder Lichtkranz, und die Engel, die uns der Himmel vergönnt, sind kraftlos. In diesem unerwarteten, unvergönnten Paradies aber gibt es kein

Licht, und die Herzen der keuchenden Engel hämmern wie rasend. Und doch ist es ein Paradies. Ein Paradies, als nun ganze Batzen von Arschleckersamen die Beine und Füße vor ihm treffen. Ein Paradies, als der Vordermann nun im Mund seines Schwanzlutschers kommt und diesen in solche Krämpfe versetzt, daß er sich über den anderen entlädt, der zuckend an den Eiern des Mittleren saugt. Als seine Lippen verzückt zuschnappen, jagen die gepeinigten Eier ihre Ladung in den Arsch des Vordermannes, und sofort schleudert auch die Silhouette dem Ficker ihre Schwanzsäfte in den zugekrampften Schließmuskel.

Im selben Moment öffnet sich die Tür. Ein untersetzter, kräftiger Mann zeichnet sich vor dem hellen Viereck ab — eine Silhouette, die sich vom Dunkel verschlucken lassen will.

23

UND was ist an dieser Therapiegruppe so neu?" fragte Mark den Arzt.

Dr. K. R. Brent, ein drahtiger, baumlanger Schwarzer, war weltweit berühmt für seine radikale Pioniertätigkeit auf dem Gebiet der Sextherapie. Er lietete eine berüchtigten Sexualklinik, auf die Mark, der stets wachsame Pornograph, zuerst über einen Artikel im *New England Journal of Medicine* aufmerksam wurde. Besonders ein Satz hatte Mark schließlich veranlaßt, mit Dr. Brent Kontakt aufzunehmen: „Dr. Brent ist ein leidenschaftlicher Verfechter der Sättigungstherapie. Dazu gehören sowohl Geschlechtsverkehr zwischen Arzt und Patient als auch andere unorthodoxe und umstrittene Praktiken."

Fast fünf Jahre lag dies nun zurück, und inzwischen waren

aus Mark und Dr. Brent Vertraute, Kollegen, Freunde und Sexualpartner geworden. Bei seinem letzten Besuch in der Sexualklinik mußte Mark auf Verlangen Dr. Brents vor einer Gruppe von insgesamt sechzehn impotenten Männern sprechen. Mark konnte sich noch gut an diese Sitzung erinnern.

Vielleicht steckten ihm die Sechzehn nicht zuletzt deshalb noch nach so vielen Wochen im Kopf, weil sie auffallend düster und in sich gekehrt in den Seminarraum marschierten — eine trübselige Schlange, die mehr aussah wie russische Kriegsheimkehrer nach einer verlorenen Schlacht. „Wenn es nicht so viele wären", hatte Mark Dr. Brent ins Ohr geflüstert, „könnte ich schwören, es sind die Sargträger, die meine sterbliche Hülle abtransportieren wollen." Als neugeborene Menschen — Kopf hoch, Brust raus, die Lenden stolz nach vorn gewölbt — hatten die Soldaten den Seminarraum wieder verlassen.

Mark hatte sie vollgepumpt mit sexuellen Impulsen, die bekanntlich wie Adrenalin wirken. Was er ihnen bot, war eine lange, lebhaft beschriebene Liste von schmutzigen Dingen, die ein Mann tun kann, wenn er nicht nur seinen Samen abschießen will — keuchende Flüche, merkwürdiger Exhibitionismus, unerwartete Schamlosigkeiten, kurz: alles, was Hochgefühle bereitet, die sich neben denen der Ejakulation sehen lassen können. „Der Begriff Orgasmus ist zu eng definiert", hatte er ihnen erklärt. „Und je enger der Begriff, desto beschränkter Ihre Möglichkeiten." Das Wasser lief ihnen im Munde zusammen, als Mark ihnen die mögliche Bandbreite ihrer Geschlechtslust schilderte, wenn sie nur das ganze Arsenal ihrer angeborenen Sexualwerkzeuge gebräuchten.

Ja, als entmannte Jammergestalten waren sie hereingekommen, und hinaus stolzierten sie mit Fingern, die Schwänze, Augen, die Hoden, Geifer, der Samen, und Gedanken, die Orgien *waren* — allzeit bereit, Öffnungen zu erkunden, Obszönitäten zu wispern, der Gesellschaft ins Gesicht zu lachen, die Söhne dieser Gesellschaft zu begutachten und in jenen Sexsäften zu baden, die überall strömen und den Verlust der eigenen Säfte belanglos machen.

Wenn Mark auch überzeugt war, daß Sperma etwas Göttliches wäre, glaubte er doch genauso fest, daß sich Sex viel mehr über das Gehirn abspielt, als man gewöhnlich wahrhaben

möchte, und sich durch einige Finten zu unbegrenzten Möglichkeiten ausbauen ließe.

Darum hatte er sich über Dr. Brents Einladung gefreut, doch bitte herzukommen und eine neue Technik mitzuverfolgen, die er in einer Gruppe ausprobiere. Dr. Brent nahm seinen Kittel vom Haken und führte Mark ins Sprechzimmer. „Was an dieser Gruppe so neu ist, mein Lieber?" Dr. Brents glattes, dunkles Gesicht strahlte, während er sprach. „Sieh selbst, und auch du wirst begeistert sein." Er schob Mark zu einer Couch und setzte sich so neben ihn, daß ihre Schenkel sich berührten. Die Hand des Arztes schlüpfte Mark zwischen die Beine und massierte ihm durch die enganliegenden Jeans behutsam den Hodensack. Dann öffnete er Marks Jeans, zog den steifwerdenden Schwanz heraus, umklammerte den ungeheuren Schaft und beugte sich dann nach vorn, um der prallen Eichel einen dicken, feuchten Kuß zu geben. „Ah, es tut gut, dich wiederzusehen", sagte Dr. Brent, während er Marks verstopften Stamm losließ und sich selbst die Hose öffnete. Als täte er so etwas jeden Tag, schnappte sich Mark den saftigen, unbeschnittenen Schwanz und ließ seine speicheltriefende Zunge an der Unterseite entlangfahren. „Es tut auch gut, dich wiederzusehen", meinte Mark.

Die beiden Männer verstauten ihre Organe wieder in der Hose, und Dr. Brent fuhr fort: „Wie gesagt, haben wir an dieser Klinik eine neue, aufregende Gruppe, die das Auge der ganzen Nation auf sich zieht und mit einiger Bestimmtheit an allen Kliniken der Welt wiederholt werden dürfte." Mark bewunderte Brents glühenden Sinn für Theatralik. Der Doktor stand auf und wandte sein Gesicht ab, während er Marks Arschbacken besänftigend streichelte. „Vielleicht", sagte er, „bist du dir bewußt, daß wir in einer von Krankheiten geschüttelten Zeit leben — einer Zeit, die das Ende der sexuellen Freizügigkeit erleben und die Menschen zwingen könnte, ihre Aktivitäten einzuschränken. Da einige bereits sterben, kann man sich mit gutem Recht fragen, ob das Delirium, die Toiletten abzuklappern, den eventuellen Preis dafür wert ist. Die Auswahlmöglichkeiten scheinen etwas dürftig: Enthaltsamkeit oder Monogamie. Oder...", er wandte sich wieder Mark zu, „oder die Therapie, die ich neuerdings anbiete — eine Therapie, die jeden, der

krank oder von Krankheiten gefährdet ist, befähigen wird, unendlich viele sexuelle Möglichkeiten mit anderen auszuprobieren, — ohne daß er seinen Partner anfaßt."

„Ohne daß er ihn anfaßt."

„Ohne daß er irgendjemanden anfaßt außer sich selbst. Wir haben hier in der Gruppe dreißig Männer aus sämtlichen Berufsschichten — einen Schlosser, einen Anwalt, zwei Bankangestellte. Manche nehmen auf ärztliche Anweisung keinen Kontakt zu Sexualpartnern mehr auf. Manche sind vorübergehend auf sexueller Diät, und andere solange, bis man ein Heilverfahren entdeckt hat. Ein paar hat der Tod von Bekannten alarmiert; sie wollen keine Risiken eingehen. Aber alle sind sie an eine hohe Dosis Sex gewöhnt und suchen nach Alternativen zur puren Enthaltsamkeit." Er beugte sich vor und sah Mark direkt in die Augen. „Es ist eines der aufregendsten Sexualexperimente, die ich je durchgeführt habe."

Mark wirkte verwirrt. „Welches denn?"

„Du wirst schon sehen!" Er schaltete sämtliche Lampen aus und zog einen Vorhang auf, hinter dem sich ein Fenster verbarg. Von der entgegengesetzten Seite sah es wie ein Spiegel aus. Dreißig nackte Männer saßen dort in einem großen Kreis. Ohne bemerkt zu werden, konnte Mark jede ihrer Bewegungen verfolgen. „Ich bin spät dran", sagte Dr. Brent und verließ den Raum. Ehe Mark noch recht wußte, was eigentlich vorging, sah er den Doktor mannhaft in das Zimmer seiner Patienten treten.

„Rauf das Ding, rauf das Ding!" lachte Brent und zog sich den Reißverschluß auf, bevor er noch die Mitte des Kreises erreicht hatte. Als wäre alles einstudiert, begannen die Männer daraufhin nacheinander, an sich herumzuspielen. Bald waren sie ohne Ausnahme steif. Die Augen schnellten von Schwanz zu Schwanz, ein Onanierer erregte den anderen. Während Dr. Brent, als einziger, der nicht nackt war, sich durch den offenen Reißverschluß bearbeitete, rubbelten seine Männer fünfzehn Minuten lang vor sich hin, ohne auch nur ein Wort zu sprechen. Dann wandte sich der Doktor an den undurchsichtigen Spiegel und sagte zu Mark: „Diese Idee haben wir von den Quäkern — zu Beginn eine Schweigesitzung." Die dreißig Onanierer sahen zum Spiegel.

„Freunde“, verkündete der Doktor, „wir haben heute einen Gast, den berühmten Pornographen Mark Edwards. Mark, wir wären glücklich, wenn du dich entkleiden und uns nackt zusehen wolltest. Selbst, wenn wir dich nicht sehen können, macht es einen doch nervös, einen Angezogenen bei der Orgie zu wissen.“ Mark ließ seine Hose fallen, ohne aufzustehen, schleuderte sein Hemd fort und griff gierig nach seinem Schwanz.

„Wir werden heute mit unserem eigentlichen Experiment starten, also ohne den anderen berühren zu können. Wir sehen uns nur zu. Starrt dabei nicht länger als eine Minute auf ein und denselben dieser vibrierenden Schwänze; haltet euch nicht auf. Die Augen müssen ständig in Bewegung bleiben. Seht Bill zu, wie er Walter zusieht, seht Walter zu, wie sein flackernder Blick dann zu Larry übergeht, und seht Larry zu, wenn er meinen Prachtschwanz mit seinen Augen verschlingt.“ Ohne in ihren rhythmischen Bewegungen innezuhalten, standen die Männer nacheinander auf.

Dr. Brent sagte, zum Spiegel gewandt: „Wir haben einige sehr aufregende Übungen entwickelt. Letzte Woche kamen wir paarweise; natürlich hatte ich die Paare zusammengestellt. Aber in dieser Woche sollten wir uns wohl auf unsere Spezialität verlegen — eine, die bereits mehrere von diesen Burschen ganz für sich gewonnen hat und herkömmlichen Sex auf Wunsch voll ersetzen kann. Heute abend, mein Freund, werden wir dir zuliebe alle gleichzeitig den Orgasmus erreichen — dreißig Orgasmen auf einen Schlag! Ein Anblick, über den selbst du staunen wirst, Mark, und zu dem nicht wenig Konzentration gehört, *gemeinsame* Konzentration — nennen wir es 'kommunistische Liebe‘. Bitte, Männer, laßt euch hören!“

„Ich hätte Lust, dir diesen Schwanz in die Därme zu stecken und dich ordentlich durchzubumsen“, sagte ein schmächtiger Mann mit hübschen Unterarmen zu einem haarigen, der ihm schräg gegenüberstand.

„Und ich würde dich gern ficken, während du ihn fertigmachst“, sagte ein junger Asiat. „Und gleichzeitig möchte ich von Dr. Brent ins Gesicht gefickt werden.“

Oft schreiend, um andere niederzubrüllen, wiederholten die Männer mehrere Minuten lang solche und ähnliche Gelüste. Sie kläfften geradezu. Unterlippen hingen blödsinnig herab, Arme

und Brustkästen schwollen an, Schenkel wurden stramm und starr.

„Oh Gott, um ein Haar wär' ich gekommen", jaulte ein blonder Mann, indem er seinen Schaft losließ und ihn dümmlich anstarrte, bis er seinen Samen zurückhalten konnte.

Dr. Brent sagte:

„Laßt eure Zungen im Geiste geil in diesen Arschlöchern wühlen und leckt die runzligen Lippchen sauber für die langen Schwänze, die steifen Ruten eurer Kameraden; laßt euren Schwanz zugleich mit eurer Zunge hineinschlüpfen, denn das könnt ihr im Geiste. Laßt euer Gesicht hineingleiten und an der Erfüllung teilhaben, wenn ihr mit Augen und Händen diese Schwänze reitet. Versetzt euch hinein in diese feuchten, schwitzenden Löcher, erlebt diesen Fick mit allen Kräften der Sinne und des Geistes, und bietet euren eigenen Arsch dabei jedem der triefenden Prügel in diesem Raum! Genießt. Genießt. Genießt. Genießt!"

„Ich komm' gleich Doktor!"

„Ich bin auch gleich soweit, Herr Doktor, und, Himmel, hab' ich einen Klumpen im Rohr."

„Spritzen wir!"

„Bitte!"

„Beherrscht euch", bellte Dr. Brent ungehalten. „Beherrscht euch, bis wir alle soweit sind, bis ich soweit bin, und ich bin noch... Jesus, alle klarmachen zum Kommen, Männer. Teilt! Teilt!"

„Ich komme!" kreischte zuckend ein junger Romane.

Gleichzeitig schrien auch ein paar andere Stimmen: „Ich komme."

Dann alle auf einmal: „Ich komme!"

Und Dr. Brent stöhnte das Wort, das alle Säfte der einunddreißig Männer zum Überfließen brachte: „Fickt euch!" Zwei Meter weit flog dem Doktor sein Samen vor die Füße.

Die Männer röchelten aus rauhen Kehlen, als sie ihren Samen in Pfützen vor sich auf den Boden spien, während jeder so vielen beim Abspritzen zusah, wie er nur konnte. Auch wenn alle auf jeweils andere, ganz besondere Weise schlotterten, keuchten sie doch fieberhaft im Chor.

Hinter dem Spiegel war auch Mark gekommen und hatte die

Zahl der Orgasmen so auf zweiunddreißig erhöht. Trotzdem stellte er überrascht fest, daß sein Bauch naß war, denn so wie er die Ejakulation erlebt hatte, war es nicht seine einzelne, sondern eine gemeinsame. Ihm war, als schwämme sein Samen auf dem Boden des Behandlungsraumes und als teilte er mit den einunddreißig Männern einen Schwanz, eine Ekstase und eine Entladung.

Er mußte lachen. Alle einunddreißig und auch Dr. Brent mit seinem geöffneten Reißverschluß lachten überschwänglich das hemmungslose Lachen der Selbstvergessenheit — eine Vervielfachung des Nach-Sex-Nirwanas, das alle Liebenden der Welt nur zu gut kennen — ein befreites Lachen, ein Lachen der Lust.

Mark glühte noch immer am ganzen Körper, als Dr. Brent das Sprechzimmer betrat. Durch das Fenster konnte Mark beobachten, wie die Patienten mit idiotischem Lächeln langsam in ihre Kleider schlüpften und dabei vorsichtig den einundreißig Lachen auf dem Boden auswichen. Als der Doktor sich vor ihn hinkniete, um ihm den Samen vom Bauch zu lecken, sah Mark gerade den letzten Teilnehmer hinausgehen. Bevor die Tür ganz zufiel, betrat ein junges Kerlchen mit Mop und Eimer den Behandlungsraum. Ohne eine Miene zu verziehen, stellte der hübsche Junge den Eimer in die Mitte des Saales, tauchte den Mop ein und schüttete Seifenlauge über Dr. Brents Tümpel. Dann fuhr er mit dem Mop in großen, sinnlichen Kreisen herum, die den Samen aller Männer verschlangen. Erschöpft sackte Dr. Brent zwischen Marks gespreizte Beine und begrub sein Gesicht in dessen saubergeleckter Magengrube.

„Du hast uns alle kuriert", sagte Mark, während er dem Doktor über das drahtige Haar streichelte.

24

ARNIE hatte den Sex im Alter von sieben Jahren bei den Pfadfindern kennengelernt — also bei den Wölflingen, nicht bei den Älteren.

Roger Moorehead war ein sympathischer junger Familienvater, dessen siebenjähriger Sohn selbst Wölfling war. So hatte sich Moorehead von seiner Frau beschwatzen lassen, Gruppenführer zu werden. „Nie willst du was zusammen mit Dave unternehmen", schimpfte sie, und es stimmte leider, daß Roger wenig für seinen Sohn übrighatte; Dave war ein träger, in sich gekehrter Junge, der auch seinerseits kein Verlangen hegte, seinen Vater näher kennenzulernen. Da aber beide, voneinander unabhängig, Mrs. Moorehead gern einen Gefallen tun wollten, fanden sie sich eines Sommers mit sechs anderen Wölflingen, vier Zweimannzelten und Proviant für eine Woche in der Wildnis von Pennsylvania wieder.

In der ersten Nacht nahmen Moorehead und Dave zusammen ein Zelt. Arnie dagegen wurde mit einem traurig aussehenden Kind namens Obie zusammengesteckt, das Selbstgespräche führte. Regungslos lauschte Arnie auf das Keuchen Obies, der, wie Arnie wußte, ins Lager geschickt worden war, weil er seine Eltern durch sein Desinteresse an Jungenspielen enttäuscht hatte. In dieser Nacht überkam Arnie eine Vorahnung — eine Vorahnung, daß etwas Schwerwiegendes geschehen würde; nie wieder hätte er den Ehrgeiz, seinem Vater oder seiner Mutter zu gefallen. Selbst als Erwachsener stand ihm diese Nacht noch lebhaft vor Augen: Obies Schluchzen, der Schrei eines Vogels

von irgendwo in der Nähe, der Rauchgeruch in seinem Schlafsack und seine eigene Nacktheit. Arnie war davon überzeugt, daß diese Nacht eine Bedeutung für ihn gehabt hatte und nicht nur deshalb ihren Platz in seiner Erinnerung verdiente, weil sich die Ereignisse in den folgenden sechs Nächten wiederholten.

Der erste Tag im Lager war sehr schön gewesen. Die Lichtstreifen, welche die Sonne durch den Wald warf, versetzten die Wölflinge in eine Art Taumel. Moorehead — sechsundzwanzig Jahre und früher Schwimmwettkämpfer — hatte kein Knotenmachen, Bogenschießen oder ähnliche Dinge vorgesehen, die die Jungen noch früh genug lernen würden. Mochten doch andere Pfadfinderführer solche Unterrichtsstunden ansetzen! Er hatte vor, den Jungen Auslauf zu geben und sie dabei lernen zu lassen, wie man ohne Toilette scheißt oder über einem offenen Feuer Wasser kocht. Auch wackere Lieder oder Lobeshymnen auf die Heimat hatte Moorehead nicht vorbereitet. Sein Plan bestand schlicht darin, zweihundert Kilometer von Zuhause in der Sonne zu liegen und sicherzugehen, daß sich niemand verirrte. Vom ersten Morgenstrahl bis nachts, wenn man sie in die Schlafsäcke verfrachtet hatte, mußte jeder Junge unter der Aufsicht des väterlichen Auges bleiben. Sogar in der Nacht zog Moorehead selbst ihnen die Reißverschlüsse zu und verbot allen, morgens herauszukommen, ehe er nicht persönlich die Zelte wieder aufgezogen hatte.

Wenn es nichts zu tun gibt, außer, sich im Blickfeld des Betreuers aufzuhalten, werden die Tage ziemlich lang und fade. Aber Arnie fühlte sich sofort zu Moorehead hingezogen. In seinem ganzen Leben hatte er sich noch nie tagelang unter den Augen eines erwachsenen Mannes aufgehalten, und er merkte bald, daß er Moorehead studieren konnte wie keinen Mann zuvor.

Vom ersten Tage an, kaum daß der Mittagsgong geschlagen war, fühlte Arnie sich verliebt.

Da die anderen Wölflinge unerträgliche Spiele ausheckten und sich — Arnie konnte gar nicht schätzen, wie lange — mit Verstecken die Zeit vertrieben, setzte er sich auf ein Fleckchen trockener Erde und fing an, Autobahnen in den Staub zu malen. Nachdem er genug Bahnen gemalt hatte, ging er sich einen

Zweig als Auto suchen, und während er mit einem scharfkantigen Stein in den Boden ritzte, beobachtete er, wie sich Moorehead auf einem Bett von Tannennadeln in einem der Lichtstreifen sonnte, den die Bäume durchsickern ließen. Moorehead trug Shorts. Seine Füße waren übereinandergeschlagen, die Arme hinter dem Kopf verschränkt, und seine Augen auf den Himmel gerichtet. Er blieb völlig regungslos.

Das Netz von Autobahnen im Staub wurde immer größer. Jeder Zentimeter bis hin zu ein paar Grasbüscheln ringsum war mit Autobahnen bedeckt, und Arnie wußte, daß er sich nicht mehr lange damit aufhalten würde, Stöckchen als Autos zu suchen.

Plötzlich lachte Moorehead laut auf. Arnie runzelte die Stirn. Warum sollte ein Mann, der auf dem Rücken liegend in den Himmel starrt, so grundlos auflachen? Da sagte Moorehead, ohne zu merken, daß er beobachtet wurde: „Das Leben ist doch ein Aas."

Arnie stand auf und ging zu ihm hin. „Haben Sie etwas gesagt, Mr. Moorehead?"

Der Sprecher sah erschrocken auf und legte sich eine Hand über die Augen, um den Jungen sehen zu können. „Oh, du bist's, Arnie!" sagte er lächelnd. „Nein, ich... dachte bloß nach. Geh' mit den anderen spielen."

„Muß ich?"

„Naja, nicht unbedingt. Ist wohl auch so in Ordnung. Was treiben die eigentlich?"

„Versteckspielen. Zum millionsten Mal", antwortete Arnie.

Moorehead richtete sich auf seinem dicken Arm ein wenig auf und sah nach den anderen. „Geht mir bloß nicht außer Sichtweite!" schrie er. Das brüllt er nun auch schon zum millionsten Mal, dachte Arnie.

„Wie sollen wir uns denn verstecken, wenn du uns sehen kannst?" fragte Dave hinter einem dicken Baum hervor.

„Dann geht alles ein bißchen zügiger voran", schrie Moorehead.

Seine Stimme gefiel Arnie. „Könnt' ich mich hersetzen und ein bißchen mit Ihnen reden?" fragte er. Und weil Moorehead, der in die private Gedankenwelt der Erwachsenen zurückkehren wollte, nicht gleich antwortete, fuhr Arnie fort: „Mein

Pappi redet nie mit mir." Es war eine Lüge, und sie diente einzig dem Zweck, Moorehead so ein schlechtes Gewissen zu machen, daß er sich einverstanden erklärte. Der junge Mann lächelte. „Hol' dir ein paar Tannennadeln, mein Freund", sagte er, „und dann laß' uns ein bißchen reden."

Arnie kehrte sich ein Bündel Nadeln zusammen und legte sich stirnrunzelnd und mit starren, zum Himmel gerichteten Blicken neben Moorehead, genau wie er es bei diesem gesehen hatte, eher er sagte, das Leben sei doch ein Aas. Nach einer Minute Schweigen drehte Moorehead sich um, sah Arnie und erkannte, daß man ihn nachäffte. Er mußte lachen über diese Parodie und legte seine Hand flach auf Arnies Bauch. Mit sanftem Druck rollte er den Jungen von einer Seite auf die andere und kicherte: „Nein, Kind, das Leben ist kein Aas. Manchmal kommt es einem nur so vor."

Soweit sich Arnie erinnern konnte, hatte ihn niemand je mit so derbem Griff am Bauch gepackt und herumgerollt. Er mußte kichern über das prickelnde Gefühl und zog, während er seinem Angreifer ins Gesicht blickte, die Knie an die Brust. Beide lachten sie leise.

„Haben Sie Dave gern?" fragte Arnie. Und sofort war es ihm peinlich, diese Frage gestellt zu haben, ohne die Folgen zu bedenken. Jedenfalls war sie ihm nun einmal herausgerutscht.

„Natürlich", sagte Moorehead unbefangen. „Er ist doch mein Sohn. Dein Vater hat dich ja wohl auch gern?"

Arnie nickte verlegen.

„Und du hast ihn gern", fuhr Moorehead fort.

„Nicht so, wie ich Sie gernhab'", antwortete Arnie, ohne recht zu wissen, was er da sagte.

Moorehead richtete sich auf, um Arnie zu betrachten. Arnie sah ihm unschuldsvoll in die Augen und las darin eine Verwirrung, die er nie mehr vergaß. Der junge Mann musterte ihn mit schiefen Blicken. Er schien verstört. Dann entspannten sich seine Züge wieder zu ihrem gewohnten Ausdruck, und er sagte freundlich: „Du gehst jetzt und spielst. Los."

Eine Stunde später hielt Moorehead einen Stock mit drei brutzelnden Hot Dogs über das Feuer. Dave und zwei andere Jungen aßen schon welche, behaupteten aber, sie wären nicht gut durch. „Über einem Feuer ist es auch zu heiß", erklärte

Moorehead. „Tun wir eben, als wären wir Grenzposten."

„Ich glaube nicht, daß die dort Hot Dogs hatten", meinte einer der Jungen.

Trotz seines Hungers merkte Arnie, daß er nicht bei der Sache war. Er wußte zwar, daß sein Hot Dog sich nicht mehr lange über den Flammen aufhalten würde, aber trotzdem verspürte er einen Drang, auf den Baum in der Nähe zu klettern. Er hielt sich viel darauf zugute, ein guter Bäumekletterer zu sein, und wollte so hoch wie möglich kommen, ehe Moorehead das Hot Dog in den Senftiegel tauchte.

Knapp unter dem Wipfel des Dreimeterfünfzig-Baumes drehte Arnie sich um und sagte: „Sehen Sie mal, Mr. Moorehead." Dieses Verhalten war seltsam für ihn. Er hatte nie geprahlt oder sich in den Vordergrund gedrängt. Es überraschte ihn sogar selbst.

Noch überraschter war er, als der dünne Zweig, der ihn trug, sich als morsch erwies und unerwartet abbrach. Obwohl Arnie nicht sehr tief fiel, schrammte er sich bei seinem Sturz doch etliche Glieder und mußte wohl noch schlimmer aussehen, als es ihm eigentlich ging, denn die Wölflinge und Moorehead umringten ihn voller Schrecken und Mitgefühl.

„Zurück", schrie Moorehead die anderen an. „Vielleicht ist etwas gebrochen." Arnie rührte sich nicht, als Mooreheads große, männliche Hände ihn sanft am Bein packten, um nach etwaigen gebrochenen Knochen zu tasten. Langsam bewegten sich die Hände über sämtliche Glieder. Arnie tat nichts, als matt dazuliegen und jede einzelne Fingerkuppe zu fühlen. „Nichts gebrochen", erklärte Moorehead, indem er seine breite Rechte unter Arnies winzige Taille schob. „Bist du am Rükken verletzt, Söhnchen?" fragte er.

Arnie nickte.

„Ja?" fragte Moorehead betroffen.

„Wo tut's denn weh?"

Arnie versuchte, sich eine Stelle auszudenken, wo Moorehead nicht feststellen konnte, daß ihm gar nichts fehlte. „Hierdrin", sagte Arnie und deutete auf seinen Magen. Mit sanftem Händedruck untersuchte Moorehead Arnies ganzen Oberkörper.

„Guck' mal, Papps, Blut!" quietschte Dave, und als Moore

head seinen Patienten hochhob, entdeckte er eine klaffende Wunde, die über den ganzen Rücken ging. Arnie hüpfte das Herz. Nicht genug damit, daß er sich verletzt hatte, — auch sein Hemd war zerrissen. „Muß das denn nicht genäht werden?“ fragte einer der Jungen.

„Nein“, antwortete Moorehead, obwohl Besorgnis in seiner Stimme schwang. Er bettete Arnie in seinen Armen und hob ihn auf. Dabei vermied er es sorgfältig, die Wunde auf Arnies Rücken zu berühren. „Aber wir sollten runter zum Fluß gehen und die Schramme auswaschen“

Obwohl Arnie der Ausdruck „Schramme“ nicht gefiel, war er doch froh, in Mooreheads starken, behaarten Armen zu liegen. Er lächelte in das warme Gesicht hinauf, und Moorehead zwinkerte ihm zu. Arnie wollte schon kichern. Gefolgt von einem aus Zug sechs anderen Wölflingen, trug Moorehead Arnie durch den Wald. Arnies kleine Beine baumelten Moorehead über den rechten Ellbogen.

Am Ufer setzte er ihn ab und riß ihm langsam das Hemd herunter. „Hier. Es wäre am besten, du setzt dich ins Wasser. Zieh‘ dir die Schuhe und die Hose aus.“ Arnie tat wie angewiesen, und bald saß er in dem kühlen Fluß, während Moorehead mit hohlen Händen Wasser über den winzigen Rücken schöpfte. „Das kriegen wir schon hin. Hey, Jungs, wollt ihr euch nicht auch ausziehen und reinkommen? Aber geht mir nicht außer Reichweite!“

Moorehead hockte auf dem Felsen neben Arnie, während ihm das Wasser die nackten Füße umspülte. Die anderen sechs plantschten und quiekten in zwei Meter Entfernung.

„Mr. Moorehead“, sagte Arnie ruhig, „kann ich heute nacht nicht in Ihrem Zelt schlafen?“

Moorehead wirkte überrascht; irgendetwas, das Arnie nicht identifizieren konnte, blitzte abwechselnd in seinen Augen auf. „Aber...“ Moorehead warf einen schnellen Blick auf Dave.

„Oh ja, Pappi, und ich schlafe bei Obie“, sagte Dave.

Lächelnd zuckte Moorehead die Achseln. „Gut, mein Kind.“

Während Arnies kleiner, nackter Körper sich in den Schlafsack kuschelte, schwor er sich, nicht wie ein Baby daherzureden. Er wollte so tun, als wären Moorehead und er die dicksten

Freunde und kam zu dem Schluß, daß es zu diesem Zweck das Beste wäre, gar nichts zu sagen. Lange Zeit — vielleicht eine Stunde oder mehr — lag er völlig still. Alle Laute aus den anderen Zelten waren erstorben: das Lachen, das alberne Geschnarche und das nachgeahmte Vogelgezwitscher. Dreimal hatte Moorehead gesagt: „Ich sag's euch jetzt zum letzten Mal..."

Arnie lauschte auf den Wind in den Bäumen und auf Mooreheads Atem. Als er dem Mann seinen Kopf zuwandte, konnte er durch die Zeltwand die verglimmende Kohlenglut und davor die Umrisse von Mooreheads oberem Schlafsackende sehen. Er beobachtete den matten Feuerschein und war stolz, nicht so kindisch zu sein, wie es sein Betreuer den anderen vorgeworfen hatte. Er wäre genauso still wie Moorehead. Er würde wie ein Erwachsener sein. Sie würden Freunde werden.

Da ging es los. Langsam hob sich Mooreheads mittlere Schlafsackpartie. Da sie direkt zwischen Arnie und dem Licht war, konnte er es ganz deutlich sehen, obwohl Mooreheads Kopf im Dunkeln lag. Dann hob sich der Schlafsack abermals. Arnie war unbegreiflich, warum der Berg so auf und ab ging — anfangs ganz langsam, dann immer schneller. Arnie brach sein Schweigegelübde.

„Was tun Sie denn dan?"

Zweifellos hatte Moorehead vermutet, Arnie wäre eingeschlafen; deshalb zuckte er zusammen. „Nichts", sagte er wütend und rollte sich, weitab von Arnie, auf die Seite. „Schlaf'!"

Gekränkt hielt Arnie den Mund, obwohl es noch lange dauerte, bis er einschlief. In dieser Nacht gab es keine weiteren Geräusche oder Bewegungen aus dem Schlafsack neben ihm.

Früh am nächsten Morgen aber erwachte Arnie in der festen Gewißheit, daß etwas sich geändert hatte; etwas, das es bisher immer gegeben hatte, war nun nicht mehr vorhanden; dafür schien etwas anderes planmäßig eingetroffen zu sein. Mit seinen sieben Jahren wußte er zwar nicht genau was, aber auf jeden Fall gefiel es ihm.

Mooreheads Schlafsack stand weit offen und entblößte den nackten, männlichen Körper. Das warme Schnarchen wiegte Arnie weiter in träumerische Trance. Ohne aufzuwachen, rollte Moorehead näher an Arnie heran. Dabei wechselte sein Schnarchen die Tonart.

Als er sich umdrehte, konnte Arnie Moorheads ganze Männlichkeit sehen. Den einen Arm unter den schlafenden Kopf gezogen und das Gesicht auf den anderen gebettet, lag der hüllenlose Körper des Betreuers vor ihm ausgestreckt. Noch nie hatte Arnie einen Erwachsenen nackt gesehen oder beobachtet, wie Männer gebaut waren.

Ihm gefiel diese Behaarung, wie keiner der Jungen sie hatte: diese Bahn von winzigen Löckchen, die sich über den fettlosen Bauch kräuselte und sich unten zu buschigen Schamhaaren verdichtete. Was Arnie angesichts dieser Premiere aber noch mehr verblüffte, war, daß Moorehead mit einem Ständer schlief, wie Arnie ihn nie gesehen hatte. Er begriff nicht, weshalb dieser Schwanz gar so gewaltig war. Er nahm an, alle Erwachsenen hätten große, steif aussehende Schwänze und daß sein eigener eines Tages auch plötzlich so groß wäre. Seltsamerweise hatte er das Gefühl, als könnten er und Moorehead gute Freunde sein, wenn sein Schwänzchen erst so lang würde. Dies schien ihm der größte Gegensatz zwischen Kindern und Erwachsenen.

Mooreheads Schnarchen wurde unregelmäßig, als sich seine Hand nun leichte bewegte. In Erinnerung an Mooreheads Wutausbruch von letzter Nacht schloß Arnie die Augen und tat, als schliefe er. Erst nach einer vollen Minute begriff Moorehead, wo er war und fing an, sich zuzudecken. Dabei behielt er stets vorsichtig den Jungen im Auge, den er für eingeschlafen hielt. Arnie erlaubte sich, einen Spaltbreit zu blinzeln; ihm bot sich ein erstaunlicher Anblick: mit breiter Männerhand hielt Moorehead seinen Schwanz umspannt. Als sich der Betreuer mit einem Seitenblick vergewisserte, daß der Junge schlief, machte Arnie die Augen wieder zu. Den Mund ließ er dabei offen, denn er wußte, daß die Leute mit offenem Mund schlafen. Er wartete, bis er an Mooreheads Atem erkannte, daß sein Bewacher nicht mehr hinsah; dann öffnete er die Augen.

Langsam schob Moorehead seine rechte Hand über dem Schwanz auf und ab. Seine Linke umklammerte die beiden Eier. Sein Rhythmus wurde schneller, und sein Rücken bäumte sich auf. Arnie war völlig verwirrt. Er wußte, daß Moorehead das, was er da tat, auch schon in der Nacht getan hatte, und daß es sich dabei um etwas Bedeutungsvolles handelte, sagte ihm vielleicht sein Instinkt. Alles übrige war ihm völlig schleierhaft.

Ein letztes Mal bäumte sich Mooreheads Körper mit männlicher Kraft nach oben, und während Arnie noch mit aufgerissenen Augen zusah, schoß aus dem großen Spalt am oberen Ende des Schwanzes ein sahniger Klumpen nach dem anderen. Vom Hals abwärts über die Brust bis zum Magen verteilten sich die Säfte. Moorehead seufzte auf, drehte den Kopf und begegnete Arnies Augen. Erschreckt sprang er auf. Er wollte sich wohl bedecken und von Arnie abwenden, aber er tat es nicht.

Er schien verschreckt. Dann schien er traurig. Und dann schien er, zumindest in Arnies Augen, ganz sein freundliches Selbst wiederzugewinnen, trat vor und kramte seine alte Socke heraus, um den Samen darin aufzusaugen. „Guten Morgen, Sohnemann“, sagte er.

Arnie lächelte. „Hallochen.“

25

ARNIE dachte an Moorehead, während er auf Ed pißte. Nachdem Wallace gestern für ihn eingesprungen war, hatte auch er Ed erlaubt, sich auszuziehen. Die Tatsache, daß sein Bekannter Ed benutzt hatte, war erregend für ihn, und diese Erregung machte sich bemerkbar.

„Durch 'nen Steifen pissen, ist gar nicht so einfach“, sagte er. „Aber das kommt schon. Spiel' ruhig schon mal mit dir selbst.“

Ed griff nach seinem eigenen Schwanz und fing an, ihn zu bearbeiten, während er zu Arnie aufsah. Mit seiner gigantischen Latte voll aufgestauter Pisse reckte sich der Bursche über ihm. Ed bemühte sich, Arnie nicht merken lassen, wie froh er

war, unter seinem Pißstrom wichsen zu können. Er bemühte sich, gar keinen Ausdruck zu zeigen. Aber das Herz in seiner Brust raste schneller denn je. Irgendeine Art Zärtlichkeit entspann sich zwischen ihnen.

Arnie dachte an den zweiten vollen Tag im Zeltlager. Rund um die Uhr ließ er Moorehead nicht aus den Augen, und Moorehead war sich darüber im klaren. Obwohl Arnie es nicht hätte beschwören können, schien sein Betreuer diese Aufmerksamkeit doch zu genießen. Er wartete, bis Moorehead wieder in der Sonne badete, und stellte sich dann neben ihn.

„Was willst du?“ fragte Moorehead.

„Ich hab‘ Heimweh nach meinem Papa“, log Arnie.

Moorehead stutzte. „Hast du nicht gesagt, daß dein Papa nie mit dir redet?“

„Doch, manchmal schon. Aber nicht so nett wie Sie.“

„Geh‘ jetzt lieber und spiel‘ mit den anderen.“

„Die mag ich aber nicht.“

„Was soll das heißen?“

„Das soll heißen, daß ich sie nicht mag. Ich bin wie Sie, Mr. Moorehead.“

Moorehead setzte sich auf und schlang sich die Arme um die Knie. „Kann schon sein“, sagte er lächelnd. „Komm‘, setz‘ dich neben mich.“ Arnie setzte sich neben den großen Mann und fühlte, wie ihn eine starke Hand um die Taille packte. Schweigend sahen sie den kindischen Jungs beim Spielen zu. Mooreheads väterlicher Griff löste und verstärkte sich abwechselnd; Arnie mochte dieses Gefühl.

„Vorn bist du ganz dunkel und hinten noch ganz weiß“, meinte er nach ein paar Minuten.

„Tatsächlich?“ fragte Moorehead und warf einen Blick über seine Schulter. „Vielleicht sollte ich mich dort auch ein bißchen bestrahlen lassen.“ Und er rollte sich so auf die andere Seite, daß er flach ausgestreckt auf dem Bauch lag.

Ohne jede Aufforderung begann Arnie, Moorehead den Rücken zu massieren und dabei mit seinen Händchen die breite, muskulöse Fläche sacht zu erforschen. Lange, lange streichelte er so vor sich hin, bis die Schatten den Fuß eines Holzstoßes in der Nähe erreicht hatten. Als er merkte, daß Moorehead eingeschlafen war, bettete er seinen Kopf auf dem flei-

schigen Schulterblatt und fiel in Schlummer.

„Jetzt!“ verkündete Arnie, und schon begann seine Pisse auf Ed hinunterzurieseln. „Es kommt!“ Während die Pisse über Eds Körper spritzte, der sich unter ihm wand und krümmte, wurde Arnie nicht eine Sekunde schlaff. „Los, hol‘ dir einen runter mit mir, du Arschloch“, schrie er und begann zu onanieren.

Er mußte an die zweite Nacht in Mooreheads Zelt denken. Diesmal war er auf der Stelle eingeschlafen, bis er mitten in der Nacht schreiend und weinend aus einem Alptraum erwachte. Moorehead hatte nach der Taschenlampe gegriffen und leuchtete ihm ins Gesicht. „Was ist los?“ fragte er.

„Ich hatt' 'nen Alptraum“, antwortete Arnie wimmernd.

Moorehead hatte den Reißverschluß seines Schlafsacks geöffnet und breitete die Arme aus. „Komm‘, schlaf‘ bei mir. Es wird alles wieder gut.“ Da sah Arnie Mooreheads Schwanz zum ersten Mal in schlaffem Zustand. Nackt krabbelte er aus seinem Schlafsack in den von Moorehead hinüber, wo er sich dicht an die warme, pelzige Brust schmiegte. Sein Gesicht war abgewandt, während ihn der Lagerleiter schützend von hinten umarmte. Moorehead blieb verschlafen. „Träum‘ was Schönes“, murmelte er.

Als Arnie wenig später zum Steinerweichen wimmerte, rückte Moorehead, der fast schon wieder eingeschlummert war, seinen Körper näher. Binnen Sekunden schnarchte er von neuem. Arnie schlang seine beiden Ärmchen um Mooreheads freundlichen Unterarm und kuschelte sich so tief in den warmen Schlafsack, bis er plötzlich den matten Schwengel an seinen winzigen Arschbacken fühlte. Erst als Mooreheads Schnarchen kräftiger wurde, wagte er wieder, sich zu bewegen. Dann grapschte er mit seinen Kinderhändchen nach unten und berührte den Männerschwanz. Moorehead schnarchte lauter; schnell zog Arnie seine Hand zurück und lag still, bis ihn Müdigkeit überfiel.

Am nächsten Morgen erwachte er von dem Druck des geschwollenen Schwanzes, der sich ihm von hinten zwischen die Schenkel bohrte. Regungslos lauschte Arnie eine Weile auf Mooreheads schweren Atem, ehe er sich nach unten zu dem monströsen Schaft vortastete, der fast so groß war wie sein

ganzer Schenkel. Die Verwandlungen dieses Organs gingen Arnie über den Verstand; sein eigener interessierte ihn ja nicht weiter. Dagegen erschien ihm die sacht behaarte Säule, die da glatt und mächtig zwischen den Kinderschenkeln eingebettet lag, als Wunder und Omen. Mit tiefstem Genuß ließ er seine Händchen über die starken Adern des Schaftes gleiten und lauschte aufmerksam Mooreheads Atem, um sicherzugehen, daß sein Geliebter auch wirklich schlief. Mehrere Minuten streichelte er das männliche Stück Fleisch voll Zärtlichkeit; dann reckte er sich tiefer nach unten, um die warmen Kugeln zu befühlen, die darunterhingen. Er streichelte gerade das drahtige Schamhaar, da schlug Moorehead die Augen auf.

„Hey“, schrie der Mann und stieß ihn entsetzt beiseite. „Laß‘ das gefälligst.“ Arnie war über diese jähe Verwandlung vom warmfleischigen Kameraden zum strengen Erzieher sehr erschrocken. Er weinte. Da öffnete Moorehead genauso abrupt wie vorher den Schlafsack und sagte: „Geh‘ rüber in deinen eigenen. Mach‘ schon!“

Ed lag totenstarr auf dem Boden. Seine rechte Hand war nur ein verschwommener Streif, während er sich ungestüm den Schwanz pumpte. Trocknende Pisse überzog ihm schimmernd den Körper. Ohne ein Wort zu sprechen, kamen beide Männer gleichzeitig, und als Arnies Klumpen ihm auf Brust und Kehle regneten, spritzte sich Ed über den nassen Oberkörper. Doch ehe der gehässige Schwanz ganz erschlafft war, wandte sich Arnie ab und sagte: „Und jetzt verpiß‘ dich, verdammt nochmal. Los!“ Seine Stimme wurde lauter. „Zieh‘ Leine!“

26

AM nächsten Tag erschien Ed mit seltsam gemischten Gefühlen zwischen Hoffnung und Verzweiflung. Ja, er sehnte sich nach Arnies Zärtlichkeit, aber gleichzeitig brauchte er auch weiterhin Arnies Verachtung. Er lechzte nach dieser elektrisierenden Brutalität — vielleicht gerade im Gegensatz zu ehrlicher Zuneigung —, aber doch wollte er beides: Verachtung und Zärtlichkeit; und nur bei Arnie fand er jene Verachtung, die tief genug ist, um nie unter den Händen gefühlsduseliger Romantik zu erlöschen.

„Heute wird nur gepißt", sagte Arnie trocken, während er sich den Reißverschluß aufzog. „Heute kriegst du nichts als meine schäbige, stinkende Pisse."

Ed ging auf die Knie und öffnete willig seinen Mund.

Noch ehe die Pisse zu fließen begann, waren Arnies Gedanken schon wieder beim Zeltlager, wo er abermals friedlich neben Moorehead schlummerte. Obwohl Moorehead vorgeschlagen hatte, daß Arnie und Dave ihre Zelte wieder tauschen sollten, hatten sich Obie und sein Sohn diesem Umzug widersetzt und erklärt, sie wären jetzt die besten Freunde. Moorehead war ratlos, und so blieb Arnie auch für den Rest der Woche bei ihm im Zelt, mußte sich aber statt eines warmen Körpers die kalte Schulter gefallen lassen.

Erst in der letzten Nacht unter freiem Himmel sprach Moorehead wieder mit Arnie, und Arnie hätte schwören können, daß sein Betreuer die Rede gut einstudiert hatte. „Hör' mal zu, Arnie, es tut mir leid, wenn ich an diesem Morgen so ausgeflippt bin, aber du kannst doch Jungens nicht dort anfas-

sen. Mach' das ja nicht noch einmal." Arnie gab keine Antwort. „Du bist doch nicht sauer, oder?" fragte Moorehead.

„Nein", sagte Arnie. Er konnte nicht sauer sein, denn er liebte Moorehead.

„Hör' mal zu", fuhr der junge Mann dann leiser fort, falls einer der Wölflinge da draußen im Dunkeln noch wach sein sollte. „Das hat alles mit Sex zu tun, und dein Vater wird dir das später mal genau erklären, damit du es verstehst. Das ist nicht meine Sache. Du hättest mich gar nicht beim Spritzen sehen dürfen, aber ich hielt dich für eingeschlafen. Mein Gott, warum komm' ich mir nur so blöd vor? Als würde ich dir erklären, daß es keinen Nikolaus gibt!"

So sanft er nur konnte, erwiderte Arnie: „Darf ich bei Ihnen im Schlafsack übernachten?"

„Nein."

„Haben Sie mich denn nicht lieb?"

„Hör' mal, Arnie, ich hab' euch ganze Bande lieb. Frag' mich nicht sowas. Das gehört sich nicht. Männer lieben Frauen. Ich liebe meine Frau."

„Und Dave, lieben Sie den nicht?"

„Doch, natürlich liebe ich ihn."

„Warum können Sie dann nicht auch mich lieben?"

„Tu' ich doch. Entschuldige. Ich liebe dich sogar sehr."

Arnie versank in Schweigen und war bald eingeschlafen. gendwann in der Nacht zog ihn dann Moorehead zu sich in Schlafsack hinüber, denn als Arnie am nächsten Morgen wachte, lag er zusammengekauert in Mooreheads Armen und der mächtige Schwanz preßte sich ihm zwischen die Schenkel. Es war das erste Morgengrauen, und Moorehead schnarchte laut.

Arnie begnügte sich ganz und gar damit, sich anzuschmiegen, und beschloß, nichts zu tun, was seinen Freund wieder abstoßen könnte. Er hatte noch nie bei seinen Eltern geschlafen, und wenn er mit anderen Kindern zusammen schlief, war es nicht dasselbe. Er liebte es, wie entspannt die Muskeln am Körper des Schläfers waren. Am liebsten hätte er es gehabt, wenn die Sonne am Himmel einfröre, denn heute war der Tag, an dem sie ihre Reise durch die Wälder und von dort nach Hause antreten würden.

Der Bursche sprang auf, sah sich um, sah den Samentümpel vor Arnie und sagte: „Ich hab' geträumt. Was... raus hier! Du hast hier gar nichts verloren. Raus hier!" Er wollte Arnie fortschubsen, stieß ihn dabei aber ironischerweise in seinen Samen, der auf das Geschlecht des Jungen spritzte. Arnie spürte, wie Mooreheads sahnige Ströme ihm den unentwickelten Schwanz badeten.

Und dann spürte er, wie Mooreheads kraftvolle Linke ihn mit dem Gesicht in den weißen Tümpel tunkte und ihm die Rechte von oben auf den Rücken drückte. Und schon bewegte sich auch diese, um unvermutet auf Arnies arglosen Arsch zu klatschen. Arnie schrie auf. „Schnauze!" bellte Moorehead, und immer wieder sauste seine Hand hinunter, um dem Jungen aus Leibeskräften den nackten Hintern zu versohlen.

Arnie heulte die ganze Attacke hindurch, die mehrere Minuten andauerte. Als ihn Moorehead schließlich, ebenfalls weinend, an sich zog und in seinen Armen wiegte, war Arnies Arsch gefühllos geworden. Tränen und Samen bedeckten ihm sein Gesicht. „Tut mir leid", sagte der Mann. „Tut mir leid. Es war keine Absicht. Ich hab' geträumt. Tut mir schrecklich leid..."

„Hey, was is'n los?" rief einer der Wölflinge aus dem Zelt nebenan.

„Nichts!" schrie Moorehead. „Legt euch wieder schlafen."

„Wir sind aber schon putzmunter", protestierte einer.

„Aber ich nicht", sagte Moorehead und drückte den wimmernden Arnie, der kaum aus den samenverklebten Wimpern schauen konnte, fest an sich. „Pst, Kleiner." Er legte ihn wieder hin und griff nach den Socken von gestern. Mit traurig geröteten Augen wischte er dem Jungen dann seinen Samen von Gesicht und Körper. Immer wieder flüsterte er dabei: „Tut mir ja so leid, Söhnchen." Zuletzt bückte er sich, um Arnie auf die Stirn zu küssen. „Jetzt zieh' dich an und vergiß, was passiert ist."

Arnie lächelte unter Tränen. „Schon gut", sagte er.

Eine kräftige Ohrfeige knallte ihm auf die Wangen. „Nein, ist es nicht. Verschwinde aus meinen Augen."

Eds Lippen ließen Arnies Schwanz gehen. Er hatte den Bauch voll heißer Pisse. Dann zog er sich zurück und sah zu Arnie auf, als wüßte er nicht, was er nun tun solle.

Doch Arnie sagte nur: „Verschwinde aus meinen Augen."

27

VOR Jahren einmal hatte Mark an seiner Schreibmaschine gesessen und die vor sich eingespannte Seite durchgelesen. Er steckte in der Mitte seines längsten Buches, *Gierig bis ins Grab,* — einem Werk über Nekrophilie, der Liebe zu Toten. Nur hatte Mark so gut wie keine Beziehung zu diesem Thema. Sexuelles Interesse an einer Leiche konnte er sich höchstens vorstellen, wenn der Vorrat an lebendem Material völlig erschöpft war, und doch hatte er sich kühn entschlossen, auch diese Spielart der Sexualität in seine umfassenden Abhandlungen miteinzubeziehen. So, wie sich ihm seine Arbeit derzeit präsentierte, konnte er ihr einiges an sexuellem Interesse abgewinnen: ein Mann war beim Onanieren. Das hat an sich schon einen erotischen Reiz. Wenn Mark jedoch an die Leichen in seinem Manuskript dachte, fühlte er sich durchaus nicht erregt. Er bewältigte dieses Problem, indem er während des Schreibens so wenig wie möglich darüber nachdachte, sich ganz auf den lebenden Sexualpartner konzentrierte und die Rohfassung der Kapitel mit zwei lebenden Helden niederschrieb, ehe er den einen davon auf den Korrekturfahnen abmurkste.

Obwohl Mark nie so recht mit diesem Namen zufrieden war, hieß die Hauptfigur Bill Johnson. Man konnte Bill aus seiner Nekrophilie eigentlich keinen Strick drehen. Er war immer ein vorbildlicher Bürger und Liebhaber, bis sein langjähriger Freund Chris eines Nachts, während Bill ihn fickte, einem Herzanfall erlag. Bill rief den Notarzt und versuchte den Toten gerade durch Mund-zu-Mund-Beatmung wiederzubeleben, da

ertappte er sich dabei, daß er auf ihm lag und ihn durchfickte.

Mark hatte studiert, was man landläufig als „abweichendes Verhalten" bezeichnet. Er suchte offizielle „Perverse" auf, um womöglich ein gemeinsames Grundraster zu entdecken. Am interessantesten fand er dabei die Übereinstimmung, daß sich alle Betroffenen ihrer Neigung völlig überraschend bewußt wurden, ob es sich nun um die Belästigung unwilliger Kleinkinder oder um öffentliches Wichsen vor den Augen alteingesessener Bürger handelte. Ja, die meisten Perversen hatten immer ein ganz normales Leben geführt, bevor aus dem Nichts ihre neuen Interessen auftauchten.

Von heute auf morgen verwandeln sich Mütter mittleren Alters, glücklich verheiratet und allgemein hochgeschätzt, in mannstolle Nymphen, die von den Eltern minderjähriger Jungen aus der Nachbarschaft den Behörden überantwortet werden.

Rechtschaffene heterosexuelle Bürger entwickeln ein Verlangen, ihren Samen über die Gesichter kleiner Babys zu schießen.

Treusorgende Ehefrauen verspüren urplötzlich das Bedürfnis, sich auf den ehelichen Matratzen von einem Fremden durchvögeln zu lassen, während ihr Mann aus einer Ecke das Treiben verfolgt.

Unkomplizierte Homosexuelle verlangen von ihrem entgeisterten Freund, daß er sie foltert. Mitunter wird der Freund später sogar süchtig danach.

Ein Mann aus Topeka, Kansas, der, soweit er oder sonstjemand wußte, bislang völlig normal gewesen war, öffnete sich während einer Begräbnisfeier die Hose und zeigte allen Trauergästen seinen Steifen. Mark unterhielt sich mit ihm im Staatskrankenhaus.

Ein Teenager aus Montana kappte sich eines Nachts seinen durchaus makellosen Schwanz. Angeblich war es der größte Orgasmus, den dieser Schüler je erlebt hatte.

Daß alles bizarre Sexualverhalten also so überraschend einsetzen konnte, machte Mark zynisch gegenüber Moralaposteln, die argumentierten, er solle nichts über Menschen schreiben, die anderen zu Leibe rücken, weil es sich dabei um Kranke handele und die Lektüre von Marks Büchern sie noch ermuntern könne. Nach Marks Überzeugung war diese Argumentation

nur auf Unkenntnis der wahren Verhaltensantriebe zurückzuführen.

Nach *Gierig bis ins Grab* sah Mark sich endlich in der Lage, über Sex zwischen Männern und Frauen zu schreiben, — etwas, das er früher tunlichst vermieden hatte, weil sich ja soviel schwuler Porno hinter der bisexuellen Maske verschanzt. Zuguterletzt konnte er sogar den Geschlechtsverkehr mit Tieren, Babys und unwilligen Partnern schildern — nicht als Befürwortung, sondern als wissenschaftlicher Autor, der sich anschickt, eine Geschichte zu erzählen, die andere vor ihm vielleicht weniger gut ausgesponnen haben.

Mitten in diesem Nekrophilenroman also, der sich nicht so gut verkaufte, wie er gekonnte hätte, stand Mark Edwards einmal von seiner Schreibmaschine auf, ging ans Fenster, blickte hinunter und sagte: „Wenn ein Autor für die Gattung 'Schmutzige Bücher' zuständig ist, darf er seinem Schwanz in keiner Richtung Tabus auferlegen. Seine Geschlechtsteile müssen Eigentum der hochfliegendsten Geister werden, — jener Menschen, die mich wegen Zersetzung der Moral einlochen würden — den wahrhaft Rechtschaffenen." Und er holte seinen Schwanz heraus, öffnete das Fenster und lehnte sich nach draußen. Mark stand sechzehn Stock über den Straßen von Manhattan, und auf den Bürgersteigen wimmelte es von emsigen Fußgängern. „Ja, dieser Schwanz gehört sogar dem Pöbel."

Er zielte seinen Kleister aus dem offenen Fenster. Mit leicht zugekniffenen Augen jagte Mark seinen Samen der ganzen Welt ins Gesicht. Leergepumpt kehrte er dann wieder an seine Maschine zurück und tippte:

Sechstes Kapitel

Bill drehte den Leichnam auf dem Tisch des Einbalsamierers herum, teilte die kalten Arschbacken und entfernte den Wattebausch, den man dazwischengesteckt hatte, um ihn durch seine Zunge zu ersetzen.

28

BART zupfte nervös an den Knöpfen seines Mantels, während sein Vater sich mit Madame stritt. „Kein Schwein wird dein Etablissement zusperren", hörte er ihn sagen, „ich habe ihn selbst mitgebracht und werde keine Anzeige erstatten." Bart war erst zwölf.

Sein Vater hatte ihn in der Garage beim Onanieren ertappt und war zu dem Schluß gelangt, daß es „höchste Eisenbahn" würde. Bettys Haus hatte in der Gemeinde Vicksburg einige Tradition, und schon Barts Großvater hatte seinen Sohn im Alter von zwölf Jahren ähnlich eingeweiht. Der Kreis mußte sich schließen. Bart wußte sehr wohl, warum er seinen Mund hielt.

Während ihn Betty einen Gang entlangführte, wandte er sich um und sah seinen Vater ein Zimmer in der Nähe der Eingangstür betreten. „Syd!" rief eine Frauenstimme von drinnen. Dann schubste Betty den Jungen in ein düsteres Stübchen mit geblümter Tapete, wo eine schmächtige Frau, die etwa so alt war wie seine Mutter, auf dem Bett lag. Er fiel zwar nicht in Ohnmacht, aber trotzdem konnte er nie genau sagen, was sich nach Bettys Abgang eigentlich ereignet hatte. Er wußte nur, daß er die Fotze der Frau sah, und glaubte sich auch daran zu erinnern, daß er sie anfaßte. Gebumst hatte er sie jedenfalls nicht. Nur daß er nackt gewesen war, wußte er noch. Aber er konnte sich an kein Wort von Seiten dieser Frau erinnern.

Genauso fest war ihm noch im Gedächtnis, was sich ereignete, als er das Zimmer verließ und die schmächtige Frau ihn in den Salon schickte, um dort auf seinen Vater zu warten. Vor

der Tür des Raumes, in dem sein Vater verschwunden war, blieb er stehen und lauschte, ohne jedoch die Geräusche unterscheiden zu können. Irgendwie — warum, wußte er nie so genau, — öffnete er diese Tür und spähte hinein. An die fünf Minuten hielt er sie offen, ohne daß sein Vater oder die Nutte ihn bemerkt hätten.

Was Bart als erstes erblickte, war, wie sein Vater sich sacht gegen die junge Nutte wälzte, um sie zu ficken. Das Lämpchen an der Kopfleiste tauchte die Szene in grelles Licht; der Rest des Zimmers lag im Dunkeln. Dann sah Bart, wie sein Vater den Schwanz grob herauszog, sich im Bett aufrichtete und über der zuckenden Nutte zu wichsen begann. Für alle Zeiten brannte sich Bart diese obszöne Stellung seines Vaters ins Gedächtnis, der der Frau mit vorgestrecktem Bauch seine Latte aufs Gesicht richtete; die Erinnerung an seine eigene sexuelle Betätigung nur zehn Minuten zuvor versank jedoch in Barts tauber Benommenheit.

Dann hatte sein Vater sich umgedreht und sich mit dem Arsch auf das Gesicht der Frau gesetzt, um ihr seinen Schwanz zwischen die großen Brüste zu rollen. Und als er seinen Samen schließlich über den weiblichen Oberkörper schleuderte, schimpfte er gebieterisch: „Saug‘ mir meinen Arsch aus, saug‘ mir den Arsch aus, du Hure.“ Sobald er gekommen war, verrieb er seinen Samen mit beiden Händen auf dem Bauch der Frau und steckte ihr einen nassen Finger in die Möse. Sein Arsch klebte noch immer auf den schmatzenden Frauenlippen, als er sich umdrehte und Bart entdeckte. Bart sah nicht weg, sondern blickte seinem Vater geradewegs ins Gesicht. Es war eine Begegnung, die Bart nie wieder vergaß.

Ganz ruhig, während sein Schwanz über dem samenbedeckten Bauch der Frau erschlaffte und sein Arsch sich noch fest gegen ihr Gesicht drückte, sagte sein Vater: „Wart‘ im Salon auf mich.“

Bart schloß die Tür hinter sich und wartete im Salon. Zehn Minuten später erschien sein Vater und zahlte Betty einige Zwanziger — wieviele, konnte Bart nicht sehen. Sein Vater erwähnte den Vorfall nie wieder, aber Bart konnte ihn nicht vergessen.

29

DIE Tänzer im *Bad Men* waren geladen vor Geilheit. Gerade hatten sich zwei Männer vor den Augen aller, die es sehen wollten, die Schwänze gelutscht. Dabei hatten mehrere der Anwesenden sie seltsamerweise völlig ignoriert und getrunken oder geflirtet, als wären die beiden Bläser gar nicht vorhanden. Drei hübsche Jünglinge mit genau gleicher Frisur und ebensolchen Jeans, die sich nur in ihren Hemden unterschieden, saßen an der Bar und warfen sich verliebte Blicke zu, ohne von ihrer Umwelt die geringste Notiz zu nehmen. Am Ende der Theke hockte ein Mann in Freizeitjacke und Krawatte. Schon den ganzen Abend gaffte er Marco mit gierigen Blicken an.

Bart sah wunderschön aus. Er saß ihm in der Tischnische gegenüber. Gerade dachte Marco, daß irgendetwas Verruchtes um Barts Mundwinkel spiele — ein Lächeln, das Marco zwang, mit ihm zu ficken. Aber Bart sah auf die Uhr: „In einer halben Stunde kommt sie zurück; besser, wir bestellen uns nichts mehr zu trinken."

Marco nickte. Sechzehnmal hatten sie ihren Sexualakt — Bart auf seiner Frau und Marco vor dem Fenster — nun schon wiederholt, und noch immer wurden beide von dem Gedanken erregt, daß es in einer halben Stunde wieder soweit wäre. Aber einfach der Unterhaltung wegen fragte Marco beiläufig: „Würde es dich anmachen, wenn ich dir zusähe, wie du mit einem Mann fickst?"

Bart nahm einen Schluck aus seinem Glas und überlegte. „Ja, ja, das würd' es. Und wie sieht's mit dir aus?"

„Wenn er es nicht wüßte."

„Klar doch."

„Ja, dann fände ich es auch aufregend." Marco warf einen Blick auf den gierigen Mann an der Bar. „Der dort? Würdest du mit dem ficken?"

Bart begutachtete den Fremden eine Minute. „Klar. Soll ich?"

„Ich sag' dir was. Warum verabredest du dich nicht für morgen Abend mit ihm in einem Motel, und ich stehe im Wandschrank, wenn ihr kommt. Sobald du ihn gebumst hast, tret' ich raus und ficke ihn selber."

Bart sah glücklich aus wie ein Junge, der gerade heil mit einer Tüte Bonbons entkommen ist. Seine Vorfreude auf das neue Abenteuer machte ihn so ungeduldig, zu Hause mit seiner Frau zu ficken, daß er sofort aufsprang und auf den Gierigen zuging. Während sie sich unterhielten und Bart dem Mann einen Drink spendierte, sah dieser unentwegt zu Marco hinüber, und Marco hätte schwören können, daß der Fremde ihn haben wollte. Sie sprachen in aller Ruhe; am Ende beugte Bart sich vor, um den Mann auf den Mund zu küssen, und kehrte dann an seinen Tisch zurück.

„Morgen Abend um neun ist er vorm Welby Motel." Seine Augen schienen mehr zu funkeln denn je. „Und jetzt laß' uns meine Frau ficken."

30

ZWEI Wochen vergingen. Immer hatte Arnie methodisch in oder auf Ed gepißt, ohne je einen Steifen zu bekommen oder irgendwelches Interesse zu bekunden. Ed hätte gern weitergemacht wie gehabt — für immer vielleicht —, aber er wartete darauf, daß Arnie etwas täte, — was, das wußte er selbst nicht genau.

Immer trank er Arnies Pisse mit einem unbestimmten Gefühl der Erwartung und ließ erst ab, wenn der Schwanz keinen Tropfen mehr hergab. Mitten in einer solchen Begegnung sah Ed zu dem Guckloch hinauf und erkannte ein schimmerndes Auge. Arnie zog sich erschrocken zurück. Da erhob sich Ed und preßte sein eigenes Auge gegen den Spalt.

„Hey, was ist?“ rief Arnie.

Durch das Guckloch konnte Ed den Rücken eines großen Mannes nach draußen verschwinden sehen. Als Arnie Ed zur Seite stieß, um selbst zu schauen, konnte er jedoch nichts mehr entdecken. „Der Lagerschuppen“, sagte er, während er sich die Hose hochzog und hinausstürmte. Ed folgte ihm.

Im Nu standen sie im Lagerschuppen hinter dem Waschraum. Arnie spähte durch das Guckloch, um sich vorstellen zu können, was der Beobachter wohl gesehen hatte. Die Mauer unterhalb des Loches war von Samenbächen verkrustet — einige davon noch ganz frisch.

„Jemand hat zugesehen, wie ich dich vollgepißt hab‘. Nach dem Zustand von Wand und Boden zu urteilen, würde ich sagen, er hat sich dabei einen runtergeholt. Wahrscheinlich war er von Anfang an hinter der Mauer.“

Erstaunt, aufgeregt und entgeistert sahen sie einander an, ohne aber direkt Angst zu verspüren.

„Mal sehen, ob er morgen wiederkommt“, meinte Arnie und führte Ed nach draußen. „Und jetzt scher‘ dich zum Teufel!“

31

BART sah ihn als erster, ohne aber sagen zu können, um wen es sich dabei handelte.

Gerade hatte Bart den Mann, mit dem er hier verabredet war — einen sinnlichen Schreiner namens Nick — zu Ende gefickt und Marco war, den Schwanz starr vor sich aufgerichtet, aus dem Wandschrank erschienen, da entdeckte Bart plötzlich das Gesicht hinter dem Fenster. Er war zurückgewichen, um zuzusehen, wie Marco sich in das samentriefende Arschloch des schreckensbleichen Mannes warf, und Marco hatte seinen wuchtigen Stoß erst zweimal wiederholt.

„Wir werden beobachtet“, meinte Bart gelassen.

Marco sah erst ihn an und folgte dann seinem Blick zum Fenster. Ohne sich zu bewegen, verharrte das Gesicht in einigem Abstand in der Dunkelheit. Da stieß Marco wieder zu — stieß und stieß und warf sich in das nasse, willige Arschloch, ohne sein Auge auch nur einen Moment von dem schattenhaften Gesicht hinter der Scheibe abzuwenden.

„Los, zeig‘ ihm mal was Ordentliches“, feuerte Bart an. „Laß‘ ihn was sehen für sein Geld.“

Als Marco sich unter Keuchen und Stöhnen in den Arsch des Mannes entlud, verschwand das Gesicht vom Fenster. Im selben Moment zog Marco seinen Prügel heraus und wandte sich

an Bart. „Hey", sagte er, „die Sache wird ja immer heißer."

Da dem Mann auf dem Bett nun erst bewußt wurde, was eigentlich vorging, onanierte er hitzig. „Ruft euren Bekannten jetzt rein. Er darf mich auch bumsen."

Bart und Marco sahen einander an und prusteten vor Lachen.

32

ICH bin da, wenn der Teenager sich die Hose bis auf die Knöchel herunterzieht, seinen blanken Arsch in das feuchte Gras preßt und sich dreimal hintereinander einen runterholt, bis sein Pimmel wund und rosa ist. Ich bin da, wenn Mammi friedlich schlummert und Pappi in den frühen Morgenstunden aufsteht, um in den Keller zu schleichen und mein Buch aus einem der Risse im Verputz zu ziehen, ehe er sich, nackt auf der Werkbank ausgestreckt, seinen Samen über die Schulter schießt. Ich bin da, wenn zwei Freunde Seite an Seite liegen und einer von ihnen meine fetzigen Geschichten vorliest, bis beide schaudern und schießen. Ich bin da. Ich bin da.

Wir sind uns vertraut, ich und du, lieber Leser, obwohl ich mir bewußt bin, daß du unsere Vertrautheit nicht recht begreifst und dir von Pornographie schroffe Unpersönlichkeit erwartest. Eben darum habe ich mich in meinen dreiundvierzig bisherigen Büchern auch nie persönlich eingeschaltet. Ich weiß, daß der Sittenkodex sämtlicher Bahnhofstoiletten dieses Landes uns Männern gestattet, das Gesicht Schwänzen darzubieten, die sich wild unter Trennwänden hervordrängen; und ich weiß auch, daß derselbe Sittenkodex den betreffenden Gesich-

tern verbietet, zu sagen, „Gehen wir doch zu mir nach Hause", wenn sie eine Ladung Sperma geschluckt haben. Mit dem Reiz der Pornographie ist es dasselbe: es geht um unpersönlichen Sex. Was die Leser suchen, ist eine zeitweilige Erleichterung von der primitiven Gier in ihren Eiern — persönlich möchten sie mich nicht kennenlernen.

Und doch sind wir uns vertraut. Masochistisch, wie ich bin, gedeihe ich sogar auf deiner Geringschätzung. Es erregt mich zu denken, wie du die redselig-banalen Kapitel überspringst, aber blödsinnig auf jedes Wort in jenen Kapiteln starrst, wo sich Männer gegenseitig das Sperma aus dem Arsch saugen. Ich brauche das, lieber Leser, wie andere vielleicht einen Schwanz im Arschloch brauchen. Obwohl du selbst ja glaubst, nur mit den Hauptfiguren auf vertrautem Fuß zu stehen (und auch dies nur körperlich, wie du denkst), kennen wir beide uns doch ganz genau. Von der ersten Sekunde, wenn du die Jalousien herunterziehst, bis zu dem Moment, wo du mit einem Küchentuch das antrocknende Sperma aufsaugst, bist du mit mir zusammen. Ich denke immerzu nur an dich — genau wie ein Liebhaber. Auf eine ganz besondere Art haben wir unser Fleisch schon aneinandergeschmiegt.

Wärest du hier, würde ich mir von dir die Hose ausziehen und mich mit den Händen erregen lassen. Ich würde geduldig erlauben, daß du meinen Schwanz in deinen Mund saugst, und ihn dir viele Minuten sanft gegen die hintersten Wände der Kehle drücken, ehe ich dir meinen Samen langsam hineinsikkern ließe und mich dann, ach, so sanft wieder herauszöge, damit du mich auf deiner Zunge schmecken kannst. Und danach würde ich dir, lieber Leser, die Hose öffnen, mich an deinem verheißungsvollen Stück Fleisch weiden und meine Lippen so fest darum zusammenpressen wie einen Schließmuskel — solange, bis auch du mich aus deinem Schaft fütterst.

Und ebendiese Bereitschaft meinerseits macht es nicht nur erträglich, sondern geradezu erregend, daß du die feine Sprachkunst ignorierst, die in die Arschleckszenen überleitet. Ich weiß, was du mit meinen Büchern treibst. Ich weiß, daß manche Seiten zusammenkleben, wenn dein Samen fliegt. Ich weiß es und nehme es so geduldig hin wie ein Liebhaber.

Weil ich dich, wenn du hier wärest, meinen Arsch besteigen

ließe wie ein Pferd, darum, lieber Leser, möchte ich in diesem, meinem vierundneunzigsten Buch einen Vorstoß wagen — einen weiteren Schritt in die Vertraulichkeit, die wir zusammen erreichen können. Ich begnüge mich nicht mehr damit, dir bloß meine Phantasien zu skizzieren. Ich möchte, daß du in meiner Phantasie lebst. Genau, wie ich in deiner leben muß. Ja, im Grunde darf es gar keine Phantasie mehr bleiben.

Der erste Leser, mit dem ich je geschlafen habe, war ein Basketballspieler, der mir auf mein Buch *Leck' noch tiefer* einen Brief schrieb. Ihn in Person zu befriedigen, war die Vollendung dessen, was ich im Buch begonnen hatte. Als ich ihm, auf seinem gewaltigen Schwanz reitend, Aug' in Auge gegenübersaß, merkte ich, daß ich mich dort befand, wo schon mein Buch gewesen war. Der Abschied von ihm fiel mir weniger schwer in der festen Gewißheit, daß ihm mein Buch ja blieb und er es wieder so halten würde, wie er mich gehalten hatte.

Ich sage dies alles, weil ich dir vielleicht als allzu vertrauter Gefährte erscheine und nicht als unpersönlicher Fremder, wenn ich so frei und offen mit dir spreche. Wenn zwei Fremde Sex miteinander haben, sehen sie sich ja meistens nur von ihrer Schokoladenseite; zwei langjährige Weggefährten aber feilen sich ungeniert die Fingernägel, zupfen sich Haare von den Muttermalen oder puhlen sich zwischen den Zähnen, während der andere zuschaut. Das heißt nicht, daß sie im Bett nicht wie zwei Berserker sein könnten, sondern nur, daß sie es sich eben bequem machen. Du aber hast mir in all diesen Jahren nicht einmal erlaubt, mich so gehen zu lassen.

Immer hast du verlangt, daß ich deine schärfsten Sehnsüchte befriedige, — daß ich mich andren anbiete und dir alles haarklein erzähle. Gleichzeitig hast auch du dich anderen angeboten und mich nur wissen lassen, daß du mit Leib und Seele eigentlich anderswo warst; auf die verschiedenen Handlungsstränge hingegen, die mich vielleicht amüsierten, hast du dich nie eingelassen. Du machst Eselsohren in die Seiten, um dir deine Lieblingsstellen zu markieren, und hältst die Bindung anders als vorgesehen; du preßt mich in deiner Faust und läßt mich zusehen, wie du deinen Samen im Geiste was-weiß-ich-wievielen Männern entgegenschleuderst. Und ich sehe zu.

Ich weiß, was dir an deinem Pornographen gefällt und was

nicht. Und ich habe dich immer nach Wunsch beliefert. Bildlich gesprochen, ließ ich meinen Schwanz für dich hochschnellen, habe meine Arschbacken auseinandergerissen, habe mich auf den Rücken gelegt und meinen Mund für dich geöffnet. Aber stets hast du mich bloß als Botschafter deiner Sexphantasien behandelt, ein Bindeglied zwischen Gelüst und Genuß — einen Kuppler. Ich durfte eindringen, um zu geben, — nie, um zu nehmen.

Aber wie, lieber Leser, soll ich dir je beibringen, was du brauchst, wenn mir, dem spritzvergnügten Kuppler, niemand an den Schwanz grapscht?

33

AUF andere Männer hatten Mark Edwards' blaue Augen stets eher dumm gewirkt. Sie fanden sie zu blau, zu tief, zu schmachtend, um sie jemandem zuzutrauen, der länger als zwei Minuten einen klaren Gedanken fassen könnte. Immer standen seine sinnlichen dicken Lippen halboffen. Auch wenn er sich noch so oft rasierte, hatte er nachmittags den berühmten Fünf-Uhr-Schatten, der auf mangelndes Pflichtbewußtsein hinzudeuten scheint. Seine glänzend schwarzen Locken schmachteten um eine faltenfreie Stirn, hinter der kein Liebhaber Kummer und Sorgen vermutete hätte. Und abgesehen von kurzen, plötzlichen Freudenausbrüchen, die sich in einem schiefen Grinsen bekundeten, blieb Marks Gesichtsausdruck immer neutral. Außerdem schauten seine großen rosa Ohren seitlich zu den Schmachtlocken heraus, wie man es von Denkerohren in der Regel nicht kennt.

Doch gerade diese dummen Augen lockten die Männer; keiner hatte ihnen je widerstehen können. Immer war Mark, wenigstens nach Meinung seiner Liebhaber, das „Opfer" der Verführung, nie der „Auslöser". Ja, immer galt er als der Begehrte, ohne sich je anmerken zu lassen, daß — immer — er es war, der sich seine Männer aussuchte.

Seine Schönheit verschüchterte sie. Viele Männer ließen sich auf keinen Flirt mit ihm ein, weil sie eine eisige Abfuhr befürchteten. In diesen Fällen sorgte er für einen zufälligen Moment unter vier Augen (indem er z.B. ganz, ganz leicht und im Vorübergehen mit einem Handgelenk über ihre Arschbacke streifte), der zu umständlichen Entschuldigungen und in ein Schwätzchen hinüberführte; ganz unterschwellig gab er ihnen darin das Gefühl, daß er nicht zu ihrer Klasse gehörte. „Ich beliebt?" fragte er etwa, indem er sich auf die Brust deutete und täuschend echt errötete. „Im Grunde bin ich sehr einsam." Dabei ließ er schüchtern diese magischen Lider klappern. Immer waren die Männer gern bereit, ihm in die Toilette zu folgen, um ihn aus seiner Einsamkeit zu befreien. Auch auf den Parkplatz folgten sie ihm. Mehr als einer fand sich knieend zwischen Betonklötzen und trübseligen Gäßchen wieder. Männer, an denen man dergleichen nie gekannt hatte, rissen ihm hemmungslos den Reißverschluß auf, während er ungerührt auf sie herabsah. Er hatte gelernt, sie nicht mit nach Hause zu nehmen, denn schwerer als es ihm selbst fiel, ihre verletzlichen Schlafzimmer zu verlassen, war es, die anderen später zum Gehen zu bewegen. Keiner von ihnen hatte sich je träumen lassen, daß hinter den dümmlichen blauen Augen unvorstellbare Strudel wirbelten, die alle Gerüche, Geräusche und Spannungen des gemeinsamen Ficks in sich verschlangen. Obwohl Mark immer genau das bekam, was er suchte, fühlten sich die anderen stets als die Nutznießer.

Einmal lag ein deutscher Tourist, dessen überdimensionaler Anhalterrucksack in eine Ecke gepfropft war und dessen Schwanz noch von ihrem Lanzenstechen triefte, mit ihm im Zimmer eines Howard-Johnson-Motels und fragte in seinem harten Akzent: „Hast du nachher immer Lust zu reden?" Mark zuckte nur die Achseln und senkte die Augenlider. „Gut so. Männer, die reden, sind zu gescheit und ficken nicht gut",

fuhr der Deutsche fort. Mark lächelte desinteressiert und fing wieder an, nach dem Schwanz des Deutschen zu grapschen, während er seinen „Kraut" im stillen zu Helmut Mann ausbaute, dem Helden von *The Peitsche,* einem Bestseller über sexuelle Züchtigung in einer deutschen Erziehungsanstalt.

Mit ebendiesen dummen Augen hatte Mark eines Nachmittags unversehens auf Arnie gestarrt. Er war gerade eingetreten, als Arnie beim Abendessen saß und offenbar keine Kundschaft erwartete. Also spazierte Mark herein und hatte, noch ehe Arnie sich nach dem Eindringling umsehen konnte, das „Geschlossen"-Schild aufgehängt. Hingerissen von der Schönheit des Fremden, stand Arnie mehrere Minuten sprachlos da.

„Kann was ich für Sie... ich meine, darf ich was für dich..." Arnie lachte errötend, bemerkte sein offenes Hemd und begann es zuzuknöpfen. Im stillen wünschte er sich nur, seine Jeans wären nicht so verschmiert; er konnte sich gar nicht erinnern, sich je über solche Dinge den Kopf zerbrochen zu haben. „Tut mir leid", fügte er hinzu, während er sich seine Hand am Hemd abwischte und sie dann Mark entgegenstreckte.

Mark erwiderte mit einem festen Händedruck, ließ aber nicht mehr los. Stattdessen trat er auf Arnie zu, preßte ihm seinen Handrücken gegen das Hemd und stieß ihm dann den Arm langsam zu seiner wohlverpackten Männlichkeit hinunter. Ohne mit der Wimper zu zucken, rieb er mit dem fremden Handgelenk über die Beule in Arnies Hose, bis der Schlosser allmählich steif wurde.

Arnies Gesicht war knallrot; der Schweiß perlte ihm von der Stirn. Er suchte in Marks bodenlosen blauen Augen irgendeine Erklärung für die intensiven Gefühle, die er plötzlich empfand — eine unergründliche Ahnung, Mark Edwards schon zu kennen.

Als Mark die Hand losließ, massierte Arnie sie vorsichtig, als erwartete er, daß sie sich jetzt anders anfühlte. Er kicherte. Er hatte noch nie gekichert, aber heute, unter Marks stechendem Blick, mußte er kichern. „Ich bin Arnie. Berufsmäßiger Motorradbastler. Haben Sie eins?"

Mit herablassendem Lächeln schüttelte Mark den Kopf. Dann trat er an einen schmierig wirkenden Eimer voll Flüssigseife, stippte zwei Finger hinein und hielt sie in die Luft. Dabei lächelte er Arnie an.

Arnie konnte nur schwitzen und kichern, als er sich in den Hinterraum zurückzog. „Naja“, sagte er, „von Autos verstehe ich auch ein bißchen was, falls Sie eins brauchen...“

Mark schüttelte den Kopf und richtete seinen Blick nach unten auf Arnies Schwanzbeule. Arnie erreichte seine Werkbank, griff nach einem Schraubschlüssel und begann, ungeschickt damit herumzuspielen. Dann warf er ihn völlig unerwartet beiseite und heulte los: „Was wollen Sie? Was wollen Sie?“

Mark bückte sich und knotete sich nacheinander die Schuhe auf. Er kickte sie fort und zog sich mit der sauberen Hand die Socken aus. Während er sich dann wieder aufrichtete, um Arnie direkt in die Augen zu sehen, knöpfte er sich auch das Hemd auf und zog es aus; dabei ließ er die eingefettete Hand vorsichtig durch den Ärmel schlüpfen. Arnies Augen weiteten sich, als er die mächtigen, gewölbten Brustmuskeln mit ihren dunklen Wärzchen bestaunen konnte. Mark streichelte sich mit der sauberen Hand die Bauchdecke und spielte mit der rabenschwarzen Flaumspur, die in seinem Reißverschluß verschwand.

Dann zog er sich langsam die Hose auf und zerrte sie über die männlichen Schenkel nach unten, um einen riesenhaften, voll aufgerichteten Schwanz und die größten Eier zu entblößen, die Arnie je gesehen hatte. Während Mark seine Hose auf das Häufchen von Schuhen, Socken und Hemd kickte, deutet er auf eine bestimmte Stelle des Betonbodens. Arnie folgte der Richtung des Fingers und sah dann wieder Mark an. Noch einmal streckte Mark den Finger aus. Aber erst, als er seine eingefettete Hand nahm und sich den steinharten Schwanz einschmierte, trat Arnie auf die Stelle zu.

Eher er sich‘s noch recht versah, hockte er auf dem Boden und zog sich zuerst die Schuhe, dann die Socken, dann die Hose und schließlich das Hemd aus. Im Nu lag er seitlich und mit abgewandtem Gesicht auf dem kühlen Beton.

Während er in dieser embryonalen Stellung ausgestreckt lag, fühlte er plötzlich, daß Mark ihn berührte. Es war eine eingefettete Hand, die ihm liebevoll über Arschbacken und Arschloch rieb. Arnie begann zu schluchzen, wie er es nie getan hatte, soweit er sich zurückerinnern konnte. Dann fühlte er, wie Marks Lippen ihn sacht auf die Schultern küßten und Marks

Körper sich eng an den seinen schmiegte, während ein Arm ihn dichter heranzog. Arnie konnte nicht sagen, weshalb er selbst dann noch weiterschluchzte, als Marks Hand nach unten wanderte und ihm behutsam die Beine ausstreckte.

Im selben Moment betrachtete Arnie seinen immer noch schlaffen Schwanz und sah, wie Marks gewaltige Eichel direkt darunter herausragte. Er spürte, wie Mark ihm seinen Schwanz zwischen die Eier hinaufzog, und dieses Gefühl löste eine Flut von kindischen Tränen aus — ein Emotionsventil, das Arnie sich sogar als kleiner Junge nie erlaubt hatte.

Da zog Mark sich ganz zurück und zielte mit seinem Prügel in Arnies Arschloch. Der Schwanz beendete seine Wanderung erst, als seine Wurzel die Grenzen von Arnies Schließmuskel erkundet hatte. Gut drei Minuten, während denen Arnie sich unter Zuckungen hin und her wälzte, hielt Mark seinen Schaft in dieser Position und faßte seinen Vordermann um die Hüften, so daß dieser sich nicht losreißen konnte. Erst als Arnie aufseufzend liegenblieb, zog Mark sich langsam zurück, bis er wieder ganz draußen war und seine Eichelknolle sanft Arnies Arschloch küßte. Ohne jede Vorwarnung quetschte er sie dann abermals hinein, so tief er nur konnte, zog seinen Pfahl dieses Mal jedoch schneller und nicht völlig heraus. Jeder Stoß schien tiefer und tiefer einzudringen.

Bald rollte Arnies Körper unter der Wucht des brutalen Ficks über den schmutziigen, kalten Boden, obwohl Marks Pranken ihm nur desto kräftiger in die Hüfte griffen. Rastlos und gleichmäßig rammte der fremde Bolzen weiter zu, und seine Rhythmen beschwichtigten Arnie so, wie ein Schlummerlied ein Baby einwiegt. Als aus dem Schluchzen schließlich Stöhnen wurde und Arnies eigener Schwanz sich aufrichtete, packte Mark sofort zu und begann, ihn unbarmherzig im Rhythmus der unausgesetzten Stöße zu bearbeiten.

Pausenlos wurde Arnie weitergefickt, während sich Marks Lippen über die zitternden Schultern bewegten und Marks Zähne ihm sanft, aber bestimmt, im Nacken knabberten. Dabei hörte sein Ficker nie auf, ihm verbissen am Schwanz zu pumpen und zu geifern, bis Arnie der Speichel über den Hals hinablief, wenn Marks Lippen Arnies Ohr erreichten.

Arnie konnte keinen klaren Gedanken fassen; er wußte nicht

einmal genau, ob dies alles denn wirklich passierte. Fest stand nur, daß er noch nie so glücklich gewesen war. Ja, noch nie hatte er das Gefühl, sein Arsch sei dermaßen ausgefüllt, — aber es war noch mehr als das. Noch nie hatte er sich so warm und so als Ganzes gefühlt wie nun mit Marks rammendem Schwanz im Leibe, Marks großen Händen auf seiner Haut und Marks gespitzten Lippen in seinem Ohr.

Arnie zuckte ein wenig zusammen, als der fremde Ficker endlich sprach, aber gleich zog Mark ihn wieder fest an sich. Erst als Arnie die Worte hörte, fiel ihm auf, daß der ganze Fick sich bis dahin schweigend abgespielt hatte.

Keuchend und heiser flüsterte ihm Mark von hinten ins Ohr: „Nenn' mich Mr. Moorehead. Sag': 'Bumsen Sie mich, Mr. Moorehead.' Los, sag'!"

„Bumsen Sie mich, Mr. Moorehead", wiederholte Arnie zuerst zögernd, dann aber mit Begeisterung. „Bumsen Sie mich, Mr. Moorehead! Bumsen Sie mir die Scheiße aus dem Leib. Geben Sie's mir, Mr. Moorehead. Rein damit!" Immer schriller wurde seine Stimme, während er sagte: „Bitte bumsen Sie mich, Mr. Moorehead. Ficken Sie mich... in... den Arsch."

Marks Bewegungen wurden rasend, als sich seine Zähne in Arnies Nackenmuskeln festbissen und er seine Ladung tief in den zuckenden Körper jagte. Es war diese Entladung aller Säfte, die Arnie in Krämpfe versetzte, während Mark ihm wie wahnsinnig den Schwanz melkte. Beide Männer hatten ihre Augen auf den Schaft gerichtet, der vor ihnen aufragte, als er seinen Ertrag über den ganzen Betonboden und in einen Tümpel schmutziges Motorenöl katapultierte.

„Oh Gott, bumsen Sie mich, Mr. Moore...head. Oh Gott, ja."

Mark hielt den Schwanz solange fest, wie es seine Begierden verlangten; sogar einige Sekunden darüberhinaus. Selbst nachdem er ihn losgelassen hatte und seine Hand hinaufgleiten ließ, um sich in Arnies breite Männerbrust zu verkrallen, machte Mark keine Anstalten, seinen Schwanz herauszuziehen. Mit gleichmäßigem Keuchen lagen sie am Boden, während Mark seine Lippen zärtlich auf Arnies Rücken ruhen ließ.

Arnie konnte seine Verwirrung nicht mit seinem Hochgefühl in Einklang bringen. Fast wollte er schon den Kopf drehen, um

Mark eine Frage zu stellen, da zog sich das riesige Organ so abrupt aus seinem Arschloch, daß er die Luft anhalten mußte.

Ehe er noch ganz zur Besinnung gekommen war, blickte Arnie zu Marks perfekt geformtem Arsch hinauf, während der schöne Fremde nach seinen Kleidern griff. „Ich heiße Arnie", sagte Arnie, ohne sich im geringsten von der Stelle zu bewegen.

Lächelnd wandte Mark den Kopf: „Ich weiß."

Arnies Gesicht rötete sich vor Erregung — jener Erregung, die er sofort empfunden hatte, als er Mark zum ersten Mal erblickte, und die sich für gewöhnlich nur einstellte, bevor ihn jemand bumste. „Woher weißt du das mit..."

Mark legte einen Finger auf seine Lippen und machte ein Schmollmündchen, als wolle er sagen „Pscht".

„Aber wer bist du?"

„Mark. Mark Edwards." Er knöpfte sich sein Hemd zu. Als er fertig angezogen war, ging er noch einmal zu Arnie, bückte sich, ließ ihm zwei Finger tief in den Arsch schlüpfen und küßte ihn leidenschaftlich auf die Lippen. Bevor er seine beiden Finger dann wieder aus Arnies wundem Arsch zog, flüsterte er: „Keine Sorge. Ich komme zurück."

Unter der Tür wandte sich Mark noch einmal um, hielt sich seine Finger unter die Nase, wie um daran zu riechen, seufzte glücklich und lächelte. Dann öffnete er die Tür und war im Nu verschwunden.

34

SCHWEIGEND stand Marco unter der Dusche und ließ sich das Wasser über sein Gesicht und den langen, muskulösen Oberkörper strömen. Er wusch sich jenen Teil der Welt ab, den er nicht leiden konnte. Es war, als spülte er damit die Spedition herunter, bei der er diesen Tag verbracht hatte. Und — wir müssen es wohl oder übel eingestehen — er reinigte sich auch von seinem Lebensüberdruß. Gerade sang Leonard Cohen: „Und ich glaube, du treibst's zu hart für ein Frauchen, das schon auf dem Mond war..." Marco ließ die Arme hängen, drückte sein Kreuz durch und wölbte die Brust nach vorn. Er konnte sich weder rühren noch regen.

Ja, sagte er sich, die Welt hat mich einfrieren lassen, und sie wird meine Leiche in dieser Stellung finden. Jede Bewegung würde seine Frustration nur noch vergrößern. Wie lange hielte das warme Wasser wohl vor? Ach was! Er wußte: Er konnte genausowenig an kaltem Wasser sterben wie er es über sich brachte, aus dem Leben zu scheiden, solange das warme Wasser noch vorhielt.

Plötzlich drehte Marco die Hähne zu. „Da kann ich mich auch gleich meinen Plänen überlassen", sagte er sich, als sich der Plattenspieler im Wohnzimmer ausschaltete. „Und was hast du für heute Abend vor?" Er stieg aus der Wanne und schnappte sich ein Handtuch.

Ohne sich abzutrocknen, trat er in die Diele und begutachtete das Chaos in seiner Wohnung. Schon seit Wochen hatte er nicht mehr saubergemacht. „Allzu eifrig meine Bahn ver-

folgt“, sagte er, „die irrsinnige Bahn in die Sackgasse.“ Er ging zum Fenster und begann, sich abzutrocknen. Gegenüber stand ein Mädchen, das hinuntersah. Ehe Marco sich noch recht auf seine Nacktheit besinnen konnte, blickte das Mädchen schon auf und schrie. Sie war zwar nicht zu hören, aber an ihrem aufgerissenen Mund und der Art, wie sie sich die Handflächen gegen die Wangen drückte, konnte Marco erkennen, daß es ein lauter Schrei war. Sofort sah auch eine ältere Frau, wahrscheinlich ihre Mutter, zum Fenster hinaus. Als sie Marco entdeckte, zog sie die Jalousien herunter.

Marco betrachtete seinen schlaff herabhängenden Schwanz. Er wußte, daß es ein Schwanz von vollendeter Schönheit war, der zwischen zwei vollendet schönen Schenkeln baumelte. „Vielleicht“, meinte er, „hat die beiden ja auch gar nicht mein Körper schockiert. Vielleicht konnten sie mir meine Pläne für heute Abend ansehen.“

Seine Pläne für den Abend waren schon seit langem Routine. Sieben Abende in der Woche aß er eine leichte Mahlzeit und stürzte sich dann in die Suche nach Sex. Manchmal begann er auf der Männertoilette der Bibliothek, manchmal im Duschraum des YMCA, und meist bewegte er sich von dort in den Park am südlichen Stadtrand, wo unabhängig vom Wetter immer etwas los war. Wenn er sich nicht in die Büsche schlug, ging er ins Pornokino. Spät nachts besuchte er dann eine Bar, meist das *Bad Men* oder eine Sauna. Und es geschah nicht selten, daß er pro Nacht mit sechs und mehr Männern zusammen war.

Selbst jetzt, wo er Bart einplanen mußte, steuerte er noch ein stilles Fleckchen für schnellen Sex an, bevor sie ihr Rendezvous hatten. Barts Frau tappte noch immer im Dunkeln, ja, hatte nicht einmal einen Verdacht hinsichtlich der Geräusche vor ihrem Schlafzimmerfenster. Und doch war Bart nur ein paar Abende pro Woche, viel zu wenig Abende, zu haben. Marco genoß seine absurde Beziehung zu Bart inzwischen so sehr, daß er seine anderen Begegnungen um dieses Treffen herum arrangierte. Und wenn er wußte, daß er später Bart sehen würde, kam er nie bei jemand anderem, obwohl er weidlich Schwänze lutschte und sich Ständer in den Arsch schieben ließ. Seine Säfte waren Bart bzw. meist nur der Hauswand unter Barts Fensterbrett vorbehalten.

Obwohl keiner von ihnen beiden es so empfand, erwies er Bart damit doch eine merkwürdige Art von Treue, und diese Treue paßte ganz und gar in jene Ordnung, aus der Bart auszubrechen schien. Allmählich verspürte er den Wunsch, Bart in den eigenen Lebenswandel miteinzubeziehen und so seinen Sex irgendwie mit ihm gemeinsam zu erleben, obwohl Bart vor Saunen und Klappen zurückscheute. Wenigstens haarklein erfahren mußte Bart von Marcos übrigen Begegnungen. Bart wurde unverzichtbar.

„Jetzt gibt's kein Entrinnen mehr vor dem Unerläßlichen", sagte Marco laut, während er sich Schwanz und Eier abtrocknete. „Er ist zu einer gottverdammten Notwendigkeit geworde. Er ist eine neue Art Loch in der Trennwand."

Als er in seine engen Jeans und den roten Pulli schlüpfte, überfiel Marco ein plötzliches Unbehagen angesichts seiner Pläne. Er wollte sich die Nacht ja gar nicht auf Toiletten um die Ohren schlagen, aber was sollte er sonst tun? Es war wie ein Zwang. Als er sich die Schuhe anzog, fiel ihm die Nacht ein, in der er dreiundzwanzig Schwänze gelutscht hatte. Geschlagene sechs Stunden hatte er sie nacheinander hinter der Trennwand abgelutscht und erst nach dem dreiundzwanzigsten seinen eigenen Schwanz durch das Loch gesteckt, damit ein blonder Teenager die Ladung schlucken konnte, die prompt hervorspritzte. Es war ein Zwang.

Ein letzter Blick in den Spiegel, und schon verschwand Marco durch die Tür und ging auf die Straße. Es war dunkel und kalt, und als er so auf die Bibliothek zumarschierte, wünschte er sich fast, es für heute Nacht schon hinter sich zu haben. Und doch hoffte er gleichzeitig, daß die Schwänze, die er lutschen würde, gierig und groß wären — ja, hoffte, sie wären größer und gieriger als jeder nur erdenkliche Schwanz.

Der Bibliothekar hielt ein Nickerchen. Der Waschraum war leer. Marco entschied sich für seine Stammkabine, die unmittelbar neben den Pißbecken lag. Er ließ die Hose herunter und setzte sich auf die Lauer. Bei seinen Klappentouren hatte Marco gelernt, oft stundenlang unerregt auf billige Kachelböden und ausgetretene Zigarettenstummel zu starren — stundenlang auf die Woge der Erregung zu warten, die einsetzte, sobald jemand die Nachbarkabine betrat.

Er hörte die Tür aufgehen, und als er durch das Guckloch spähte, entdeckte er tatsächlich, daß jemand in die Kabine trat — jemand in einem Anzug. Erst als der Mann sich gesetzt hatte, beugte sich Marco weit genug vor, um sehen zu können, daß der Fremde ein stockhäßlicher Mensch mit einem Kinn voll brauner Bartstoppeln und einer unförmigen Nase war. Marco lehnte sich zurück. Hoffentlich würde der Kerl bald verschwinden. Da merkte er, daß der Häßliche ihn mit hungrig aufgerissenen Augen beobachtete. Er ekelte Marco an.

„Laß' mich lutschen", sagte eine knirschende Stimme.

„Nein", entgegnete Marco entschieden.

„Oh, also schön", sagte die Stimme, und Marco mußte feststellen, daß ihn der Mann mißverstanden hatte. Schon baute er sich vor dem Loch auf, und noch ehe Marco etwas einwenden konnte, sah er sich einem aufgerichteten Schwanz gegenüber. Im Gegensatz zu dem rauhen Gesicht war der Schwanz des Mannes wohlgeformt und glatt. Er stand steil nach oben und hatte an der Unterseite dicke, männliche Venen. Die Farbe und der Geruch gefielen Marco. Aber er konnte einfach nicht die Erinnerung an das verquanzte Gesicht abschütteln, das er vor ein paar Sekunden erblickt hatte.

Doch der Mann blieb unbeugsam wie sein Schwanz. Als Marco merkte, daß die Latte sich weigerte nachzugeben, packte er sie unwillkürlich mit den Lippen und begann, fieberhaft daran zu saugen. Er haßte und liebte sich gleichzeitig dafür, daß er niemanden zurücksetzte, sondern ganz im Gegenteil den Besitzer des Schwanzes vor seinem geistigen Auge sogar wiederauferstehen ließ und sich im Drama der Häßlichkeit badete. Es war *ein* Schwanz, also *der* Schwanz.

Er wandte sein Gesicht von dem Prügel ab, zog sich zurück und stand auf. Dann bückte er sich so, daß sich sein Arschloch dem vorspringenden Organ entgegenreckte. Mit krallenden Fingern zerrte er sich die Arschbacken auseinander und rückte seinen Arsch so nahe an den Schwanz heran, daß er sich gegen die Trennwand preßte. „Fick' mich", sagte er, und sofort begann der Mann, sich durch das enge Loch in Marcos Arsch zu schieben. Kaum hatte sich Marco an der Wand gegenüber abgestützt, da kam der Mann in ruckartigen Spritzern, deren Wärme tief im Innersten des Arsches zu fühlen war.

Und gerade, als der Fremde seinen Schwanz zurückzog, öffnete sich die Eingangstür und jemand eilte in den Raum. Marco und der Mann, der ihn gebumst hatte, konnten sich nicht einmal wieder hinsetzen, um so zu tun, als würden sie scheißen, da hatte schon ein fetter Wachmann durch beide Kabinentüren gespäht und angefangen, mit seiner Faust dagegenzutrommeln. „Raus da, ihr miesen Schwuchteln, raus da!"

Was folgte, machte Marco so schwindlig, daß er nie mehr genau sagen konnte, was sich ereignet oder wer was gesprochen hatte. Da er noch nie von öffentlichen Toiletten abgeführt worden war, war er nicht im mindesten darauf gefaßt, sich von einem fetten, pickligen Wachmann mit brauenlosen Augen herumschubsen zu lassen. Später erinnerte er sich nur an das Büro des Bibliotheksvorstehers. „Wir verfolgen Ihre Umtriebe in unserer Bibliothek nun schon geraume Zeit und hätten allen Grund, Sie der Polizei zu übergeben; aber lassen Sie sich das für dieses Mal zur Warnung dienen." Der Wachmann eskortierte sie bis vor die Tür. Dann stand Marco auf der Straße und warf einen letzten Blick auf das Bibliotheksgebäude.

Neben ihm stand ein unrasierter, verwitterter Mann in einem staubigen, schlecht sitzenden Anzug. Die Haare des Mannes waren schmutzig, seine Augen schamerfüllt. Er tat Marco leid, bis ihm klar wurde, daß ihm ja der Samen dieses Menschen noch im Arsch steckte. Sofort drehte er sich um und lief mehrere Blocks weit, ehe er stehenblieb und zurücksah. Noch immer verfolgten ihn die hungrigen Augen des häßlichen Mannes, obwohl weit und breit nichts von ihm zu sehen war.

Marco hatte seine Erfahrungen mit Panik, aber er wurde immer allein damit fertig. Wenn man sie teilte, wurde sie nur desto größer. Aber doch empfand Marco ein deutliches Bedürfnis, sich von jemandem beruhigen zu lassen. Er eilte zu Barts Haus. Seine ganze Existenz konzentrierte sich in diesem Augenblick auf Barts Gesicht oder den Klang von Barts Stimme: ja, das würde die Angst besänftigen, die ihn überfallen hatte, als er den häßlichen Mann auf der Straße stehen sah.

Als Marco jedoch endlich Barts Haus gegenüberstand, wurde ihm klar, daß er ja nicht klingeln, keine Konfrontation zwischen Bart und dessen Frau heraufbeschwören konnte. Das war nicht fair. Daß Bart verheiratet war, hatte ihm gefallen; es

hatte die derbe Geilheit ihres Sexuallebens noch gesteigert. Jetzt konnte er nicht auf einer Intimität bestehen, der er immer ausgewichen war. Und doch brauchte er den Trost schützender Arme — brauchte jemanden, dem er sagen konnte, daß ihn nichts mit dem Mann verband, dessen Schwanz er gelutscht und mit seinem Arschloch geritten hatte. Plötzlich und unerwartet brauchte er mehr als seine eigene Naivität mit ihren philosophischen Annehmlichkeiten, um sich von seiner Furcht befreien zu können.

Er machte kehrt und floh die Straße hinab. Immer schneller begann er zu laufen, bis ihm der Schweiß ausbrach und er, wie ein vom Pfeil getroffener Hirsch, nichts fühlte als seine Schritte — nein, nicht deren Geschwindigkeit, nur den Rhythmus seiner ausholenden Schenkel, die Platz suchten — Platz zwischen ihm selbst und der Verkommenheit seiner Leidenschaften. Unkenntlich rasten Häuserblöcke an ihm vorbei, und noch immer konnte er keinen Schlupfwinkel entdecken.

Ehe er sich's versah, befand sich Marco in einem Industriegebiet fern jeder Behausung, und nur Straßenlaternen erhellten die Wege. Aber noch immer lief er weiter, bis er stolperte und schmerzhaft gegen die rauhe Ziegelsteinfassade eines leerstehenden Gebäudes schlitterte. Dabei schlürfte er sich die Haut an seinem Wangenknochen und riß sich ein Loch in die Jeans.

Schweißtriefend, blutend, zerschlagen lag er am Gehsteig ausgestreckt, und nur sein Keuchen unterbrach die überall lastende Stille. Schließlich drehte er sich um und sah an düsteren Gebäuden hinauf, als er sich mit seinen Fingern den Riß in der Wange untersuchte und die blutverschmierte Hand vor sich hielt. Der Anblick des Blutes beruhigte ihn, und er stützte sich auf einem Ellbogen auf.

Im selben Moment erblickte er eine näherkommende Gestalt, einen großen Mann, den die Schatten noch verbargen. Erschrocken begann Marco sofort, sich nach einem Schlupfwinkel umzusehen. Er entdeckte eine dunkle Stelle unter einem kurzen Treppenaufgang und kroch in der nackten Hoffnung, daß man ihn nicht bemerkt hätte, darauf zu. Nicht den kürzesten Blick erlaubte er sich, sondern drückte sich ängstlich in den Schutz seiner Höhle. Dann wartete er mit angehaltenem Atem.

Als die Hand seine Schulter berührte, sprang er schreiend auf. „Lassen Sie mich, lassen Sie mich!" Und entschlossen wandte er sich zur Flucht.

„Na, na", antwortete eine tiefe, warme Stimme. „Immer mit der Ruhe. Dir passiert ja gar nichts. Kom' hier raus." Dann zogen behutsam zwei Hände an Marco.

Als nächstes erinnerte er sich nur, auf allen Vieren aus seiner Höhle gekrochen zu sein und beim Aufblicken in das schönste Paar blauer Augen gesehen zu haben, das ihm je begegnet war. Der Mann ließ seine großen Hände über Marcos Arme gleiten, um ihn aufzuheben.

„Alles in Ordnung?" fragte die sanfte Stimme.

„Ich glaube schon. Ich bin bloß hingefallen", sagte Marco. „Ich bin einfach beim Laufen hingefallen."

Die Augen blickten argwöhnisch. „Du bist aber nicht gerade zum Joggen angezogen, wie? Und keiner joggt hier mitten in der Nacht." Er berührte Marcos Wange. „Darum sollten wir uns kümmern." Er streckte sich nach unten, um Marcos nackten Schenkel zu befühlen. Dabei glitt seine Hand in den zerrissenen Jeans auf und ab. „Da fehlt dir auch nichts", meinte der Fremde lächelnd.

Und so kurz dieses Lächeln auch war, verliebte sich Marco dabei doch zum ersten Mal in seinem Leben restlos und für immer. Er merkte, daß er rot wurde und kein Wort herausbrachte.

„Sieh mal, ob du gehen kannst", sagte der andere, und Marco machte einen zaghaften Schritt. „Das hat keinen Zweck. Komm', laß' mich dir helfen."

Noch ehe Marco recht wußte, wie, hatte ihn der fremde Mann schon aufgehoben und in seinen Armen gebettet. Wie unabsichtlich lehnte sich Marco mit seiner wunden Wange an die Brust seines Retters. Er kam sich kindlich vor, wie er es nicht einmal in seiner Kindheit erlebt hatte. Und während der Mann so mit ihm die Straße hinabschritt, weigerte sich Marco, auf irgendetwas anderes zu achten als auf das Kinn über sich.

„Wie heißt du?" fragte er schließlich.

„Mark. Mark Edwards."

„Warum warst du heute nacht ausgerechnet hier draußen?"

Und ohne seine Haltung zu ändern oder hinunterzusehen,

antwortete Mark: „Ich kam wegen dir. Es war an der Zeit, den Lohn meiner Mühen zu ernten."

****

Marco erwachte von Marks Berührung an seiner Stirn. Vorsichtig entfernte der schwarzgelockte Mann die Bandage, die er in der letzten Nacht angebracht hatte, um eine neue darum zu binden. „Vielleicht behältst du eine kleine Narbe. Ob man's doch besser nähen ließe? Aber irgendwie hab' ich sowieso etwas für Narben übrig", sagte Mark mit einem flüchtigen Lächeln.

Entgeistert sah sich Marco um. Nein, es war kein Traum.

„Autsch!" schrie er.

„Deine Wunde?"

„Mein Arschloch."

Mark erhob sich. „Ich war doch ganz sanft."

„Vor allen Dingen warst du groß." Marco blickte zu dem gigantischen Schwanz auf, der aus einem struppigen Büschel rabenschwarzer Schamhaare baumelte. „Herr des Himmels! Habe ich *das da* in den Arsch gekriegt?"

„Wie geht's jetzt deinem Bein?"

„Mir geht's gut. Ich meine: super!"

„Und stimmungsmäßig?"

Marco stützte sich auf die Kopfleiste und sah Mark ins Gesicht. „Du hast mir gestern nacht ein paar wundervolle Dinge gesagt, während sich dein Schwanz bei mir raus und rein schob, und Bruchstücke von deinen Worten..., ich meine, es läßt sich schwer zuhören, wenn man von einem Stück Fleisch mit diesen Proportionen durchgeackert wird, ...aber du hast da Dinge gesagt... wußtest Dinge über mich, kanntest meine Ängste, wußtest Dinge, die ich noch nie jemandem anvertraut habe."

Mark stand auf. „Ich muß jetzt gehen."

„Bitte..." Ohne daran zu denken, wie häßlich solches Gebettel immer geklungen hatte, wenn er selbst es von dankbaren Eintagsabenteuern anhören mußte, — ohne an das ganze Ritual der Gleichgültigkeit zu denken, auf das er sich eingeschworen hatte, fing Marco an, den anderen zurückzuhalten. Er

konnte doch Mark nicht einfach gehen lassen. „Tu's mir zuliebe. Stell' dich drüben ans Fenster, wo die Sonne auf dich fällt, und zeig' mir deinen Körper und deinen Schwanz. Bitte."

Mark stellte sich so an das Fenster, daß er Marco schräg gegenüberstand, und ließ die Morgensonne über seinen Körper fluten, während er mit seinen Händen von den Schenkeln aufwärts zu seinen Brustmuskeln glitt und dann die Fingerspitzen darin vergrub. Sofort brachte ihn die zärtliche Massage in Erregung, und Marco sah dem unglaublichen Schwanz zu, der genauso kraftvoll in die Höhe sprang, wie er sich letzte Nacht in seinen Arsch gekeilt hatte. Als Mark nach unten griff, um sein Prachtstück entschlossen in die Hand zu nehmen, packte Marco auch nach seinem eigenen Riemen.

Gierig verfolgte er die Zärtlichkeiten, mit denen Mark seinen Körper verwöhnte und sah zu wie er seine Linke ungeniert von den Eiern über die Arschbacken und dann wieder zu seinen wuchtigen Brustmuskeln wandern ließ, die — Marco hätte es schwören können — hochsensibel gegen jede Berührung waren.

Ja, in Sonne gebadet schritt hier Narziß aufs neue über die ägäischen Gestade, schmachtete der toten Echo, sich selbst und Marco zuliebe nach seiner eigenen Schönheit und vergötterte seine Männlichkeit.

„Du bist so verdammt schön", rutschte es Marco heraus, ohne daß Mark aber von seiner eigenen Schönheit aufsah. Bald bewegte sich die Hand mit ihrem weißen Knöchel so schnell, daß sie zu einem Streifen verschwamm. Marks Atem wurde schwerer, er neigte den Kopf und betrachtete seine klaffende Eichel; mit der verkrampften Linken zupfte er sich an den Brustwarzen, und schließlich übersäte er den Raum mit einem Sahneregen, dessen Tropfen zwei Meter vor ihm aufklatschten, bis ihm auch der letzte Klumpen vor die Füße spritzte.

Mark hatte seinen Schwanz noch nicht losgelassen, da flüsterte Marco: „Gott, bist du schön" und spritzte sich zuckend und zitternd bis auf die Brust. Erst jetzt sah Mark zu ihm hinüber. Unbeirrt, aber ausdruckslos, starrte er ihn an, und Marco merkte, daß er Marks Gedanken beim besten Willen nicht erraten konnte. Er besaß keine von Marks Zauberkräften.

Eine Minute stand Mark lichtüberflutet vor dem Fenster und

blickte hinaus. Dann sprang er rasch zurück. „Hey", sagte er, „kennst du zufällig ein Mädchen und eine Frau von gegenüber?"

Marco brach in lautes Gelächter aus — lachte, bis ihm die Tränen kamen, lachte, bis er Seitenstechen hatte, lachte irgendwo tief in seinem Herzen, wo er noch nie gelacht hatte. Es war ein längst fälliges Lachen. Als er sich die Tränen aus den Augen wischte, sah er Mark fertig angezogen in der Tür stehen.

Fast wollte er schon wieder betteln, ja, seine Lippen formten sich bereits zu einem neuen „Bitte", da hielt er sich im letzten Moment zurück. Mark sah ihm geradewegs in die Augen. „Keine Sorge. Ich komme zurück", waren seine letzten Worte; und schon hatte er sich in Luft aufgelöst.

Vorsichtig wegen seines zerschundenen Beines krabbelte Marco aus dem Bett, kniete sich vor dem antrocknenden Samen in die Sonne und studierte ihn liebevoll, ehe er sich von Lache zu Lache schob, um ihn aufzulecken. Als er nichts mehr zu Schlucken fand, suchte er verzweifelt nach einem weiteren Tröpfchen. „Es muß doch noch eins geben", sagte er, während er sich mit pochendem Arsch in der Sonne aalte.

35

BART saß allein an der Bar und starrte in seinen Scotch. Er war heute nacht mit Marco verabredet gewesen, aber Marco hatte ihn sitzenlassen, ohne Gründe anzugeben. Seine Stimme am Telefon klang merkwürdig zufrieden. Auch Bart verließ sich inzwischen auf Marco und brauchte ihn. Von den vielen Männern, die er kennengelernt hatte, schien nur Marco ihn so zu begehren, wie er war. Und wenn Marco nun etwas anderes im Kopf hatte, konnte doch nur ein Mann dahinterstecken. Bart stülpte den Rest seines Glases hinunter und sah nach dem Barkeeper, der sich gerade angeregt mit einem Gast unterhielt.

„Scheiße", knurrte Bart, „nicht mal besaufen kann ich mich, so wenig werde ich beachtet."

„Du brauchst auch keinen Suff, du brauchst was zwischen die Beine."

Bart fuhr auf seinem Hocker herum, um zu sehen, wer da gesprochen hatte. Vor ihm stand ein breitschultriger Transvestit, der weit mehr Schminke als nötig im Gesicht trug und mit grünem Abendkleid, Pelzstola, roter Perücke und einer Perlenkette bekleidet war. Was Bart an den Perlen frappierte, war, daß sie auf einem haarigen Brustkasten ruhten. Auch die Unterarme des Mannes waren behaart und ziemlich gut entwickelt. Wegen der dicken Schminke aber blieben seine Züge unkenntlich.

„Na", sagte Bart, „dich brauch' ich jedenfalls nicht."

„Nein?", meinte der Mann spitzbübisch. „Nun, dann dürfte Lady Tom's Etablissement vielleicht das Richtige für dich

sein." Damit zog der muskulöse Transvestit eine Visitenkarte hervor, die er Bart überreichte. Aber Bart hatte sich noch kaum auf die Karte konzentriert, da sah er wieder auf, und der Transvestit war verschwunden.

Er schwang sich auf seinem Hocker herum und knallte das Glas auf die Theke. „Hey, wie wär's mit'm neuen Drink?" Der Barkeeper funkelte ihn an, schenkte ihm dann noch einen Scotch ein und nahm ein paar Scheine von dem dahinschwindenden Bündel vor Barts Platz. „Hast du nicht vielleicht schon genug?" sagte er säuerlich, während er zwei Vierteldollar Wechselgeld auf die Scheine fallenließ.

Bart stürzte den Whisky hinunter, brummte „Arschloch" und stopfte sich sein Wechselgeld in die Taschen. Als er aufstehen wollte, torkelte er gegen den Nachbarschemel und hörte, wie jemand „Blau" flüsterte.

„Da kannste Gift drauf nehmen", bellte er und sah sich um. „Nur würd' ich's 'bezecht' nennen."

Er trieb haltlos dahin. Die Männer warfen ein Auge auf seine wohlgefüllte Hose und lächelten ihm dann in sein unverkennbar idiotisches Gesicht. Am liebsten hätte er sie mit einem Rundschlag erledigt, aber sie trieben an ihm vorbei und verschwammen in den Rauch, der das Lokal erfüllte. Bart fühlte, wie auch er selbst vorübertrieb. Der Raum wurde dunkler, dann war der Rauch verschwunden. Es war still — es war kalt.

„Oh", sagte er. Er stand auf der Straße.

Er stürzte zu seinem Wagen, versuchte ihn aufzuschließen, verwünschte die Schlüssel und lachte dann lauthals. „Is' ja gar nich' dein Auto, du Scheißkopf." Er sah sich nach seinem Wagen um und glaubte schon, ihn entdeckt zu haben, stolperte aber beim Näherkommen und fiel der Länge nach über die Motorhaube eines anderen Pkw. Gerade steuerten zwei Passanten auf die Bar zu.

„Hey, Kumpel", sagte der eine, „du solltest dir besser ein Taxi nehmen."

„Leck' mich am Arsch", fauchte Bart, sah aber in die falsche Richtung.

Lachend halfen ihm die beiden Männer auf die Beine. Er versuchte, sie mit grimmigen Blicken abzuschrecken, doch der eine meinte nur: „Du bist süß. Du hast einen in der Krone." Er

legte Bart seinen Arm um die Taille und stützte ihn, während der andere nach allen Richtungen Ausschau hielt. „Da kommt ein Taxi." Er trat auf die Fahrbahn, winkte, und das Taxi preschte vor. Während der eine ihm noch ein Küßchen gab und meinte „Hoffentlich laufen wir uns mal wieder über den Weg, wenn du nüchtern bist, mein Hübscher", halfen sie Bart in den Wagen.

Als nächstes registrierte Bart, daß ein Chauffeur ihn anschaute und irgendetwas wiederholte — was, konnte er nicht genau sagen. „Verdammt nochmal, wohin?" schrie der Mann.

Bart spürte etwas in seiner Tasche. Er zog es heraus und hielt es so, daß das blinkende Neonlicht der Bar von draußen darauffiel. „'Lady Tom's'", las er, „'466 Market Street. Wo alle Fäden zusammenlaufen.'" Dann spürte er nur noch den Ruck des anfahrenden Taxis und erinnerte sich an nichts mehr, bis er im Morgengrauen die Augen aufschlug.

Das erste, was er fühlte, war ein stechender Kopfschmerz. Stöhnend legte er sich die Hand an die Stirn. Erst nach diesem Schmerz merkte er, daß er sich nicht in seinem eigenen Bett befand. Starr vor Schreck schnellte er nach oben und sah sich in dem dumpfen, tuntig grellen Zimmer um. Dann entdeckte er die schlafende Gestalt neben sich. Es war ein junges Kerlchen, blond, höchstens fünfzehn Jahre, aber in einem rosafarbenen Frauennegligé, das bis an die Taille offenstand, so daß Bart unversehens den dicklichen Schwanz und die zarten Eier anstarren konnte. Er erinnerte sich weder an das Zimmer noch an den Jungen.

Schnell und lautlos stand er auf und fand seine Sachen über den ganzen Boden verstreut. Was sollte er nur seiner Frau sagen? Wie konnte er ihr seine zerknitterten Kleider erklären? Und, Scheiße, wo waren seine Unterhosen? Er fiel auf die Knie und spähte unter das Bett. Ein Aschenbecher voll Kakerlaken. Hatte er mit dem Jungen Dope geraucht? Ein Gummischwanz. Eine Flasche Körperlotion. Ein Jockstrap. Er hielt ihn ans Licht. Es war nicht seiner, und auch für den Jungen war er zu groß. Wie sollte er seiner Frau nur erklären, was aus seiner Unterhose geworden war?

Der Junge vor ihm räkelte sich und gähnte. Dabei versteifte sich sein Schwanz. Dann blinzelte er mit Unschuldsmiene und

reckte die Arme, um sie sich zu massieren. Er lächelte.

„Wo bin ich?" fragte Bart. „Wer bist du?"

„Wo du bist?" Der Junge lachte mädchenhaft. „Du bist bei Lady Tom. Und wer ich bin? Na, letzte Nacht war ich deine Frau. Ich hab' auch gar nichts dagegen; die meisten Männer, die hierherkommen, suchen Entspannung von ihren Frauen. Ich heiße Jimmy."

„Und wie komm' ich hier raus?"

„Warum so eilig?" Der Junge rappelte sich ein wenig auf und schlug sich das Negligé um den immer noch steifen Schwanz.

„Wo geht's hier raus?" fragte Bart schroff.

Gekränkt entgegnete der Junge: „Den Korridor geradeaus 'runter, an Lady Toms Zimmer vorbei." Nachdem sich die Tür krachend zwischen ihnen geschlossen hatte, murmelte er: „Der war nicht nur so zum Spaß betrunken."

Mit noch immer verschwommenem Blick und rebellierendem Magen schritt Bart auf die Haustür zu. Auf halbem Wege allerdings verlangsamte er sein Tempo und sah sich um. Er war noch nie hier gewesen, und doch kam ihm der Ort bekannt vor; auf unheimliche Weise fühlte er sich verfolgt. Als er auf die Vordertür zutrat, zitterte er am ganzen Leibe. Er stand schon direkt vor der Tür, da drehte er sich unversehens um und sah sich einer anderen gegenüber, hinter der jemand leise lachte.

Ohne zu wissen, warum, drückte er die Klinke nach unten und öffnete. In einem großen Himmelbett hob und senkte sich ein Männerarsch — ein schöner, runder, muskulöser Arsch, unter dem zwei kolossale Eier hingen, und auf beiden Seiten standen die Beine einer anderen Person hervor. Bart hätte schwören können, daß diese gefickte Gestalt der Lacher gewesen war. Verschreckt und regungslos sah er dem gleichmäßigen Fick einige Minuten zu.

Bart bestaunte gerade die außerordentliche Rückenmuskulatur des Fickers, da zog der Mann seinen gigantischen Schwanz heraus und stellte sich aufrecht in das Bett. Erst da erkannte Bart, daß es sich bei dem Gefickten um einen behaarten, muskulösen Kerl handelte. Der Ficker drehte sich um und setzte sich so auf das Gesicht des anderen, daß er sich ihm mit vollem Gewicht in den Mund drückte — einen Mund, der schon weit

geöffnet war, ehe er aus Barts Blickfeld verschwand.

Bart wollte sich schon verflüchtigen und wieder aus dem Zimmer springen, bevor ihn der Ficker bemerken konnte; als er aber dessen Engelsgesicht, die sinnlichen Lippen und die massiven Brustmuskeln sah, war er zu keiner Bewegung mehr fähig. Der Mann kreiste mit dem Arsch auf dem Gesicht des Behaarten und spielte noch mit seinem nassen Schwanz, als er Bart plötzlich geradewegs ansah.

Bart erstarrte — erst vor Furcht, daß man ihn anschreien könnte, und dann vor Fassungslosigkeit, denn er blickte in das bodenlose Blau zweier Männeraugen — der durchdringendsten Augen, die er je gesehen hatte, Augen, denen man unmöglich ausweichen konnte. Bei Barts Anblick lächelte der Mann nur kurz und sagte: „Wir haben schon auf dich gewartet." Während er sich weiter den Schwanz massierte, deutete er hinunter auf das Arschloch, aus dem er sich gerade herausgezogen hatte. „Das ist Lady Tom. Steig' rein."

Zuerst konnte Bart sich nicht rühren. Dann aber schloß er die Tür hinter sich und begann, wie hypnotisiert von dem schönen Augenpaar, das ihn anstarrte, seine Kleider abzulegen. Als er auf das Bett zutrat, entdeckte Bart am Nachttisch eine rote Perücke — ein Anblick, der irgendeine Erinnerung in ihm auslöste, — etwas, das genauso schnell kam, wie es ging, ohne daß Bart es hätte identifizieren können. Neben der Perücke lag eine Perlenschnur.

Obwohl Lady Tom sich unter dem rotierenden Arsch auf seinem geifernden Mund wand und krümmte, spreizte er bei Barts Näherkommen doch die Beine, als könne er ihn sehen. Fast erstaunt über seinen unvermutet steifen Schwanz, klemmte sich Bart schon vor den robusten Burschen, als der schöne blauäugige Mann ihn beim Gesicht packte. Er zog es im selben Moment auf seinen Schwanz hinunter, als der von Bart in das Arschloch vor ihm schlüpfte.

Bart stieß seinen Schwanz in das Loch, das eben noch den Burschen aufgenommen hatte, der ihm jetzt gegenübersaß. Wieder blickte er hinauf in die blauen Augen; er konnte einfach nicht fassen, daß dieser Traummann Wirklichkeit war. Dann sah er auf Lady Toms nasses Kinn hinunter und schließlich auf den enormen Prügel, der ihm so wuchtig ins Gesicht

wippte. Mit starken Pranken hielt ihn der Mann von beiden Seiten am Kopf fest und stülpte ihm den Mund über seinen Schwanz. „Los doch, lutsch' schon Papis großen bumsenden Schwanz", sagte er. „So ist's brav, mein Sohn!"

Gleichzeitig spürte Bart, wie Lady Toms Hände ihn umschlangen und ihm den Schwanz ganz in den fremden Arsch stießen, ohne daß er den Körper unter sich hätte sehen können. Die Hände des schönen Mannes schoben Bart den Kopf erst langsam, dann immer wilder auf dem kraftvollen Ständer hin und her, so daß Barts Kehle fester und fester gegen die harte Eichel stieß. Inzwischen zerrte Lady Tom pausenlos an Barts arbeitenden Arschbacken, und im Nu fühlte er sich bereit zu explodieren.

Die tiefe Stimme über ihm sagte: „Okay, Söhnchen, gib der Lady, was sie braucht, während ich in deiner schwanzhungrigen Gurgel abspritze." Er hielt Barts Kopf so, wie er ihn haben wollte. „Laß' mich auch deine Zähne spüren", befahl er, und Bart biß gerade liebevoll in das steife Fleisch, da spie es ihm so stürmisch einen Schwall Säfte in die Kehle, daß er zu ersticken glaubte; aber der Mann wollte Barts Kopf nicht loslassen, bis auch der letzte Strahl herausgekommen war. Barts Körper zuckte heftig, als er seinen eigenen Samen, Schwall um Schwall, in Lady Toms gierige Därme jagte. Er fiel in Ohnmacht.

Als er wieder zu sich kam, saß Lady Tom vor einem Frisiertisch und setzte sich seine grellrote Perücke auf. Der blauäugige Jüngling kauerte neben Bart auf dem Bett und hielt ihn an der Hand. „Ich hoffe, das war nicht zuviel für dich", sagte er zärtlich.

Bart fuhr sich mit der Hand an die Kehle. Sie tat wahrhaftig verteufelt weh. Er lächelte. „Nein", sagte er schluckend. „Genau richtig. Wer bist du?"

„Ich heiße Mark Edwards", antwortete der Blauäugige.

„Und ich Bart Dorn."

Mark lachte. „Ich weiß, wer du bist. Ich kenne dich ja schon."

„Hm?" Erst da erinnerte sich Bart an die Worte, die Mark gesprochen hatte, als sie es miteinander trieben: Pappi, Söhnchen.

Schnell ging Mark zur Tür. „Wenn du willst, kannst du hier bleiben. Wenn du aber beschließt, nach Hause zu gehen, wäre es höchste Zeit, daß du deiner Frau über dein Sexualleben reinen Wein einschenkst. Wer einen Menschen benutzen will, sollte sich nur jemanden aussuchen, der auch dazu bereit ist."

Er machte die Tür auf und war schon halb draußen, als Bart rief: „Warte doch!" Er hatte plötzlich gemerkt, daß er Mark nicht gehen lassen konnte, — daß er bei Mark etwas gesehen und empfunden hatte, das er verzweifelt brauchte. „Wo kann ich dich..."

„Keine Sorge", sagte Mark. „Ich komme zurück."

36

ED saß an seinem Schreibtisch und hielt mit seinen Ellbogen eine Zeichnung auf der Tischplatte fest. Er mußte die Entwürfe dringend überprüfen. Den ganzen Morgen hatte er versucht, die Baukosten eines Vergnügungsparks mit den Ausgaben in Einklang zu bringen, zu denen die vier Kunden aus Texas bereit waren. Er hatte sich mit einer blondierten Frau aus Houston gestritten und geduldig drei Männern aus Dallas zugehört, die ihm erzählen wollten, wie man unten in Texas außerplanmäßige Mehrkosten dämpft. Er konnte sich jetzt auf keinerlei Vorhaltungen mehr konzentrieren.

Mehr noch: er hatte an Arnies abflauendem Interesse zu nagen. Als er sich gestern wie üblich vor der Werkstatt eingefunden hatte, war ihm Arnie unter der Tür entgegengekommen und hatte ihm gesagt, er gehe jetzt heim in die Koje. „Muß 'ne Erkältung dran schuld sein", entschuldigte sich Arnie, aber sei-

ne Augen waren weit abwesend, und Ed kämpfte mit einer seltsamen Vorahnung, daß Arnie neue harte Eisen im Feuer hatte — vielleicht, um jemanden in seine Motorradbrüderschaft einzuführen. So war Ed nicht zu seinem Kübelvoll Pisse gekommen, und das machte ihn mürrisch.

„Mr. Thomas", sagte Brenda über die Sprechanlage, „hier möchte ein Herr mit Ihnen sprechen."

Lethargisch fragte Ed zurück: „Wer ist es?"

„Er sagt, sein Name sei Mark Edwards."

„Und was genau will er, Brenda?"

Als sich Brenda nach einer langen Pause schließlich wieder meldete, klang sie verändert. „Mr. Thomas?" fragte sie.

„Was ist denn, Brenda?" antwortete Ed entnervt.

Aber da stand Brenda schon in der Tür des Büros und klinkte sie sorgfältig hinter sich zu.

„Mr. Thomas, es ist der schönste Mann, den ich je gesehen habe, und er sagt, er sei ein persönlicher Freund von Ihnen. Sir, ich habe Sie nie, *nie* um einen Gefallen gebeten, aber könnten sie ihn wohl fragen, ob ich ihm sympathisch bin und ob er sich nicht mit mir verabreden würde? Er trägt keinen Trauring."

Noch nie hatte Ed Brenda so aufgeregt erlebt. „Zuerst mal habe ich keinen Freund namens Mike..."

„Mark", verbesserte sie atemlos. „Mark Edwards, und er ist wunderschön."

„Brenda, warum schicken Sie Mr. Edwards nicht einfach herein?"

„Bitte, Mr. Thomas, legen sie wenigstens ein gutes Wort für mich ein. Ich verlange ja nichts als eine Chance." Bevor sie wieder hinausging, schubste sie sich ihre üppige Frisur an den Seiten nach oben und zog ihren Bauch ein.

Die Tür war noch keine Minute zu, da ging sie schon wieder auf, und schön wie eine Statue erschien ein Mann auf der Schwelle. Hinter ihm schnitt Brenda von ihrem Stuhl aus flehentlich Grimassen, aber Marks Herrlichkeit überwältigte auch Ed, und er vergaß Brenda völlig. Mark schloß die Tür hinter sich, stand da und hielt die Augen starr auf Ed gerichtet.

In diesem Moment war Eds Leben mit einem Schlag verwandelt. Es gab keine Texaner mehr, mit denen er den ganzen Mor-

gen gestritten hatte. Es gab keine Dinge wie Mehrkosten, Blaupausen oder Stichtag mehr. Ed lachte über seine Frustration von vorhin — war sie nicht hirnverbrannt? —, als er nun in die karibischen Augen von Mark Edwards blickte.

Mark sagte ganz bewußt kein Wort, damit Eds Augen sich an ihm weiden konnten. Schließlich fragte Ed errötend: „Was kann ich für sie tun, Mr. Edwards?“

Und mit listigem Lächeln antwortete Mark: „Ich denke, Sie können eine Menge für mich tun, aber vielleicht warten wir lieber bis nach Feierabend, wenn Brenda für heute abgezogen ist.“ Er trat an das Regal, nahm eine Wasserkanne heraus, ging dann in eine Ecke des Zimmers und goß den Kanneninhalt über einen Philodendron. Als er daraufhin anfing, sich den Reißverschluß zu öffnen, wandte er sein Gesicht wieder Ed zu.

„Mr. Thomas?“ ertönte Brendas Stimme aus der Sprechanlage. „Herr Rechtsanwalt Levine von Shumway und Levine möchte sich nach den Zeichnungen für das Donaldson-Projekt erkundigen.“ Während sie sprach, sah Ed zu, wie sich Mark den gigantischen Schwanz aus der Hose holte und anfing, in die Kanne zu pissen. Ed wand sich in seinem Sessel; sein Ständer wehrte sich gegen die enge Hose. „Die Kanzlei möchte wissen, ob den Sonderabmachungen entsprochen wurde und ob...“ Dampfend stürzte die Pisse in das Kännchen. „...Arrangements hinsichtlich der Geheiminspektionen getroffen wurden. Es bestehen auch noch Unklarheiten über den Stromanschluß.“ Nachdem Mark die letzten Tröpfchen in die Kanne geschüttelt hatte, verstaute er seinen Schwanz wieder in der Hose, zog den Reißverschluß nach oben und stellte das Gefäß ins Regal zurück. „Kann er hier warten?“

Mark nahm die Kanne wieder und füllte seine Pisse in ein Glas. Ohne ein Auge von Mark abzuwenden, drückte Ed einen Knopf an der Sprechanlage und sagte: „Brenda, bestellen Sie Mr. Levine, in einer Stunde bin ich bei ihm.“ Mark trat an Eds Schreibtisch und stellte das Glas vor ihn hin.

Ohne jede Aufforderung hob Ed das Glas an die Lippen und trank. Dabei wandte er kein Auge von Mark. Als er ausgetrunken hatte, stand er auf, ging zu der Kanne hinüber und schenkte sich den Rest ein. Erfreut sah Mark zu.

Es war die köstlichste Pisse, die Ed je gekostet hatte —

scharf und unfreundlich. „Pardon“, sagte Ed, als er rülpsen mußte. Zuckersüß entgegnete Mark: „Hören Sie, das ist im Moment alle Pisse, die ich auftreiben kann, und ich weiß, daß Sie ein vielbeschäftigter Mann sind; darum teile ich es mir ein. Bis Sie Feierabend machen, müßte ich einiges mehr in der Blase haben. Also, ich komme dann so gegen... fünf?“

„Sagen wir lieber, viertel nach fünf“, meinte Ed, in dessen Hose der Ständer sichtlich abstand. Mark sah auf den Zacken hinunter und mußte lachen. Ed errötete.

Als die Tür zugefallen und Ed wieder allein war, nahm er die Kanne, hielt sie sich über den Mund und ließ sich die letzten paar Tropfen in die Kehle fallen. Die Zeit bis viertel nach fünf kam ihm vor wie eine Ewigkeit.

****

Brenda war zwar die letzte an diesem Abend, aber um viertel nach fünf hatte auch sie das Büro verlassen. Ed befand sich jetzt allein in den Räumen. Darum zog er sich aus und ging nackt durch das Büro; sein Schwanz baumelte vor ihm her. Ed hatte sich noch nie nackt hier aufgehalten, aber ihm war, als würde er das Büro von heute an angenehmer finden. Er schloß die Vordertür auf, damit Mark hereinkommen konnte. Dann kehrte er wieder in sein Büro zurück.

Er räumte den Schreibtisch ab und legte sich mit angewinkelten Beinen auf den Rücken, so daß sein Arschloch, auf der Tischkante gelagert, zur Tür wies. Eine Million Gedanken rasten ihm durch den Kopf, während er wartete, bis die zehn Minuten vergingen — lauter Gedanken, die seinen Schwanz härter und härter machten.

Dann hörte er die Außentür auf- und wieder zugehen. Sein Arschloch öffnete sich weit. Er hörte, wie die Bürotür aufging, und als er den Kopf hob, erblickte er Mark, der — ein Messer in der einen und einen Vier-Liter Krug Pisse in der anderen Hand — unter der Tür stand. Mark trat ein und berührte mit der Messerspitze Eds empfindliches Arschloch. Das kalte Metall ließ Ed zusammenzucken. Mark stellte den Krug voll gelber Flüssigkeit dicht neben Eds Kopf auf den Schreibtisch. Ed wandte sich um und betrachtete den einladenden Humpen.

„Das ist Pisse“, sage Mark. „Ich habe drei Teenagern im Park fünf Dollar bezahlt, damit sie mir in das Glas pissen. Meinen eigenen Teil hab’ ich obendrauf geschifft. Auch drei Ladungen Samen schwimmen drin. Die Jungs wollten unbedingt reinspritzen. Meine eigene Ladung hab’ ich für dein süßes Loch aufgespart.“Als er das Messer über Ed hielt, begann dessen Puls wie rasend zu schlagen. Dann drückte Mark die Klinge in den bebenden Spalt seines Opfers. Ed stöhnte.

Der seltsame Besucher legte das Messer auf den Tisch, öffnete seine Jeans und kickte sie in die Ecke. Als er rasch auch sein Hemd ausgezogen hatte, war er nackt und starrte durch Eds gespreizte Beine stolz auf ihn hinunter. Seine Augen flackerten niederträchtig. Ed zitterte. Mark schnappte sich das Messer wieder, und während er sich vorwärtsschob und seinen Riesenschwanz dabei direkt auf das klaffende Arschloch richtete, hielt er Ed die scharfe Spitze direkt über den Körper. „Oh Gott!“ stöhnte Ed, als Mark sich in ihn zwängte. „Oh Gott!“

Kurz vorm Abspritzen langte Mark hinüber, schraubte den Krug voll Pisse auf und hielt ihn Ed über das Gesicht. Mit der anderen Hand drückte er ihm das Messer direkt über der wichsenden Hand in den straffen Unterleib.

„Du magst dieses Zeug doch, nicht wahr?“ fragte Mark, während er das Gefäß langsam über Eds Gesicht ausleerte und dabei zusah, wie sich die Samenflocken am Rand sammelten und dann mit einem Schuß Urin auf Eds hübsches Gesicht prasselten. Immer weiter kippte Mark den Krug, und Ed machte seinen Mund weit auf. „Trink!“ sagte Mark gebieterisch. Ed schluckte in tiefen Zügen. Mark träufelte Ed noch mehr Pisse über Brust und Arme.

Als Mark den Höhepunkt erreichte, leerte er die Pisse über Eds Kopf aus und ließ sie in einem Sturzbach auf Gesicht, Haare, Schreibtisch und Boden niedergehen. „Ich piß’ dich voll, du Fotze“, sagte er. „Ich piß’ dich voll, über und über.“ Und mit einem Grunzen injizierte er Ed sein Sperma in die Eingeweide.

Ed quietschte vor Entzücken, als er die Worte erkannte, die er vor vielen Monaten den Jungen im Park hatte sprechen hören. Den Bauch voller Pisse, den aufgerissenen Mund voller Pisse, den ganzen Körper damit überschüttet, Marks Samenfontäne im Arschloch und das Messer gegen sein Fleisch ge-

preßt — so wichste Ed, bis sich ihm der Samen über den ganzen Körper ergoß und Marks Klinge vollspritzte. Aus seinem pissegefüllten Mund drang ein gurgelnder Laut. Völlig leergepumt schluckte er dann und fing an zu weinen.

Ed war leidenschaftlich verliebt. Aber noch ehe er mit einem Gesicht und Haaren, die voller Pisse trieften, aufstehen konnte,mußte er sehen, daß Mark sich anzog.

„Wohin gehst du?“ fragte Ed.

„Wieso?“ erwiderte Mark, während er in den letzten Schuh schlüpfte.

„Woher weißt du, wie du mich zu nehmen hast? Woher weißt, du wie du das Messer halten mußtest, und woher kennst du diese Worte? Woher wußtest du, was du zu sagen hast?“

„Ich bin Pornograph“, antwortete Mark. „Ich weiß alles.“ Er ging zu Ed und küßte ihn auf die nassen, vollgepißten Lippen. „Keine Sorge. Ich komme zurück.“

37

DAS Bett, das so groß war wie zwei extrabreite Betten, stand schon seit Wochen bereit.

Und auf diesem einladenden Hochzeitsbett räkelte sich Mark in ungenierter Nackheit. Die vier Männer waren noch immer angezogen und wirkten etwas nervös. Marks Schwanz stand bolzengerade. Er hatte diese Begegnung schon Monate im voraus, ja, in gewisser Weise sogar schon seit Jahren geplant.

Er wollte sie alle haben.

Während er flach auf dem Rücken ausgestreckt lag, hob er die Beine. „Zieht euch aus“, befahl er.

Mit eifersüchtigen Blicken auf die anderen begann jeder, sich den Gürtel aufzuschnallen. Ihre Bewegungen waren unsicher, aber sie alle begehrten Marks Körper, lechzten nach Marks klaffendem Arschloch, wollten, jeder für sich, der glücksbringende Lanzenstecher sein. Als sie sich die Hosen herunterzogen und sie beseitekickten, sahen sie einander nervös an.

Marco schmollte. „Hey, wir können dich doch nicht alle bumsen." Zusammen mit Arnie stieg er nackt auf das Bett, und Ed schleuderte sein Hemd fort, während Bart den letzten Schuh wegkickte. Mark fühlte, wie acht Hände sich darum stritten, ihm als erste den Arsch zu liebkosen.

„Na klar könnt ihr", antwortete er sanft. „Es gibt millionen Arten, auf die wir uns bumsen können, und der ganze Rest unseres Lebens liegt noch vor uns."

„Kann ich dich nicht jetzt bumsen?" fragte Marco.

„Stopf' mich, Ficker", erwiderte Mark. Als Marco ihm auf den Arsch stieg und sein Stück Fleisch tief in Marks gieriges Loch zwängte, befahl er den anderen: „Arnie, saug' ihm am Arsch, während er mich fickt. Besorg's ihm ordentlich und dann fick' ihn selbst. Ed, ich möchte, daß dein Sack über meinem Gesicht hängt und daß ich dir dann den Arsch lecken kann, während du Marco küßt, und wenn ich dich gut ausgesaugt habe, möchte ich, daß du, Bart, dich hinter Ed klemmst und ihn direkt über meinem Gesicht gründlich durchfickst. Ich will eure vier Eier lecken, wenn du dich in Ed reinrammst. Ich will an dem angespannten Arschloch lecken, während es deinen steifen Schwanz tief in sich aufnimmt. Ed, wenn die anderen reif sind zu kommen, spritzt du mir über den Bauch."

Sie waren blaß vor Erregung, als Marco seinen Schwanz in Marks Arschloch aus und ein gleiten ließ. Beflissen wie immer,wenn es darum ging, Mark einen Gefallen zu tun, vergrub Arnie sein Gesicht in Marcos pumpenden Arschbacken und zerrte die muskulösen Fleischkuppen auseinander. Marcos lustvoller Körper preßte sich noch krampfhafter gegen Mark, als Arnie seinen Kopf im Fickrhythmus hin und her bewegte und seine Zunge so tief wie möglich ins Innere stieß. Er saugte Marco so lange am Arschloch, bis dieser seinen Knüppel aus Marks Eingeweiden herauszog und sein Arsch sich unter dem Drängen der langen Zunge weit auftat.

Mark beobachtete Marcos Mienenspiel. Er konnte sich nicht erinnern, bei seinen Ausschweifungen ein Gesicht je so genau studiert zu haben, während man dessen Besitzer ausschleckte. Marco war wie im Fieber; er verdrehte die Augen, bis sie unter den Lidern verschwanden, und ließ die Zunge heraushängen. „So toll war's noch nie", röchelte er.

Ed kroch vor, setzte sich gegenüber dem fickenden Marco fest auf Marks Lippen und fing an, Marco wollüstig zu küssen. Dabei ließ er seine Hände sanft auf Marcos Schultern kreisen, um ihn bei seinen zuckenden Stößen nur desto tiefer in Mark hineinzupressen. „Fick' ihm die Scheiße aus dem Leib", zischte Ed. „Schraub' ihm diesen Schaft genauso rein, wie ich's tun würde."

Gierig saugte Mark an dem Arsch, der ihm die Lippen auseinananderzwang, denn unter Eds Gewicht dehnte sich sein Mund bis an die Grenzen. Wie eine Stichflamme ließ Mark seine Zunge in Eds Arschkanal vorstoßen. Ed stöhnte vor Lust. Mark konnte hören, wie Arnie an Marcos Arsch schlürfte; und Marcos Erregung zeigte sich deutlich genug an den immer hitzigeren Attacken gegen Marks Arschloch und an seinem unbarmherzigen Gezüngel in Eds Mund.

Mark hatte sich in jener verbotenen Welt verloren, die sämtliche Wahrnehmungen außer Geschmacks- und Tastsinn lähmt, während Eds Arsch sich ihm fest ins Gesicht preßte. Es ist eine verschwiegene, dunkle Welt, galvanisiert von dem Ringen der Nase nach frischer Luft. Mark wurde von dem prikkelnden Reiz der Wehrlosigkeit umnachtet, während seine Zunge jene Höhlen erforschte, die über ihm kauerten, während seine Lippen an dem Schließmuskel saugten und ein starker Schwanzschaft ihm rhythmisch in seine Hurenfotze ein und aus fuhr. Es war eine Welt, in der man sich verirren und finden konnte, — eine Welt, in der die Stimmen von Pflicht und Sterblichkeit unter nackter Begierde versanken, — in der ein bohrender Schwanz und ein zuckendes Arschloch alle Unvollkommenheit des Lebens vergessen machten. Finsternis, Feuchtigkeit und Verletzlichkeit — all diese Gefühle versetzten Mark zurück in den Mutterschoß, und wirklich war seine Ekstase so rein wie die eines Fötus, der sich zwischen den lebensspendenden Wänden windet.

Als Ed seinen Arsch über Marks Gesicht leicht anhob, mußte Mark sich anstrengen, um seine Zunge unnachgiebig in dem Arschloch zu halten. Völlig unaufgefordert reckte Ed seinen Arsch wenige Zentimeter über Marks Gesicht nach oben und beugte sich leicht vor. Bart, dessen eigener Schwanz wild vor Geilheit geworden war, als sich die anderen hemmungslos vor ihm fickten, kletterte hinter Ed in Stellung und drängte ihm seine pralle Eichel gegen den naßgeleckten Arsch. Gebannt sah Mark zu, wie der Prügel sacht zu dem unnachgiebigen Schließmuskel vorstieß, sich erst tückisch, dann bedrohlich dagegenpreßte und ihn hungrig aufmeißelte, bis der mächtige Schwanz mit einem fast hörbaren Plopp in das enge Loch eindrang. Liebevoll leckte Mark die Unterseite des langen Stammes, während dieser langsam ins Innere rutschte. Am Anfang merkte er zwar, daß Ed sich wehrte, aber er leckte ihm fieberhaft an dem ausgeweiteten Loch, knabberte ihm an den verletzlichen Eiern und entkrampfte ihn dadurch so, daß sich Barts dicke Schwanzwurzel schließlich in die Öffnung drücken konnte. Mark fühlte, wie der straffe, knorpelige Saum des Lochs pulsierte, wenn er seine Zunge dagegenlegte. Dann sank er zurück, um eines von Barts massiven Eiern in den Mund zu nehmen und leidenschaftlich daran zu saugen.

„Oh Gott“, jauchzte Bart, „fester! Fester!“, und gleichmäßig begann er vor den Augen Marks in das Loch zu pumpen, während ihm der unbarmherzige Mund erst das eine und dann das andere der beiden schönen Eier in Speichel spülte. „Nicht aufhören“, wimmerte Bart. Aber Mark ließ die Eier gehen, um sich wieder auf den Schwanz zu konzentrieren, unter dessen Rammen Eds Arsch sich dehnte. Jedesmal, wenn der Pfahl wieder herausgezogen wurde, leckte Mark ihn fieberhaft, schmeckte die Arschsäfte und bereicherte sie um seinen eigenen Speichel. Einmal, als sich der Schwanz fest in Eds Arschloch rammte, hielt Mark seine Zunge an die Unterseite von Barts Prügel und spürte, wie sie, eingekeilt zwischen dem prallen Schwanz und dem verkrampften Schließmuskel, samt Gesicht in den wilden Fick hineingerissen wurde, so daß Ed oben besinnungslos an Marcos Brust sank.

Als Mark hörte, wie Marco „Ja, los, ich kann's vertragen!“ stöhnte, wußte er, daß Arnie aufgehört hatte, in Marcos

Arschloch zu lecken und ihm stattdessen seinen Schwanz hineinstieß. Wie irrsinnig vibrierte auch Marcos Schwanz in Marks Innerem, als sein Arsch sich zusammenkrampfte. Dann nahm Marcos schwellendes Organ seine Ein- und Ausfahrt langsam wieder auf, diesmal aber ein wenig von Arnies Bewegungen gehemmt, dessen Schlosserschwanz bis an die Wurzel in Marcos Arsch steckte und darin genauso gierig wühlte wie Marco in Marks Darmkanälen. Bald wurde der Rhythmus schneller. Über Marks hilfreichen Lippen bumste Bart Ed mit dem gleichen Tempo, wie Arnie und Marco am anderen Ende.

Mark blieb völlig regungslos, außer um seinen Arsch gegen Marcos Lenden zu drücken oder Eds Arsch und Barts saugenden Schwanz zu lecken. Er wollte, daß dieser exquisite Fick so lange wie möglich andauerte, am liebsten ewig, und mußte fürchten, daß jeder weitere Reiz ihn zu früh zum Orgasmus bringen würde. Über ihm schwangen die Leiber — das rastlose Stück Fleisch ausgewachsener Jungs — Muskelpakete rummsten gegen Muskelpakete, Hüften rieben an Hüften, Hände tasteten suchend nach Berührungen — hofften, alle fünf Männer in das Karussel zu ziehen, von denen jeder die äußerste Umlaufbahn erreichen wollte, — jenen Ort, an dem man die Poren öffnen und in den kalten Schweiß der völligen Entspannung ausbrechen kann.

„Fick'! Fick'! Fick'!" grunzte Bart, während sich sein Schwanz dem wilden Höhepunkt entgegenpumpte.

„Loslassen, kommen lassen", stöhnte Marco und zog mit der einen Hand Ed an sich, während er mit der anderen nach unten langte, um Barts muskulöse Bauchdecke zu massieren. Derb hielten Arnies Hände Marcos Arsch fest; die von Bart packten Ed an den Hüften. Mit Schweiß, Keuchen, Geifern, Flüstern und Beben kündigte sich der bevorstehende nachhaltige Orgasmus an.

Und was für ein Orgasmus! Mark konnte ein Lied davon singen.

Es begann damit, daß Ed sich den Schwanz gerade drei Zentimeter über Marks Bauch bearbeitete. Mark konnte fühlen, wie ihm die hin und her sausenden Knöchel über die glatte Haut streiften und ihm seinen eigenen Schwanz so rücksichtslos prügelten, daß seine Hoden brutal gegen die Unterseite von Marcos Kinn schlugen.

Ed ließ seinen Samen als erster sprudeln. Ein paar dicke Klumpen gossen sich Mark über Bauch und Lenden, ja, schossen sogar bis an Marcos Bauch und trieften von dort auf den fickenden Schwanz, um Marks Öffnung so noch stärker zu schmieren. Als Ed kam, saugte sich Mark ihm am Arschloch fest, und auch er spürte die Krämpfe in Eds Gedärmen, die Bart in Zuckungen versetzten. Die beiden Eier des Athleten schrumpften ein wenig zusammen, und jedes preßte sich sachte auf Marks geschlossene Augenlider. Mit seiner Zunge konnte Mark die Samenspritzer zählen, die sich zwischen Eds sanfte Arschlippen ergossen — eins, zwei, drei, vier, fünf —. Unvermittelt zog Bart sich zurück, und zwei dicke Schwälle schossen Ed gegen das klaffende Arschloch, während Mark das Gesicht hob, um sie abzuschlecken. Als sein Mund die zarte Öffnung berührte, entlud Ed furzend seine üppige, mit Scheiße gesprenkelte Ladung in Marks Rachen.

Arnie warf sich verbissen gegen Marcos klatschende Arschbacken. „Da hast du's“ schrie er, als er seine Schwemme so tief wie möglich in Marcos Därme schoß. Im selben Moment explodierte auch Marco naß und wütend in Marks Arsch, während er seine Hüften so fest wie möglich zwischen dessen Backen preßte. Ed, der noch immer über Mark schwebte, küßte Marco aggressiv auf Mund und Hals, als dieser mit seinem vollgepumpten Arsch in Mark expodierte.

Als der Orgasmus abflaute, tastete Mark nach seinem glühenden Schwanz. Alle vier Partner ließen mit gespannten, bewundernden Blicken von der Schönheit vor ihnen ab, und jeder war sicher, daß er durch seine Rolle in diesem Fick und durch seine Säfte Marks Gunst gewonnen hatte. Mark umklammerte sein Organ mit festem Griff. Noch nie hatte es sich so prall, so dem Zerplatzen nahe gefühlt. „Jetzt“, meinte er, indem er aufstand und zu seiner Schreibmaschine hinüberging, „jetzt müßte ich eigentlich ein bißchen echte Pornographie schreiben können.“

Zwei von den Männern streckten sich nach Marks Schwanz; verzweifelt gern hätten sie ihn befriedigt, ihm den Orgasmus vervollkommnet, aber Mark stieß ihre Hände von sich. „Das“, sagte er mit einem Blick auf seinen triefenden Schwanz, der in Richtung Schreibmaschine deutete, „bleibt meinen Lesern vorbehalten.“

38

DU, lieber Leser, bist und bleibst meine wahre Liebe. Die schwitzenden Kerls hinter mir, die darauf warten, daß ich ein Kapitel beende, damit sie sich wieder um das streiten können, was ich zu bieten habe, sind stattliche, große, ernste Männer; und ich möchte nicht sagen, daß sie sich während der Zeit, als sie mir gehörten, keinen Platz in meinem pornographischen Herzen erobert hätten. Ja, manchmal stehe ich dir nur so eilfertig zu Diensten, damit ich wieder zu ihnen zurückstürzen kann. Aber du allein, lieber Leser, hast mich veranlaßt, mit ihnen zu spielen.

Genauso, wie du mich vor vielen Jahren ja auch in das katholische Knabeninternat in Georgia gebracht hast, um dort Stoff für *Die Boys von der Unbefleckten Empfängnis* zu sammeln. Sechs Monate habe ich mich als Platzwart ausgegeben, damit du deine Schulterblätter in die Matratze drücken und dir so vorkommen konntest, als hättest du gerade im Kesselraum dreizehn Knabenschwänze gelutscht. Ich wollte, daß du, wenn dir dein Samen über den Oberkörper regnet, zu Ende führst, was ich drei Monate früher im Kohlenstaub begonnen hatte. Ich wollte mich vergewissern, daß auch hinter sechzehn katholischen Reißverschlüssen der Freude keine Grenzen gesetzt sind. Die Ejakulation, die unter der Kapelle begann, wird nie zu Ende gehen — dank dir.

Sex bedeutet für mich immer eine Geschichte, und das heißt Arbeit. Aber es ist ja keine verlorene Liebesmüh'.

39

Es war vier Uhr morgens. Mark wußte nicht, was ihn aufgeweckt hatte, aber er fühlte sich von einem Entzücken erfaßt, das jeden Schlaf unmöglich machte. Darum stützte er sich — nackt auf dem Rücken liegend, — in seine Kopfkissen. Nur die Lampe, die auf seine stets lockende Schreibmaschine in einer Nische am anderen Ende des Zimmers strahlte, erhellte den Raum.

Sie beleuchtete aber auch die Männerkörper neben Mark.

Zu seiner Rechten sah er, engumschlungen und mit abgewandten Gesichtern, Ed und Arnie liegen. Eds blanker Arsch reckte sich ihm knackig entgegen. Seinen großen Arm hatte Ed um Arnie gelegt, der ein schwarzes T-Shirt trug. Im übrigen waren beide Männer nackt. Mark betrachtete sie intensiv und liebevoll, während sie sanft und leise schnarchten. Als Arnies Schnarchen plötzlich lauter wurde, preßte ihm Ed seinen Arm ohne aufzuwachen um den Körper, bis die Geräusche wieder sacht und beruhigend klangen.

Als Mark sich zur Linken wandte, mußte er noch einmal lächeln. Die Lenden absurd nach unten und den Arsch nach oben gekehrt, lag dort Marco und hielt sein Gesicht, obwohl er in Barts Arme geschlungen war, Mark zugewandt. Mark hatte eine besondere Liebe für diese vier Männer als Pärchen entwikkelt. In den vier Wochen ihres Zusammenseins hatte keiner mit irgendwelchen Gelüsten hinter dem Berg gehalten. (Marco war besonders angetan, wenn er zusah, wie Bart beim Ficken von Mark, Ed und Arnie wiedergefickt wurde, und Arnie liebte es,

Ed zu küssen und mit ihm zu schmusen, während dieser es sich von hinten besorgen ließ. Zuerst rümpfte Bart ja die Nase, als er Maro von einem anderen gebumst sah, und Ed weigerte sich mehrere Tage, Arnie von irgendjemandem bumsen zu lassen. Doch im Laufe der Wochen, als jeder die Tiefe ihrer gegenseitigen Zuneigung erkannte, erstarben solche Eifersüchteleien.) Aber selbst nachdem sie sich als Fünfer zu ungeahnten Höhen aufgeschwungen hatten, selbst nachdem Ärsche preisgegeben, Zungen verschmiert und Schwänze ausgesaugt worden waren, lagen Ed und Arnie sich genauso in den Armen wie Bart und Marco. Völlig unbeabsichtigt hatten sie sich nach einem anstrengenden Tag vor dem Schlafengehen in diese beiden Paare aufgeteilt.

Und als wäre alles abgesprochen, hatte sich Mark zwischen ihnen breitgemacht und über sein Glück nachgesonnen, während er aus herrlich blauen Augen auf die schlummernden Paare hinuntersah und ihre Umschlingungen betrachtete. Obwohl er sie auch einzeln und insgesamt liebte, wuchsen sie ihm doch als zwei kuschelige Pärchen besonders innig ans Herz.

Mit festem Griff umklammerte er seinen Schwanz, der vor ihm in die Höhe ging. Er mußte an die regnerische Nacht denken, als Bart und Ed sehr spät aus ihrem Sportstudio zurückgekehrt waren und Marco gerade von einem Abend im *Bad Men* nach Hause kam.

Arnie hatte den ganzen Tag an seinem Motorrad gewerkelt, und das Öl klebte ihm am ganzen Körper.

„Wir sind vom Regen erwischt worden“, sagte Ed, als er die Tür zumachte. „Auf halbem Wege fing es an zu gießen.“ Sie lachten, während sie sich ihre nassen Sachen auszogen und dann nackt ins Badezimmer rannten, um sich abzutrocknen.

Marco pfiff ihnen angetrunken hinterher und sah dann Mark an. „Ich möchte dir nur sagen, daß ich seit dem Abendessen gesoffen hab’, um den Mut für Folgendes aufzubringen...“ Mark fand ihn süß, wie er so dastand. „Ich bitte dich um nichts. Ich sag’ dir nur was. Heute nacht vergißt du mal deine beschissene Schreibmaschine und gehörst ganz einfach uns. Du fickst uns, allesamt. Und das sofort!“

Ed und Bart waren mit Handtüchern zurückgekehrt und warteten auf Antwort. Arnie sah von seinem Magazin auf. Sie

alle wirkten auf Mark wie eine regelrechte Bedrohung. Darum führte er sie ins Schlafzimmer und bumste sie die ganze Nacht — drehte sie Seite an Seite auf den Bauch, jagte seinen Schwanz von einem Loch in das andere, fickte jeden Arsch durch, bis er knapp vorm Kommen war und zog sich dann jäh zurück, um sich zu beruhigen, ehe er an den nächsten Arsch ging. Drei Stunden lang bumste er sie mit hämmernden Pulsen. Dann konnte er nicht mehr. Gerade steckte er mit seinem Schwanz in Arnies Arschloch und hatte seine Hände je zur Hälfte in Ed auf der linken und Marco auf der rechten Seite. „Halt' deinen Arsch hier über Arnies Kopf, Bart." Bart gehorchte, und Marks Lippen saugten ihm an seinem Arschloch, als Mark auch schon stöhnend in Arnie abspritzte. „Ich geb's euch Fotzen allesamt!" grunzte er, während er sich mit seinen Fingern Ed und Marco tief in den Arsch schob; er vergrub sein Gesicht in Barts Arschloch, als er sein Sperma in Arnie jagte. Danach holten sich alle vier einen runter, um Mark das Gesicht und den Hals mit Samen zu überkleistern.

Mark hatte ein Kapitel nachzuholen.

40

ALS Mark vor einen Parlamentsausschuß zur Untersuchung des moralischen Verfalls geladen wurde, wie er sich ja in der zunehmenden Pornowelle niederschlägt, riet er dem Kongreß, alle Pornographie entsprechen kennzeichnen zu lassen. Folgender, von Mark vorgeschlagener Warnung stimmten die Abgeordneten nicht zu:

> Warnung: Seien Sie auf der Hut. Die Auswirkungen der Pornographie auf den Leser sind noch unbekannt. Viele Testgruppen hat man bereits untersucht (sechzehn Jungen aus Iowa, die unter ständiger Berieselung durch Schweinskram aufwuchsen, im Vergleich zu sechzehn selbigen Orts ansässigen Jungen, denen der Genuß nackten Fleisches weder in Wort noch in Bild gestattet war); die Erkenntnisse blieben allerdings unschlüssig (alle zweiunddreißig Jungen wuchsen mit schmutziger Phantasie auf). Während Sie diese Pornographie lesen, könnten Sie Schaden nehmen. Sie könnten während dieser Seiten einen Teil ihrer Unschuld verlieren. Vergewissern Sie sich vor der Lektüre, daß es die richtige für Sie ist. Wenn Pornographie an sich auch unschädlich sein mag, kann ihr Mißbrauch doch gefährliche Folgen haben. Bürger, schützt eure Pornographie vor Mißbrauch!

41

VIELLEICHT, lieber Leser, muß ich Pornograph sein, weil mein Verlangen nach dir zur fixen Idee geworden ist. Egal, ob Schmutz oder Herrlichkeit daraus entstehen, — irgendjemand muß Pornographie schreiben, muß Pornographie kontrollieren. Ich verdiene keine Anerkennung für meine Talente. Ich schreibe, weil ich es kann.

Man hat mich einmal einem Mann vorgestellt, der wie George Bernard Shaw aussah und die Nase rümpfte, als ich ihm meinen Beruf nannte. Irgendwie wollte ich ihm gefallen. Viele nette Menschen, mit denen ich gern Bekanntschaft schließen würde, möchten ja gar nicht erst in meine Nähe kommen. Es ist der Alptraum jedes Politikers, auf der Titelseite der Zeitung ein Foto zu entdecken, auf dem ich neben ihm stehe. „Aber ich schreibe *gute* Pornographie", erkärte ich dem Mann damals. „Sicher ist sie schmutzig, aber doch auch mehr als das."

„Wenn Sie schon selbst behaupten, Ihre Pornographie sei mehr als schmutzig, was soll dann daran so gut sein?"

„Nun ja", ich rang nach Worten, „sie ist eben wirklich *mehr* als schmutzig."

„Milton hätte nicht geschrieben, was Sie zu Papier bringen", versetzte er ruhig.

„Sicher hätte er das nicht", erwiderte ich, „aber er hätte es auch sicher nicht *gekonnt*. Ich kann's."

Es gelang mir in keinster Weise, diesen Burschen zu überzeugen. Überhaupt habe ich selten Glück, wenn ich Pornographie

in Schutz nehme. Manche Leute wollen, daß ich *Das Verlorene Paradies* schreibe. Aber ein Gutes hat die Sache: Diese Arbeit hat mir Milton bereits abgenommen. Ich muß sie nicht mehr erbringen. Noch keiner dagegen hat *Sackgassenfahrten* geschrieben. Es ist der Welt einziger umfangreicher Roman über einen Autoschlosser, einen Sportrennfahrer und zwei Renn streckenwarte, die auch für das körperliche Wohlergehen sorgen. Er wurde in sechs Sprachen übersetzt. Sogar in Japan liest man ihn.

In gewissen Kreisen verkaufe ich mich besser als Milton. Ed, Arnie, Bart und Marco haben alle meine dreiundneunzig Romane entdeckt. Nacheinander schmökern sie sie durch, reichen sie hin und her, sind dabei erregt und amüsiert. Gut unterhalten eben. Ich schätze, Milton hat nie Wert auf Unterhaltsamkeit gelegt. Aber schließlich mußte er sich ja auch mit Gott auseinandersetzen — ich mich nur mit Bart, Marco, Ed und Arnie.

Und mit dir, schöner Leser.

42

„HÖRT euch mal die Stelle an!“ sagt Bart. Er lag nackt auf dem Bett und hielt Marks Klassiker über Amputationsfetischisten in die Luft, jene Leute, die eine unersättliche Gier danach verspüren, sich Arme ohne Hände in den Arsch stecken zu lassen. Das Buch nannte sich *Stumpf rein!* — ein Titel, der Mark sogar noch besser gefiel als der seines Epos über Sexualverkehr mit Tieren, *Schwanz hoch!*. Ed, der direkt neben dem onanierenden Marco lag, riß sich von Arnies Riemen los. Sie waren ganz Ohr für Bart, als er zu lesen begann:

Ein doppelt Amputierter! Das war mehr, als der Tiermensch zu hoffen gewagt hatte. Darum kidnappte er den unseligen Jüngling. Obwohl der Junge sich wehrte und gefesselt werden mußte, fiel es dem Tiermenschen nicht schwer, sich den schönen Burschen gefügig zu machen.

Mark, der an seiner Schreibmaschine saß und den Männern den Rücken zuwandte, drehte sich um. „Ist das keine herrliche Passage?" fiel er Bart ins Wort. „Ich liebe es zuzuhören, wenn du meine Zeilen vorliest." Als Marco kicherte, wirkte Mark gekränkt. „Nein", erklärte Marco, „rein als Idee gefällt mir die Szene schon, aber wie hat er ihn denn gefesselt? An Handgelenken, die nicht mehr da waren?" Mark sagte: „Bei Pornographie kann man die Einzelheiten überspringen und sich seine Sexszenen nach Belieben zurechtschneidern. Den Lesern ist das piepegal. Sie wollen nur sehen, daß die Stümpfe auch sinnvoll angewandt werden. Und nun lies weiter", sagte er mit einem Wink zu Bart.

Der Tiermensch warf den gefesselten Jungen auf den Boden und riß ihm methodisch die Kleider vom Leib, ohne die Knoten zu lösen. Als der schöne Mann nackt war, drehte der Tiermensch ihn auf den Bauch, spie ihm ins Gesicht, packte ihn an den verstümmelten Armen und begann, den Speichel, der dem Jungen auf die Arme hinabtriefte, auf dem ganzen Körper zu verreiben. Nachdem er dies einige Zeit getan hatte, küßte und drückte er den Jungen, stand langsam auf und begann, sich auszuziehen. Der Jüngling sah, daß sein Schinder überall behaart war, außer am Arsch. Der Tiermensch grunzte.

„Wer hat da gelacht?", fauchte Mark und drehte sich noch einmal um. „Es gibt viele Menschen, die *Der Tiermensch grunzte* für meine beste Zeile halten. Sie hat sich glänzend ins Polnische und Chinesische übersetzen lassen!"

Dann richtete der Tiermensch seinen Schwanz über dem Jüngling auf, um sein Opfer bedächtig vollzupissen. Er zielte mit seinem Urin zuerst auf das Gesicht, dann auf die Lenden und dann auf die Arme des Jungen. Rauh auflachend ging die

Bestie danach über ihm in die Hocke und stülpte ihm ihren dreckigen Arsch so über den rechten Arm, daß sich das knochige Körperteil des Jungen bis tief in die Eingeweide stieß.

Bart ließ das Buch sinken und sah Mark an. „*Soll* man sich denn an sowas aufgeilen? Ich meine, das ist doch echt obszön." Ohne von seiner Schreibmaschine aufzuschauen, entgegnete Mark: „Die einzige Sorge des Pornographen gilt der Frage, *ob* man sich daran aufgeilt. 'Soll' ist Milton." Bart wirkte skeptisch. Auch Marco meldete sich zu Wort. „Hast du denn nie Angst, daß mal einer, der dein Buch gelesen hat, nachher loszieht, so ein händeloses Kindchen kidnappt und es vergewaltigt?" Marks Augen wirkten traurig. „Nein", sagte er, „ich glaube, meine Leser holen sich schlicht einen runter. Denk' doch nur mal nach: an all den abgehauenen Händen und Vergewaltigungen ist wahrscheinlich eher die Bibel schuld als die Pornographie. Ich behaupte ja gar nicht zu wissen, was die Leute dazu veranlaßt, aber Milton wußte es wohl auch nicht." Mit zufriedenem Gesicht begann Bart wieder zu lesen:

Dann stand der Tiermensch auf, hielt die zwei Stümpfe des Jungen fest zusammen, schnellte herum und setzte sich auf beide gleichzeitig. Unter Rülpsen und Sabbern zwängte der Rohling seinen Schließmuskel weiter auseinander, als es wohl jeder andere ausgehalten hätte. Der wehrlose Jüngling wand sich und versuchte zu schreien, aber sein Mund war fest zugebunden. „Ha, haaaaah", grölte der Barbar und ging dann in die Knie, bis sein Arschloch an die Ellbogen des Jünglings stieß.

„Kein Mensch hält zwei Ellbogen aus", protestierte Arnie in der stillen Hoffnung, daß niemand seine Latte bemerken würde. „Pschscht", schimpften die anderen.

Wütend und mit wilden Zuckungen starrte der Jüngling auf das stinkende Scheusal, das über ihm aufragte. Als der Barbar auch die Ellbogen in den Därmen hatte, löste er die Stricke, mit denen er dem Jungen die Oberarme an den Körper gebunden hatte, und sofort begann das schmächtige Opfer, dem Monster seine Ärmchen tobend in den Leib zu rennen. So gut er nur

konnte, bog er seine Ellbogen in das enge Loch hinauf, denn herausziehen konnte er sie ja nicht; dazu war der Tiermensch allzu schwer. Aber wenigstens könnte er ihm die Därme zerreißen. „Uh huh", seufzte der Tiermensch. „Uh huh. Gut so, Baby."

„Also das gefällt mir nicht", protestierte Marco. „‚Gut so, Baby'?" Mark wandte sich um. „Es ist doch ganz egal, was er sagt. Wichtig ist nur, daß manche Leute Gespräche erregend finden. Die Hauptsache sind die Worte, nicht der Inhalt. Hast du beim Ficken noch nie dummes Zeug geredet?" Ed lachte: „Ich wurde mal von einem rothaarigen Lkw-Fahrer gebumst, der dauernd gebrüllt hat: ‚Der Deich bricht! Der Deich bricht!'" Alle lachten. „Und ich", sagte Bart, „hab's mal mit einem Typen getrieben, der hat ständig geflüstert: ‚Zerquetsch' mein Ding zu Mus und Erdnußbutter.'" Marco ließ nicht locker. „Ja, aber ‚Gut so, Baby', das ist nichts für 'nen Tiermenschen." Mark lächelte. „Jetzt ist's schon gedruckt, klar? Was soll ich deiner Meinung nach denn tun — es vom Verlag zurückbeordern lassen? Ich verspreche dir: In meinem nächsten Roman verwende ich diesen Satz nicht." Mit zufriedenem Gesicht wandte sich Marco wieder Bart zu.

Langsam ließ der Tiermensch sein Arschloch auf den Armen kreisen, die ihm in den Arsch droschen. Tränen rannten ihm über das glückliche Gesicht. „Hübsches Kindchen", seufzte er, während er dem Jungen seine haarigen Eier ins Gesicht baumeln ließ. Der Junge keuchte, als ihm der pelzige Barbar mit seinem harten Prügel ins Gesicht zielte und anfing zu pumpen. Während ihm sein Opfer noch wild in den Eingeweiden rüttelte, übergoß das Monster das unschuldige Gesicht mit seinem ganzen Samen. Sein Schwanz tröpfelte noch, als der Tiermensch nach unten reichte, dem Knaben den Mund aufzwang und ihm mit der anderen Tatze seinen Samen hineinschob.

„Scheiße!" fauchte Arnie und spritzte sich über den Bauch. Erstaunt wandten Bart, Marco und Ed ihre Köpfe. „Na, dem hat's aber gefallen", meinte Marco, „nur: wozu soll man über Dinge phantasieren, die man doch nicht haben kann? Ich mei-

ne, ich bin noch keinem Menschen begegnet, dem beide Hände fehlten. Einer von euch etwa?"

Mark blickte über seine Schreibmaschine in die Ferne. Die vier anderen konnten den listigen Ausdruck in seinem Gesicht nicht sehen, als er seufzte: „Ich schon."

„Soll das heißen...?" begann Ed.

„Hast du etwa den Typen entführt und vergewaltigt?" fragte Marco.

„Das ist der Handlungsverlauf. All meine Handlungsstränge sind frei erfunden. Nur die Personen sind echt", sagte Mark.

„Warum schilderst du dann nicht, wie es wirklich passiert ist?" fragte Marco.

„Wer weiß", sagte Mark, während er sich wieder über seine Maschine hermachte, „vielleicht tu' ich das ja eines Tages."

43

DIE beiden Paare bumsten im gleichen Rhythmus, Ed hinter Arnie und Bart hinter Marco, während Arnie und Marco es sich auf allen Vieren in der Mitte des Bettes besorgen ließen. Mit absolut synchronen Stößen wuchteten sich die beiden Ficker, deren Muskeln durch die Schatten von Marks Schreibtischlampe noch stärker herausgemeißelt wurden, gegen die zwei Paar Arschbacken. Hier und da fiel Bart aus dem Rhythmus, um Marco einen Klaps auf den weißen Hintern zu versetzen. Mark hatte aufgehört zu schreiben und sah zu.

Ed und Bart beobachteten sich gegenseitig bei ihren anmutigen Bewegungen in und aus dem Arsch vor ihnen. Sie lockerten den Griff, mit dem sie sich in die gebumsten Backen gekrallt

hatten, und begannen, den Körper des anderen zu erforschen. Zärtlich ließ Ed seine Hand über Barts wogenden Unterleib streicheln und spielte mit den Haaren um den Nabel, die sich ins Schamhaar hinunterkräuselten; als sich die beiden aus den Ärschen zogen, griff Eds Hand pfeilschnell nach unten, um Barts heißen, feuchten Schwanz zu befingern, ehe sich die zwei Ficker wieder in die beiden Arschlöcher warfen. Bart griff hinter Ed, um ihn erst in die eine und dann in die andere Arschbacke zu kneifen; zum Schluß stieß er seinen Finger so tief in Eds Arsch, wie er nur konnte und ließ ihn darauf reiten, während sie beide weiterfickten. Vom Schreibtisch aus beobachtete Mark, wie sich die zwei Ficker gegenseitig mit ihren Blicken verschlangen und wie sich ihre Lippen trafen. Je leidenschaftlicher ihr Kuß wurde, desto eindringlicher auch der Fick; Arnie und Marco ächzten vor Lust. Mark stand auf, um einen besseren Blick zu bekommen.

Als er um das Bett herumging, sah Mark, dessen Schwanz schon mehr als dreißig Zentimeter vor ihm in die Luft ragte, daß Arnie und Marco sich gegenseitig mit der Zunge im Mund wühlten. Sie trieben blindlings dahin auf der warmen Woge des Gemeinschaftsficks. Mark trat hinter die beiden Ficker, um den zwei Paar Eiern zuzusehen, die wuchtig unter den zustoßenden Ärschen tanzten. Barts Finger steckte noch immer in Ed, und jedesmal, wenn die beiden Männer ihre Schwänze in Arnies bzw. Marcos Arsch tauchten, konnte Mark beobachten, wie Bart diesen Finger mit aller Gewalt hineindrückte. Ed riß sich gerade lange genug von Barts Lippen los, um keuchen zu können: „Probier's mit zwei Fingern.“ Mark sah zu, als Bart seinen Finger herauszog, ihn gegen seinen Zeigefinger preßte und sie zusammen in Eds Arsch bohrte, während die beiden Männer pausenlos in die Ärsche vor sich rannten. Da trat Mark an Ed heran, griff ihm zwischen den Beinen hindurch und betastete ihm die dicken Eier; ein paar Minuten knetete er sie liebevoll. Dann streckte er sich weiter vor, um auch Arnie am Sack zu packen. Arnie stöhnte. Mark ließ seine Hand über den Hodensack zu Arnies Arsch hinaufgleiten, um zu fühlen, wie der Schwanz dort ein und aus sauste. Nichts ist aufregener, sagte sich Mark, als ein Arschloch zu fühlen, wenn ein zorniger Schwanz es bis an die Grenzen ausdehnt.

Während er den Schwanz, sobald er hinausrutschte und das gefickte Arschloch, sobald sich der Schwanz bis an die Wurzel hineinbohrte, kräftig massierte, griff Mark mit seiner anderen Hand unter Bart hindurch, um zuerst ihm und dann Marco die Eier zu quetschen. Noch heftiger tobten die Ficks, und einfühlsam massierte Marco beide Arschlöcher und Schwänze. Er fühlte, daß alle vier nun jeden Moment kommen konnten. Darum griff er nach den zwei Schwänzen, als sie wieder nach draußen schwangen, und riß sie ganz aus ihren Ficklöchern. „Hey", schnauzte Bart ihn an, und Ed knurrte: „Laß' mich abspritzen, Mensch."

„Partnerwechsel!" befahl Mark.

Gehorsam tauschten Ed und Bart ihre Plätze und versenkten ihre Schwänze schnell wieder in den Ärschen — diesmal Ed in dem von Marco und Bart in dem von Arnie. Marks Hände führten beide Riemen von unten in die willigen Löcher, und sofort ging der Fick weiter, während Ed und Bart sich küßten. Arnie und Marco hatten nie mit ihren Küssen aufgehört.

Mark zog sich zurück, um sich abermals vor Arnie und Marco zu stellen. Diesmal jedoch rutschte er mit seinem Körper unter die beiden, so daß sein Schwanz ihnen ins Gesicht ragte und er selbst zu ihrem Gehänge aufsah. Dann packte er Marcos wildes Stück Fleisch mit der einen und Arnies zuckenden Bolzen mit der anderen Hand und begann langsam, beide Männer zu melken. Dabei bemühte er sich, denselben Rhythmus einzuhalten, an dem die zwei Ficker hinter ihm soviel Freude hatten.

Bald geriet das gemolkene Paar nur noch hitziger in Erregung und schenkte seine ganze Aufmerksamkeit Marks gigantischem Prügel. Zuerst schnappte Arnie mit seinen Lippen danach und schluckte soviel von dem fleischigen Schaft, wie er nur konnte. Er ließ sich von der dicken Eichel die Kehle aufstoßen, bis die Grenzen des Erträglichen erreicht waren. Als er seinen Mund von dem Schwanz wieder abzog, begann Marco von der anderen Seite, den Schaft zu benagen, und die Eichel war noch kaum aus Arnies Mund geschlüpft, da stülpte sich Marcos gieriger Rachen schon wieder über sie. Marks Melkbewegungen an ihren Schwänzen verschnellerten sich.

„Probier's mit einem mehr", sagte Ed irgendwo weit oben, und da wußte Mark, daß Bart gerade seinen Finger herauszog.

„Versuchen wir's mit dreien", meinte Bart und stieß zu. „Oh Gott, tut das gut", röchelte Ed, bevor er sich von neuem an Barts Lippen heftete.

Während sich Marcos Rachenmuskeln eng um die Eichel schlossen und seine Zähne grob an dem Schaft knabberten, schob er sich Marks Schwanz so tief wie möglich in die Kehle. Gleichzeitig beugte sich auch Arnie vor, saugte einen von Marks Hoden in seinen Mund und kaute behutsam daran.

Wild bearbeitete Mark die beiden Schwänze über sich und richtete sie sich auf die Lippen. „Fickt zu!" johlte er und riß weit seinen Mund auf.

Sie kamen alle fünf gleichzeitig. Mark melkte Arnies und Marcos Schwänze genau in der Sekunde in seinem aufgerissenen Rachen aus, als sich seine eigenen Säfte über die von Arnie liebkosten Eier ergossen und ihm so durch den Schwanz in Marcos straff geweitete Kehle spritzten, daß dieser halb daran erstickte. Im selben Moment verkrampften sich auch Eds Arschmuskeln um die vier Finger von Bart, und gerade als Bart alles, was er in sich hatte, in Arnies Arschloch jagte, schoß Ed seine Klumpen tief in Marcos Därme.

Nachher lagen sich alle fünf mit nassen Ärschen, Schwänzen und Eiern in den Armen. Keiner wußte genau, an welchen Körper er sich gerade schmiegte. Keiner achtete darauf, wessen Finger sich da mit seinen eigenen verflochten. Marco schlief zuerst ein. Dann Bart. Arnie stand auf, um sich ein rotes T-Shirt zu suchen; er schlief immer mit T-Shirt. Als er glücklich wieder im Bett lag, schlief er sogar noch vor Ed ein, doch an dem ruhiger werdenden Atem erkannte Mark schließlich, daß auch dieser aufgeregte Geist endlich eingeschlummert war. Da befreite er sich aus dem Fleischhaufen und kehrte zurück an seine Schreibmaschine.

44

ED lag allein im Bett. Er hatte sich auf dem Bauch ausgestreckt und schmökerte in Marks drittem Buch über Inzest — *Bruderliebe.*

Auch wenn Walt seinen Bruder schon immer begehrt hatte, hatte er doch nie die Courage besessen, den ersten Schritt zu tun. Wenn sie als Jungen zum Schlammtauchen an den Weiher gefahren waren, mußte Walt immer bis an die Hüfte ins Wasser waten, damit Peter seinen Steifen nicht sehen konnte. Peter war damals erst zwölf und Walt fünfzehn. Peter war frech und unternehmungslustig; immer rannte er nackt an das Ende des Bootsstegs, warf sich ins Wasser und kletterte, so rasch er nur konnte, wieder heraus, um mit wehenden, kastanienbraun glänzenden Haaren zurück auf den Steg zu rennen und sich dann abermals begeistert in die Luft zu werfen. Walt tauchte bis an die Schultern in den Teich und massierte sich den Schwanz, während er dem drahtigen Jungenkörper zusah, der stürmisch ins Wasser segelte. Als Peter zum zehnten Mal atemlos ans Ufer schwamm, lächelte er seinem Bruder zu; er liebte es, so beobachtet zu werden.

Nackt und tropfnaß grinste er seinem Bruder vom Ufer aus idiotisch ins Gesicht, aber selbst da noch fand Walt ihn begehrenswert und grinste nur zurück. „Du bist ja die reinste Ente", sagte er. Ja, Walt behielt seinen Bruder unentwegt im Auge, während er onanierte. Peter sah ihn an und hatte keine Ahnung, was sich unter den grünen Wassern tat. Walt verriet sei-

nem Bruder mit keiner Miene, daß er voller Begierde nach ihm in der trüben Brühe die Ekstase erreicht.

Jetzt aber waren sie erwachsen...

Ed drehte sich auf den Rücken, weil er steif wurde und sein Schwanz Platz brauchte. Ja, die Geschichte sagte ihm schon zu, während er sie so über sich hielt und weiterlas.

Jetzt aber waren sie erwachsen. Walt besuchte schon die oberen Hochschulseminare, und Peter stand noch am Anfang. In ein paar Monaten würde Walt sein Examen machen, und zum ersten Mal sollten sich dann ihre Lebenswege trennen. Walt würde umziehen müssen, um eine Anstellunge zu finden, und Peter mußte noch auf dem College bleiben.

„Du wirst mir fehlen, Bruderherz“, sagte Peter zärtlich. Obwohl er zu einem großen, schönen Jüngling herangewachsen war, wollte ihm doch noch kein Bart sprießen.

Weil Walt, der in ihrem Schlafsaal auf der Koje lag, nicht sofort antwortete, trat Peter neben ihn ans Bett und tippte ihm auf die Schulter. Als Walt die Augen aufschlug, mußte Peter zu seinem Entsetzen Tränen darin entdecken. Noch nie hatte er seinen Bruder weinen sehen. Er hatte bisher niemanden gekannt, der stärker war. Wenn er sich beim Football einmal beide Knöchel verstauchte, verlor er kein Wort.

„Was ist los?“ fragte Peter.

„Ich will dich und deinen Körper.“

Ed nahm das Buch in die andere Hand, um seinen Schwanz mit festem Griff zu umklammern. Er hatte nie einen Bruder gehabt.

Einige Minuten lang sagte Peter gar nichts. Dann legte er seine Hand auf Walts feste Bauchdecke. „Ich wüßte nicht, was dem im Weg stünde“, meinte er.

„Es ist nicht richtig“, sagte Walt. Schließlich war er doch der große Bruder.

„Mir egal. Ich denke, mal so gefickt zu werden, dürfte ganz gut tun. Besorg's mir“, erwiderte Peter, und schon stand er auf und zog sich die Hose aus.

Walt wußte nicht, was er tun sollte. Ihr ganzes Leben lang hatten sie in der Sonntagsschule nebeneinandergesessen. Ihr Verhältnis wäre nie mehr dasselbe, wenn sie jetzt ihren Begierden nachgäben. Wie sollten sie ihren Eltern je wieder unter die Augen treten? Darum sah Walt tatenlos zu, wie sich sein achtzehnjähriger Bruder splitternackt auszog, dann die Beine grätschte und sich mit dem Rücken zu Walt nach vorn beugte.

Mit einer Männerstimme, wie Walt sie nie an ihm gekannt hatte, sagte sein kleiner Bruder: „Na los, Großer, nun besorgs's mir schon", und riß seinen jungfräulichen Arsch so weit auseinander, daß Walt unversehens auf das prachtvolle Loch starrte. In einer Aufwallung von Leidenschaft wußte er, daß die einzige Perversion in diesem Moment darin bestünde, die eigene Gier zu unterdrücken.

Ohne sich ganz auszuziehen, schob er sich im Stehen seine Hose bis auf die Knie hinunter. Dann spuckte er in seine Hand und verrieb sich die Spucke auf dem Schwanz. Als er zum zweiten Mal spuckte, bohrte er seinen Speichel in Peters Arschloch. Nie zuvor hatte er das Arschloch seines Bruders berührt, und er wußte, er würde es nie bereuen, — nicht einmal in der Hölle.

Krachend fiel die Wohnungstür ins Schloß. „Ich bin zurück", rief Mark. „Wo sind meine vier Hübschen?"

„Ich bin hier", schrie Ed, während er das Buch weglegte. Mark erschien auf der Schwelle und zog sich das Hemd aus. Nachdem er auch Schuhe, Strümpfe und Jeans abgeworfen hatte, sah er Ed an. „Ich lese gerade *Bruderliebe*", sagte Ed als Erklärung für seinen Steifen.

„Ist das nicht ein gutes Buch?" fragte Mark. „Ich bin ja so stolz darauf. Du ahnst gar nicht, wieviele Bruderficker mir Dankesbriefe geschrieben haben. Es war sogar noch beliebter als mein vorheriger Inzestroman, *Sag' doch Onkel zu mir*." Als sich Mark vor ihm räkelte, wirkte er auf Ed wie ein griechischer Gott.

„Du hast wohl keine Lust, mich zu bumsen, was?" fragte Ed. „Wenn ich mit dem Buch durch bin?"

„Erst danach?" fragte Mark. „Lies du nur weiter, und den Rest überlaß' mir."

Ed drehte sich auf den Bauch und vertiefte sich wieder in den

Schmöker, während Mark mit aufgerichtetem Schwanz seinen Arsch anpeilte. Er streichelte die Backen einige Zeit, bevor er sie auseinanderzog und mühelos in Ed hineinglitt. Ed knirschte leicht mit den Zähnen und krümmte sich eine Minute. Dann begann er weiterzulesen, während Mark ihm gleichmäßig in den Arsch stieß.

Langsam drückte Walt seinen Schwanz in Peters gierige Knabenfotze. Sofort bäumte sich Peter auf dem Fleisch, als wären die beiden in Wirklichkeit gar keine Jungfrauen mehr. Als Walt bis an die Wurzel eingedrungen war, umschlang er Peters anmutigen Körper, ließ seine Hände über die seidige Haut streichen und liebkoste den Nabel seines Bruders — das Überbleibsel einer Schnur, die einst zu dem Mutterschoß führte, der sie beide geboren hatte.

Als Walt anfing, sich kräftiger in den Arsch zu rammen, wurde ihm bewußt, daß dieser Bruder seine einzige Verbindung zum Zeugungsakt war. Peter stöhnte, ohne sich aber zu beschweren. Er bedauerte Walt ebenso sehr wie alle anderen, die ihren Bruder nie so geliebt hatten wie ihren fremden Partner — die glaubten, instinktiv und ohne Fummeln ihre Gelüste befriedigen zu können.

Walt griff mit seinem Arm von hinten nach Peters Schwanz und begann ihn zu bearbeiten.

„Mach' langsam oder ich komm' gleich", sagte Peter. Walt ließ den Schwanz fahren, wurde aber nicht langsamer in seiner Attacke gegen Peters unschuldiges Arschloch, in das er vorstieß bis zum Geht-nicht-mehr, dann wieder halb herausglitt und dabei pausenlos an das Paar Arschbacken klatschte. „Nicht aufhören, Bruder", rief Peter. „Fick' mich, fick' mich." Es waren Worte, die Walt schon immer sehnlichst aus dem Mund seines Bruders hatte hören wollen.

„Fick' mich, fick' mich", sagte Ed, in das Buch vertieft, und Mark rannte so fest hinein, wie er nur konnte. Als sein Schwanz ganz eingetaucht war, hielt er inne, um sich dann langsam wieder herauszuziehen und gleich von neuem in das Loch zu versenken. Mit einer Hand griff er unter Ed, hob ihn leicht an und begann, an Eds Knüppel zu reißen, während er ununterbrochen weiterfickte.

Walt war am Rande des Deliriums, als er seinen ersten Männerarsch kostete und seinen Samen Schuß um Schuß in den offenen Schließmuskel seines kleinen Bruders jagte. „Ich will dich", gurrte er. „Ich will deinen Körper", und holte seinem Bruder von hinten einen runter, bis Peters Samen über einen Stoß Schulbücher platschte. „Bruderfick' mich", rief er, Bruderfick' mich."

„Spreiz dich weit auf für mich, Baby," gurrte Mark dem zitternden Ed ins Ohr, als er ihn über dem Laken zum Abschuß brachte und jagte ihm seine eigenen übersprudelnden Säfte in die Eingeweide.

Danach lagen sie sich grinsend und mit glasigen Blicken in den Armen. „Liebst du mich?" fragte Ed.

„Liebe zu spenden, ist nicht Sache des Pornographen", sagte Mark scherzhaft.

„Liebst du mich?" wiederholte Ed.

„Ich bums' dich doch, oder nicht?" entgegnete Mark.

„Das ist nicht dasselbe. Das tun sogar Pornographen."

Mark meinte gelassen: „Natürlich liebe ich dich."

„Sag' es ohne ‚natürlich'", beharrte Ed, während er sich umdrehte, um Mark an den Rippen zu kitzeln.

Mark zuckte zusammen. „Natürlich liebe ich dich!" lachte er und krümmte sich unter den kitzelnden Händen.

„Ohne ‚natürlich'", wiederholte Ed und kitzelte ihn stärker.

„Ich liebe dich ohne natürlich!" rief Mark, dem schon Tränen über die Wangen rollten.

Da legte Ed sich friedlich wieder hin. Er wußte, wie sehr Mark es haßte, wenn man ihn kitzelte.

„Ich liebe dich auch", sagte Ed. „Und ich liebe deine Pornographie. Du hast da nämlich echt was los."

„Weiß ich", erwiderte Mark stolz.

Ed lachte. „Du weißt, daß nicht jeder stolz wäre, Pornographie zu schreiben."

„Es haben auch nicht viele Leute Grund dazu", erklärte Mark. „Ich bin der Welt bester Pornograph — der einzige, der darauf Wert legt, seine Leser zu befriedigen und der gleichzeitig weiß, wie man schreibt. Die Leser sind anspruchsvoll, Ed. Sie wollen einerseits, daß ich dabei bin, wenn im Bett gebumst

wird, und sie wollen mich auch dort an der Schreibmaschine, um alle schwarzen Tasten anzuschlagen, die für sie angeschlagen werden müssen."

„Hört sich an, als sprächst du über 'nen Bettgespielen."

„Ich liebe meine Leser ja auch."

„Hast du dir je gewünscht, etwas anderes schreiben zu können — etwas, das jeder lesen könnte, selbst meine Mammi und mein Pappi?"

„Du würdest nicht wollen, daß sie *Bruderliebe* lesen?"

Ed schüttelte den Kopf. „Ich könnte ihnen nie deine Bücher zu lesen geben."

„Zumindest wüßten sie meinen Stil bestimmt zu würdigen. *Der Bräutigam und der Page* würde ihnen gefallen. Es hat einfach jedem gefallen."

Ed schüttelte den Kopf. „Die meisten wären von deinen Büchern schockiert. Das weißt du. Stört dich das denn nie?"

„Eigentlich finde ich meine Bücher nicht direkt schmutzig — du etwa?"

„Nein, natürlich nicht. Du bist Spitze."

„Nein", entgegnete Mark und setzte sich auf, „du bedauerst mich, weil meine Leser wichsen. Na schön, aber Miltons Leser wichsen auch. Nur nicht gerade, wenn Milton in der Nähe ist."

Ed gab Mark lachend einen Knuff in die Seite. „Aber was soll man denn bloß bei deiner Beerdigung sagen? Doch nicht, daß du den großen amerikanischen Homo-Pornoroman geschrieben hast, oder?"

„Ich verachte jeden, der mich zu überleben beabsichtigt", sagte Mark in ernstem Ton. „ich arbeite nicht auf eine tolle Grabrede hin. Ich mache, was ich am besten kann, und das kann ich besser als irgendjemand sonst." Er lächelte.

Als Ed ihn lächeln sah, mußte auch er lächeln. „Ach, ich liebe dich!"

„Ob er geliebt wird, ist dem Pornographen egal, solange man ihn nur fickt", sagte Mark.

45

„WARUM beantwortest du bloß all diese Briefe?“ fragte Arnie.

Mark riß ein neues Kuvert auf. „Sie kommen von meinen Lesern“, erklärte er, „Manche Autoren können ihr Verhältnis zum Leser vielleicht vergessen aber das eines Pornographen ist zu intim, um es zu ignorieren. Wir haben uns ja gewissermaßen fleischlich berührt.“ Der Brief kam aus Seattle:

Sehr geehrter Mr. Edwards,
mein Arbeitskreis zur schwulen Bewußtseinserweiterung ist besorgt daß Sie der alten Legende neue Nahrung geben, wir Schwulen würden nichts tun als ficken. Dieses Klischee schadet unserer Glaubwürdigkeit in der Heterogemeinschaft. Was hätten Sie zu Ihrer Verteidigung vorzubringen?
Maxx Fletcher

Lieber Maxx,
Ein Schwanz im Arsch bedeutet mir mehr als Glaubwürdigkeit in der Heterogemeinschaft.
Mark Edwards

Mark reichte den Brief an Arnie weiter, der ihn las und in einen Umschlag steckte. Mark riß das nächste Kuvert auf.

Sehr geehrter Mr. Edwards,

ich sitze derzeit an meiner Doktorarbeit über Erotika und wüßte gern, warum Sie Ihre Romane lieber als „Pornographie" bezeichnen statt als „Erotika". Wo liegt der Unterschied?

Jay Petrovich

Lieber Jay,

Erotika stellt man neben James Fenimore Cooper und Booth Tarkington ins Bücherregal. Pornographie versteckt man unter dem Bett zwischen vergessenen Jockstraps und steifen Küchentüchern. Ich ziehe letzteres vor.

Mark Edwards.

Arnie lächelte, als er den Brief faltete und in einen Umschlag steckte. „Du liebst deine Pornographie aber echt, nicht wahr?" fragte er.

Mark nickte, während er sich schon wieder eifrig mit dem nächsten Kuvert beschäftigte.

„Aber mehr als uns liebst du sie doch nicht, hm?" fuhr Arnie fort.

Mark sah auf. „Komische Frage. Ich halte mein Leben und meine Pornographie nicht auseinander. Ihr seid meine Pornos."

„Dein Material?" fragte Arnie bitter.

„Nicht ganz. Ihr seid auch mein fertiges Produkt, — meine Liebe. Und jetzt laß' uns sehen, was dieser Leser auf dem Herzen hat."

Lieber Mr. Edwards,

ich schreibe an einer Analyse über die Arbeitsmethoden verschiedener Schriftsteller. Virginia Woolf z.B. soll im Stehen geschrieben haben. Wie steht es mit Ihren Schreibmethoden?

Ronny Bausch

Lieber Ronny,

Ich bin gar nicht so anders als Virginia Woolf. Meine Lieblingsstellung ist, mich mit aufgerissenem Arsch über die Maschine zu beugen, so daß jeder meiner Lover mich stopfen

kann, während ich schreibe. Da meine Freunde schichtweise arbeiten, schaffe ich täglich etwa fünfzig Seiten — und eine ganze Menge Schwänze.
Mark Edwards

Mark wandte sich um. Er wollte den Brief an Arnie weiterreichen, aber der hatte sich in einen anderen Teil des Hauses zurückgezogen.

46

MITTEN im Satz sah Mark von seiner Schreibmaschine auf und über seine Schulter zu den Männern hinüber, die gerade ihre Stellung gewechselt hatten. Bisher hatte Arnie auf dem Rücken gelegen und sich von Bart den Schwanz reiten lassen. Bart hatte sich so lange auf dem massiven Organ gewunden, bis ihm bequem war. Dann hatte sich Ed von hinten angepirscht, die Unterseite seines Schwanzes an die von Arnies Bolzen gepreßt und war so mit Biegen und Brechen ebenfallls in Barts Arschloch gerutscht. Als sich die beiden Steifen, Unterseite an Unterseite, in seinen Schließmuskel keilten, verfiel Bart in lustvolle Zuckungen. Er drückte sich auf Arnies Brust hinuter, um so Eds Einschubwinkel zu verbessern, und als Ed sich dann bedächtig herauszog, versetzte die Reibung Arnies Prügel in fiebriges Zucken.

Marco schob sich vor, grätschte die Schenkel um Arnies Kopf und hielt ihm den Arsch direkt über das Gesicht. Bewußt langsam senkte er sich dann auf Arnies weit geöffneten Mund, der dem Schließmuskel einen gierigen Willkommenskuß geben

wollte. Gerade als Bart es sich von den beiden Schwänzen besorgen ließ, sah er plötzlich Marcos feisten Knüppel vor seinen hungrigen Lippen pulsieren. Sofort schluckte er den Schaft und saugte daran wie ein Baby, das Milch will. Marco seufzte.

„Verflucht!“ sagte Mark. „Wie soll ich denn bei soviel Ablenkung schreiben?“ Er stand von seiner Maschine auf und stieg in das Bett, um zuzuschauen.

Wenn Ed sich nach vorn beugte, konnte er Marco küssen. Ihr Kuß wurde feucht und leidenschaftlich, als Eds Schwanz in Barts prall gefüllten Arsch ein und aus fuhr und Marco sich nicht nur von Arnie den Arsch, sondern von Bart auch den Schwanz lutschen ließ. Die Laute, die der rotierenden Masse dabei entwichen, waren ein Gemisch aus Grunzen, Keuchen und Zähneknirschen. Wie eine gigantische Maschine waren die Männer aufeinander abgestimmt — Ärsche, Münder und Schwänze arbeiteten vollkommen synchron und nur die Hände blieben frei, um von Körper zu Körper zu wandern. Bart schaffte es, Marco einen Finger in den Arsch zu stecken, während Arnie an dem Loch saugte. Ab und zu zog Bart den Finger wieder heraus, um ihn Arnie in den feuchten Mund zu schieben. Während Marco sich mit der einen Hand Barts Kopf in die Leisten drückte, spielte er mit der anderen an Barts Arschbacken. Arnie streichelte mit der einen Hand Eds Schenkel und mit der anderen Marcos heißen Arsch. Zur gleichen Zeit legte Ed seine schweißnasse Pranke auf Marcos Hand, die auf Barts Arschbacken ruhte, und streichelte ihm mit der anderen den Brustkasten.

Das Delirium, das sich wie Weihrauch im Zimmer ausbreitete, stieg Mark zu Kopfe, während er von der Seite zusah. Sein Schwanzpfahl war rot und geschwollen von Samen. „Fickt zu!“ schrie er; er liebte diesen Ausdruck. „Fickt euch, Schätzchen, und reibt für mich eure Leiber aneinander. Inspiriert euren Pornographen. Tut's mir zuliebe. Los. Los. Feste!“

Als Mark seinen erregenden Singsang anstimmte, begannen die Männer zu schlucken und zu zittern; Finger krallten sich in das saftige Fleisch, Füße zuckten irrsinnig.

„Ja, ja. Tut's mir zuliebe“, röchelte Mark, und schon schoß Marco als erster seine Ladung in Barts Kehle. Während Marco kam, erforschte er mit seiner Zunge Eds Mund. Ed rammte

sich so tief in Bart wie nur möglich; sein Schwanz preßte sich fest gegen Arnies Bolzen. Unter dem Gestöhn beider Männer verquirlte sich die herausschießende Sahne in Barts Arsch. „Oh Gott“, hauchte Ed in Marcos Mund, und Arnie streckte seine Zunge tief in Marcos Arschloch.

Völlig unaufgefordert griff Ed dann unter dem gefickten Bart hindurch, hob ihn leicht von Arnies Brust und stieß ihm dabei den Kopf auf Marcos triefenden Schwanz. „Mach' du ihn von vorne fertig, Mark“, sagte Ed. „Ja!“ rief Marco, der noch immer auf Arnies Gesicht saß, „lutsch' Bart einen ab, solange ihre Schwänze in ihm noch steif sind.“

„Ich muß jetzt wirklich wieder an meine Pornographie“, sagte Mark.

„Saug' ihn aus, verdammt nochmal“, wiederholte Ed.

„Bitte, saug' mich aus!“ bettelte Bart, dessen Schwanz feuerrot zwischen seinem und Arnies Bauch in die Luft ragte.

Mark kniete sich neben sie und nahm Barts pochende Schwanzlänge ganz in den Mund. Er hielt die Eichel zwischen seinen Rachenmuskeln fest umschlossen und bewegte sein Gesicht einmal auf die Lenden zu, dann wieder weg und so weiter. „Oh“, stöhnte Bart, „tut das gut! Ich fühle die beiden steifen Schwänze in meinem Arsch, der Samen sickert mir aus dem Arschloch, während du mich leersaugst...“

Mark streckte seine Finger nach den beiden Schwanzwurzeln und dem geweiteten Arschloch. Kräftig zwängte er einen Finger zwischen die zwei Schwänze und rührte damit in der Samenflut. „Oh...gut so“, stöhnte Bart. „ich...ich ko...*mme*!“ Seine salzigen Säfte zischten in Marks wild saugenden Mund, während der Finger in dem schwanzgefüllten Schließmuskel rührte.

Als Mark von dem fleischigen Rohr abließ, fühlte er, wie ihn Marco am Schwanz packte. „Und jetzt gib uns deinen Samen.“

„Aber wenn ich gekommen bin, kann ich doch keine Pornographie mehr schreiben“, protestierte Mark.

„Scheiß' auf deine Pornographie“, fluchte Ed und riß seinen Schwanz aus Bart, der sich daraufhin seufzend von Arnies Prügel erhob. „Es kommt uns einfach schäbig vor, dauernd unseren Samen zu verspritzen, während du dir deine Säfte für die Leser aufsparst.“

Mark stand auf. „Meine Leser brauchen mich“, sagte er ent-

schieden. „Sie haben nicht alle solche Männer wie euch. Manche haben nur mich. Es gibt keinen Schwanz, der ihnen in den Arsch sticht — von zweien ganz zu schweigen; keine Hand, die ihnen über den Körper wandert. Für manche sind die Finger des Pornographen die einzigen Abenteurer, die über ihr Fleisch hinstreifen und ihre Höhlen erforschen." Er wischte sich Barts Samenklumpen vom Kinn. „Ich bringe euch zu ihnen. Mit euch auf meinem Leib gehe ich zu ihnen, um zu teilen. Wenn ihr mich mit vollen Samensträngen wieder an die Maschine laßt, dann teilt ihr euren Körper mit ihnen. Ihr fickt sie. Sie lutschen euch den Schwanz. Bitte, meine Lieben, ihr wollt meinem treuen Leser sein Vergnügen doch nicht vorenthalten."

Mit immer noch prallem Schwanz stieg Mark aus dem Bett und nahm wieder seinen Platz vor der Schreibmaschine ein, wo er sofort in die Tasten schlug, um das Fieber seiner Lenden in seine Pornographie hinüberfließen zu lassen.

47

WÄHREND die Monate dahinstrichen, verschwanden alle Eifersüchteleien und Rivalitäten zwischen ihnen; nur eine nicht: die vier Liebhaber wurden über Marks Hingabe an seine Arbeit immer ungehaltener. Wenn er einmal nachts seine Schreibmaschine verließ, stritten sie sich um seinen Schwanz und schmiedeten ausgefeilte Pläne, wie sie sich ihre Säfte teilen könnten. Wenn Arnies Arsch der beglückte war, saugten Marco, Ed und Bart ihm nachher an den runzligen Lippchen, um den Samen zu schmecken, den Arnie wieder von sich gab. Bekam Bart die Ladung in die Kehle, dann mußte er vorher ver-

sprechen, kein Tröpfchen hinunterzuschlucken, und danach stießen und drängten ihm die drei anderen ihre Zungen in den Mund, um sie in den heißen Samen zu tauchen. Demokratisch, wie er war, versuchte er, jeden davon schmecken zu lassen.

Aber selbst in diesen Nächten merkten die vier, daß Mark in Gedanken nicht restlos bei ihnen war — es schien fast, als fehlte ihnen ein Liebhaber, als sei einer zu wenig vorhanden; wenn man ihn fragte, antwortete Mark nur, er denke über sein nächstes Kapitel nach. Ob er sich nun in Eds Arsch rammte oder von Marco den Schwanz lutschen ließ — nie ging ihm seine Arbeit aus dem Kopf. Er versuchte, sich Feinheiten ihres Liebesspiels für seinen neuen Roman einzuprägen. Die tiefen kehligen Laute der Ficker wurden in Buchstaben umgesetzt — das Klatschen von Fleisch auf Fleisch in aussagekräftige Bilder.

Immer mehr sahen sich die Männer kleinkrämerischen Feindseligkeiten und Intrigen gegenüber — eine Mischung, die keiner von ihnen beim Namen nennen wollte. So entwickelten sie affektierte Verhaltensweisen. Je länger Mark am Schreibtisch saß und dabei ihre sexuellen Heldentaten auf dem Bett hinter sich ignorierte, desto verbissener versuchten sie, seine Aufmerksamkeit zu erregen. Immer öfter wanderten ihre Blicke beim Ficken und Blasen zu Mark hinüber, nur damit er vielleicht einmal kurz hinsehen und dann von ihrer Geilheit angesteckt würde. Doch je leidenschaftlicher ihre Stöße wurden, desto leidenschaftlicher hieb Mark in die Tasten.

Manche von denen, die sich ihr Leben lang auf einen Partner beschränken, glauben mitunter, Männer mit einer Vielzahl von Bettgefährten hätten kein Bedürfnis nach Abwechslung. Aber nach einer gewissen Zeit können auch fünf Männer die Eigenheiten von zweien entwickeln, und da ihnen dies bewußt war, begannen sie, andere Männer zum Ficken mitzubringen. Vielleicht, so hofften sie insgeheim, würde der Reiz des Neuen ja Mark wieder dazu bringen, mit ihnen zu bumsen.

Eines Abends kam Marco mit zwei pechschwarzen Negern nach Hause, eineiigen Zwillingen, die er auf der Straße aufgerissen hatte. Marks Männer hatten das Paar, das übrigens Oliver und Matthew hieß, schon entblättert und ins Bett gezogen, ehe Mark die neuen Gäste überhaupt bemerkte. Er steckte gerade mitten in einer detaillierten Orgienszene seines Romans,

als er über die Schulter blickte und sah, daß sich sechs Mann im Bett räkelten, wobei zwei seiner Liebhaber Oliver und die anderen beiden Matthew von Kopf bis Fuß ableckten. Mark legte seine Arbeit beiseite um zuzuschauen.

„Wer seid ihr?“ fragte er.

Die beiden Männer schlugen die Augen auf. „Ich bin Oliver, und das ist Matthew. Wir sind Zwillinge.“

„Das sehe ich“, sagte Mark. „Ihr seid schön. Es sieht auch schön aus, wie ihr da von meinen Typen verschlungen werdet.“

Gerade als Arnie seinen Mund um Olivers massiven Prügel schloß, schnappten Eds Lippen nach der Latte von Matthew. Die beiden Zwillinge schlossen ihre Augen wieder. Als Ed und Arnie sahen, daß sich Marco auf Olivers und Bart auf Matthews Lippen setzte, sprangen sie auf, gingen über den zwei schwarzen Schwänzen in die Hocke und griffen nach unten, um sich diese Organe ins Arschloch zu schieben. Gleichzeitig schraubten sie sich ohne die geringste Klage auf die fleischigen Prunkstücke hinunter.

Mark sah zu, wie seine vier Liebhaber, von denen sich zwei den Arsch lecken und zwei den Arsch bumsen ließen, anfingen, sich über den beiden identischen Leibern gegenseitig zu wichsen. Er merkte aber auch, daß alle vier, obwohl sie sich küßten, ständig aus den Augenwinkeln zu ihm hinüberspähten.

„Nein“, sagte Mark, „das ist reine Routine. Eure Erregung macht mich geil, nicht das, womit ihr mich erregen möchtet.“

Die vier hörten auf, sich zu küssen und gegenseitig die Schwänze zu massieren. Während die beiden Farbigen unter ihnen noch weiter ihre schmalen Hüften zu Ed und Arnie emporstießen und mit ihren Zungen in Marco und Bart wühlten, sahen die andern Mark geradewegs ins Gesicht.

„Das habt ihr für mich inszeniert“, fuhr er fort, „für einen Pornographen, dem ihr einen bestimmten Eindruck vermitteln wollt. Ich fühle mich geschmeichelt, aber bitte treibt es zu eurem eigenen Vergnügen. Ich möchte, daß ihr euch eure eigene Pornographie schafft. Ihr möchtet mich so gerne ködern, daß ihr euer eigenes Vergnügen nicht beim Schopf ergreift. Daran ist nur die Liebe schuld.“

Die Männer wirkten verärgert. „Wir können dir nichts bieten“, schrie Marco und stand von Olivers Gesicht auf. Verwirrt

sah Oliver sich um, als Marco sich schmollend ans andere Ende des Bettes setzte.

Bart erhob sich von Matthews schlürfenden Lippen und nahm neben Marco platz. „Hey", rief Matthew, „wo bist du den hin?"

Arnie und Ed stiegen einmütig von den zwei großen Schwänzen und setzten sich ebenfalls an die Bettkante. „Was verlangst du eigentlich von uns, Mann?" fragte Arnie.

„Was zum Teufel geht hier vor?" brüllte Matthew. „Wollt ihr uns verarschen?"

„Ich möchte", sagte Mark, ohne Matthew und Oliver zu beachten, „daß ihr euch eure eigene Pornographie schreibt. Dies hier ist meine. Sie ist für mich und meine lesenden Zuschauer bestimmt. Nicht für euch."

„Ich möchte dir doch gefallen", sagte Marco. „Ich auch", riefen die anderen im Chor.

„Und was ist mit Oliver und Matthew?" fragte Mark. „Sie sehen gut aus und sind schwer behangen."

„Wir dachten, das würde dich anmachen", gestand Ed.

„Tut es ja", erwiderte Mark, „aber noch mehr würde es das, wenn ihr euch nach Belieben an ihnen bedient. Mich könnt ihr vergessen." Er trat zu Ed hinüber, um ihm eine schallende Ohrfeige zu verpassen. „Worauf hast du Lust?" fragte er ihn.

Ärgerlich rieb Ed sich die Wange. „Ich möchte, daß ihr mich alle vollpißt, *alle*. Ja darauf hätte ich *wirklich* Lust. Pisse!"

Mark lächelte ihn an. „Ich glaube, das stimmt." Er wandte sich Arnie zu. „Arnie, wozu hättest du wirklich Lust?"

Ohne zu zögern, antwortete Arnie: „Ich möchte zusehen, wie euch die beiden Zwillinge die Scheiße aus dem Leib rammen, und wenn ihr dann den Samen noch in euren Ärschen habt, möchte ich euch ficken. Bitte."

„So ähnlich wie in deinem Motorradclub", lächelte Mark. „Gut. Bart?"

Bart sah stur auf die Wand. „Ich möchte diese beiden dort ficken, währen ihr alle zuseht, einfach zuseht. Ich lasse mir gern dabei zuschauen."

Marco lachte. „Und ich möchte mir einen runterholen, währen ich ihm beim Ficken zuschaue."

Mark grinste zufrieden. Er wandte sich an Oliver und

Matthew, deren Schwänze noch immer vor ihnen in die Luft standen. „Falls euch Jungs ihre Pornographie nicht ganz paßt, werde ich euch nach Herzenslust bedienen, sobald diese vier dort zufrieden sind. Einverstanden?“

„Ran an den Speck!“ sagte Matthew, und Oliver nickte.

„Beginnen wir also damit, Ed vollzupissen!“ verkündete Mark.

48

MEIN treuester, inzwischen leider verstorbener Leser war Edgar Bennett, ein älterer farbiger Klavierlehrer aus Vermont, der mir zu meinen ersten achtundsechzig Büchern immer einen Brief schickte. Jeder davon war stilistisch ausgefeilt; Edgar hatte sich tagelang eingehend mit den Büchern befaßt, und seine Kritiken waren äußerst hilfreich. Einmal ging er sogar sehr streng mit mir ins Gericht. Irgendwo auf dem Wege zwischen mir und Edgar hatte ein Setzer zwei Namen aus *In die Enge gestoßen* vertauscht und dadurch die ganze Müllwagenszene durcheinandergebracht.

Sehr geehrter Herr, lieber Freund,

Ihr neues Buch ist wunderbar. Noch nie zuvor bin ich bei einem einzigen Buch so oft gekommen. Machen Sie weiter so! Nur von Kapitel Sechzehn bin ich enttäuscht. Wie Ihre Figuren war ich schon kurz vorm Kommen. Um ein Haar! Dafür möchte ich Ihnen danken. Aber plötzlich saß ich da und pumpte an meinem Riemen, während die Welt ringsum in Trümmer fiel. Ihr Fahrer hatte seinen Schwanz in beiden Männern, und einer

von diesen hatte **denselben** *Schwanz im Mund, der ihn soeben fickte. Selbst nach zehnmaligem Lesen werde ich nicht schlau aus dem, was auf Seite 70 passiert. Ich habe meine Phantasie ja immer angestrengt, um mit Ihren Visionen Schritt halten zu können, aber die akrobatischen Kunststücke, die Sie auf Seite 70 verlangen, sind undurchführbar. Vielleicht haben Sie schon soviel übers Ficken geschrieben, daß sie nicht mehr genau wissen, wie man es macht. Ihr Bewunderer, Ed Bennett. (P.S.: Die Szene auf dem Kipper war toll!)*

Nach Edgars Hinscheiden schrieb mir sein Enkel, wieviel meine Bücher dem alten Mann bedeutet hätten. Als Edgar sein Ende nahen fühlte, hatte er dem Jungen, der unten in Boston lebte, seine gesamte Bibliothek vermacht und ihm den Schwur abgenommen, niemandem etwas von den Büchern zu erzählen. Aber nicht nur Edgar verlangte Ordnung und Klarheit.

Lieber Mr. Edwards,

in **Der Vegetarier und der Metzger**, *einem ansonsten sehr schönen Buch, beschreiben Sie Freddie im ersten Kapitel mit einem 32- und im dreißigsten mit einem 41-cm-Schwanz. Ist er neun Zentimeter gewachsen oder hat er sich einer kosmetischen Operation unterzogen? Jedenfalls haben Sie sich ein gutes Kapitel entgehen lassen, weil Sie nicht erklären, wie so etwas möglich ist; in beiden Szenen hat er das Ding nämlich stehen. Im Laufe der Jahre ist mein Vertrauen in Sie immer größer geworden, weil Sie mich todsicher zum Höhepunkt bringen. Donald Smelter, Cumberland Corners, Nevada.*

Ja, sie verlangen Ordnung, diese Leser. Und doch müssen sie sich den Vorwurf gefallenlassen, daß sie in diesem Verlangen das Chaos befürworten. Wenn nämlich Chaos und Ordnung zwei Gegensätze sind, so lebt nur das Chaos in Ruhe und Zufriedenheit; die Ordnung entwirft Wanderkarten für unerforschte Gebiete.

Herr Pornoautor, soeben händigt mir mein zwölfjähriger Sohn Ihren Roman aus. Nun denke ich zwar, daß Sie Ihre Sauereien mit Fug und Recht veröffentlichen dürfen, aber wie

steht es mit meinem Recht, dieses Kind vor der Welt zu schützen? Was ist mit dem Recht einer Mutter? Ihre Feindin.

Ich kann ihnen nichts von der geforderten Ordnung bieten. Ich bin nur Pornograph. Wenn ich infolge typographischer Fehler meine Schwänze gelegentlich in unmögliche Öffnungen stecke, dann kann ich dazu nur sagen, daß das Chaos für mich eine weit durchdringendere Macht ist, als sich wohl irgendjemand träumen ließe. Für mich besteht das äußerste Chaos in einem wohlgeordneten Leben aus lauter übernommenen Ritualen. Für mich besteht das Chaos in den Unkenrufen der Wohlanständigkeit. Für mich besteht das Chaos im Zustand der Mutterschaft selbst. Mein Ziel ist es, Wege zu ebnen, wo noch keine sind, aber ich bin nur Pornograph. Ich kann bloß tun, was in meiner Macht steht.

ANMERKUNG DES AUTORS FÜR JEDES KIND, DEM DIESES BUCH IN DIE HÄNDE GEFALLEN IST: Hör' sofort auf! Vegiß, was auf den Seiten geschehen ist, die du bisher gelesen hast, und lies nicht weiter. Leg' sofort dieses Buch hin. Leg' es wieder unter die Kleider in der Truhe deines Onkels, wo du es gefunden hast. Leg' es wieder unter die Sport- und Freizeitmagazine deines Vatis. Marsch, geh' mit den anderen Jungens spielen.

(Sind sie schon weg, lieber Leser, diese neugierigen kleinen Jungs? Sind wir wieder unter uns? Allein, um einander neue schmutzige Geschichten ins Ohr zu flüstern?)

49

Es war Heiligabend. Mark hatte den ganzen Tag zu Hause verbracht, gekocht und das Zimmer dekoriert. Seine vier Freunde waren losgezogen, um, jeder für sich, vier Geschenke zu kaufen. Noch nie hatten sie sich so auf die Bescherung gefreut wie an diesem, ihrem ersten gemeinsamen Weihnachtsfest.

Mark schmunzelte vor sich hin, während er in der Küche den Teig walkte. Er war glücklich, weil ein perfektes Weihnachtsgeschenk sich ganz von allein ergeben hatte, denn die Arbeit stand ihm bis zum Hals und er war nicht zum Einkaufen gekommen. Nun hatte sich das alles erledigt, und sein Geschenk wartete wohlverpackt im Wandschrank. Er deckte den Teig zu und holte sich ein wenig Käse zum Raspeln.

„Ich bin da-a!" rief Bart von der Wohnungstür und stapfte sich den schmelzenden Schnee von den Stiefeln.

„Fröhliche Weihnachten", schrie Mark. „Kann ich dir helfen?"

„Ja, nimm mir doch die Geschenke ab."

Mark eilte herbei, und beide küßten sich, als er Bart die Kartons aus den Armen nahm. Während Bart sich die Stiefel auszog, legte Mark die Geschenke unter den Weihnachtsbaum. „Was ist denn da drin?"

„Pullis", sagte Bart. „Lauter Pullis, die ich mir später mal von euch borgen möchte." Er legte Schal und Mantel ab und sah zu, wie Mark die Geschenke unter dem Baum aufstellte. „Warst du denn gar nicht einkaufen?"

„Brauchte ich nicht“, antwortete Mark. „So. Und nun knack' du die Nüsse; ich entkerne dafür die Weintrauben.“

„Ich hasse diese Nußknackerei.“

„Na fein“, sagte Mark. „Und ich hasse diese Trauben-Entkernerei.“

Eine Stunde später kamen Arnie und Marco und nur wenige Minuten danach auch Ed mit Geschenken beladen zurück. Alle waren ganz versessen darauf, aus ihren Kleidern zu kommen, und Arnie und Marco legten sich sogar pudelnackt vor den Kamin, um aneinander herumzuspielen, während Bart und Ed in der Küche halfen, das Essen fertigzukochen. Als die Tafel dann von einem Ende bis zum anderen gedeckt war, mußten Ed und Bart Arnie schimpfend aus Marcos Arschloch hieven.

„Und jetzt ziehen wir uns alle aus und setzen uns zu Tisch“, sagte Mark. „Ich hab' eine Idee!“

Ehe sie sich's versahen, war Mark schon unter der Tischdekke, und nachdem sie alle Platz genommen hatten, liebkoste er von unten ihre Schenkel, während sie sich über ihn hinweg das Essen zureichten. Unermüdlich glitten Marks Hände ihnen die Schenkel hinauf, und als er seinen Mund um Arnies Schwanz schloß, wurde der Riemen sofort stocksteif. Mark zog sich zurück. Eds Schwanz stand bereits, ehe er ihn erreichte. Schon Arnies Gesichtsausdruck, während Mark unten den Schwanz lutschte, hatte Ed erregt. Mark stülpte seine Lippen über den Ständer und wusch Eds Eier in seinem Speichel. Marco hatte sich bereits zurechtgesetzt, als Mark zu ihm rutschte, und spreizte die Beine so, daß Mark auf jeden Fall leicht Zugang zu seinem Arschloch hätte. Als er ihm von unten zärtlich in den Schließmuskel züngelte, lächelte Marco seine Tischgenossen liebevoll an. Und während Mark noch zuckend, ziehend und sich windend Marcos Arschloch verzauberte, fütterte Ed den Liebkosten über den Tisch hinweg mit einer Gabel voll glasierter Kartoffeln, während Bart ihm von der anderen Seite einen Bissen Truthahn in den Mund stopfte.

Mark schluckte Barts schweren Klöppel, der sich ihm im Rachen aufrichteteund ihm an den Gaumen stieß. Dabei stieg Mark ein süßer Geruch von Intimschweiß in die Nase, der ihn immer an Umkleideräume erinnerte. Nachdem er Bart seinen Kopf wiederholt in die Lenden geschoben hatte, setzte sich

Mark unter die Tischmitte und sah in jeder Richtung einen steifen, steilen Schwanz. Es machte ihm Spaß, nicht die Gesichter, sondern nur die untere Körperhälfte betrachten zu können.

„Wie wär's, wenn ihr mich mal füttert?" rief er. Arnie warf ihm ein Stück Truthahn auf den Boden und stellte seinen Fuß darauf. Sofort stürzte sich Mark nach vorn, preßte sein Gesicht auf den Teppich und saugte an dem Fleischhappen. Kaum hielt er ihn glücklich zwischen den Zähnen, da fraß er ihn auch schon gierig auf und leckte Arnie dann die Fußsohle sauber. „Hey, Arnie", rief er, als er sah, daß der Schlosserschwanz schon tropfte, „wie wär's, wenn du mich mit 'ner Ladung Samen fütterst?"

Während er seine Blicke von Ed über Bart zu Marco wandern ließ, begann Arnie tatsächlich zu onanieren. Kurz vor dem Kommen befahl er: „Mach' den Mund auf" und starrte alle drei gleichzeitig an.

Mark biß ein großes Stück von dem Truthahn und öffnete seinen Mund im selben Moment, als Arnie das Fleisch darin mit seiner milchigen Soße übergoß. „Friß mich, friß mich", sagte Arnie, während er rhythmisch sein Sperma ausstieß. „Mann."

Vielleicht nicht ganz ohne Eifersucht streckte Ed seine Hand über den Tisch, tauchte sie in die Bratensoße und schmierte sich den Saft über die Lenden: bei den Schenkeln angefangen bis hinten ins Arschloch und dann den steifen Schwanz entlang. „Leck' das ab, Schwanzlutscher", sagte Ed zu Mark.

Mark kroch nach vorn und begann, den warmen Rindfleischsaft aus Eds Arschkerbe und von den prallen Eiern abzuschlecken, aber kaum hatte er seine Lippen über den bebenden Schwanz gestülpt, da explodiert dieser in Marks Rachen.

Als Bart sah, daß Ed lustvolle Grimassen schnitt, zischte er Mark zu: „Saug' ihn gut aus." Dann, nachdem Eds Gesicht jenen behaglichen Seufzer nach dem Orgasmus ausgestoßen hatte, griff Bart nach der Preiselbeersoße, schöpfte sich eine Handvoll davon über die Eichel und verrieb sich den Sirup auf seinem Schwanz.

Marks Lippen schnappten sich Barts Prügel, der ihm Mund und Kehle mit Preiselbeeren verschmierte, während Bart selbst so wild auf dem Stuhl hin und her rutschte, daß die ganze Tafel

ins Wackeln geriet, — bis er schließlich abspritzte und sich seine salzigen Samenklumpen mit der Preiselbeersoße vermengten.

Marco setzte sich auf, lächelte seine Freunde an und begann stürmisch zu onanieren. Mit aufgerissenem Mund wartete Mark vor dem massigen Stück Fleisch auf die heraussprudelnden Säfte. Marco lächelt Bart, Ed und Arnie so lange an, bis er bereit war zu kommen. Er tauchte seine Hand über den Tisch hinweg in die Kürbispastete, knetete einen Batzen Pastete in seiner Hand und quetschte ihn dann in der geschlossenen Faust. Als sie sich wieder öffnete, hatte er einen zermatschten Klumpen vor sich. Ed, Arnie und Bart starrten ihn an.

Kurz vor den Höhepunkt sah Marco den drei schönen Männern ins Gesicht und fragte: „Nachtisch gefällig?“ Im selben Moment griff er auch schon unter den Tisch und stopfte Mark den bräunlichen Klumpen Pastete in den Mund, während er ihn mit der anderen Hand aus dem wonnevollen Schwanz fütterte, der direkt in die vollgestopften Backen zielte. Ein dicker Strahl nach dem anderen schoß zwischen die teigige Masse in Marks keuchendem Mund.

Noch nie hatte Mark Heiligabend so genossen.

Und dabei war der Abend ja noch nicht einmal vorüber. Mark kroch unter dem Tisch hervor und verschwand im Badezimmer.

„Muß wohl das Geschenk sein, das im Wandschrank liegen soll“, meinte Bart.

Mit einer angezündeten Pfeife im Mund kehrt Mark zurück und reichte sie schmauchend über den Tisch. „Gras!“ rief Arnie glücklich.

„Extragutes Gras“, verbesserte Mark und gab ihm die Pfeife. „Zwei Züge hauen dich aus den...“

Die Pfeife ging reihum, und die Männer grölten vor Lachen. Aber genauso grundlos, wie das Gelächter andauerte, genauso abrupt endete es auch. Der kurzen Stille folgte eine neue Runde unerklärlicher Heiterkeit. Grinsend betrachteten die Männer ihre Gabeln und Servietten.

Zuguterletzt sagte Marco: „Schönes Geschenk.“ Mark sah ihn verwirrt an. „Das Gras“, erklärte Marco, „es ist ein schönes Geschenk.“

„Meine Fresse!“ rief Mark. „Das hab' ich ja ganz vergessen!“

„Was vergessen?“ fragte Ed.

„Na, mein Geschenk!“ Mark richtete sich auf und sagte: „Gentlemen, würden Sie mir bitte folgen.“ Damit führte er sie ins Schlafzimmer. Bekifft und neugierig eilten ihm die vier Männer nach. Als sie den Raum betraten, kaute Arnie noch immer an seinem Stück Kuchen.

„Du stellst dich dorthin“, sagte Mark. „Du da, du da. Ja, so. Und du dich hierher.“

Während Mark durch das Zimmer schritt und sich mit einem Blick über die Schulter noch einmal vergewisserte, ob auch alle aufpaßten, stellten sie sich in einer Reihe gegenüber dem Wandschrank auf. Dann öffnete Mark mit einem Ruck die Tür und sagte: „Fröhliche Weihnachten!“

Die vier standen wie vom Schlag getroffen. Keiner sagte ein Wort. Arnie legte sein Stück Kuchen auf die Kommode und trat mit offenem Mund näher an den Wandschrank. Mark schmunzelte nur dämlich, als er ihn sah.

Marco traute seinen Augen nicht. Er sah Bart und Ed an, aber die standen starr vor Schrecken. Bart holte tief Luft. Dann sagte er: „Was ist das?“

„Was das ist?“ Mit einem kurzen Blick in den Wandschrank vergewisserte sich Mark, daß das Geschenk noch da war. „Was das ist? Wie sieht es denn aus? Es sind zwei Mormonen unten ohne.“

Einer der beiden jungen Männer, die auf dem Boden des Schrankes lagen, glotzte Marks vier nackte Männer erschrokken an und begann, durch den Knebel in seinem Mund heftige Laute auszustoßen. Er kämpfte wild gegen die Knoten an, die ihm Hände und Füße fesselten. Der andere, ein schokkierter, verletzlicher Mensch, starrte regungslos hinauf. Beide trugen weiße Hemden, schwarze Saccos, dunkle Krawatten, aber weder Hosen, Strümpfe oder Schuhe.

Derjenige, der kämpfte, hatte zwei massive Eier und einen feisten, unbeschnittenen Schwanz; der Regungslose hatte einen langen, bläulichen Schwanz mit schwarzem Schamhaar, und seine Eier prangten dick in ihrem Sack. Beide waren entsetzt über die vier schockierten Männer, die ihnen nackt auf Eier

und Schwänze starrten.

„Mark", meinte Ed vorsichtig. „Wer sind diese Männer?"

„Mormonen", wiederholte Mark.

„Hey", lachte Arnie, „das sind wohl Freunde von dir, die du zu diesem Streich überredet hast?"

„Nein, es sind echte Mormonen. Heute gegen Mittag haben sie an der Tür geklingelt." Er griff in den Wandschrank und holte zwei triste graue Mäntel heraus. „Das sind ihre Mäntel. Ihre Stiefel habe ich auch hier reingetan. Und ihre Hosen. Der eine dort trägt gar keinen Slip." Dabei deutete er auf den kämpfenden Mann, dem trotz seines Knebels einige Grunzlaute gelangen. „Sie haben geläutet. Ich bin nackt an die Tür. Ich erkannte sofort, daß die beiden schwul sind. Allerdings noch versteckt." Beide Männer strampelten protestierend und stießen erstickte Drohungen aus.

„Du kannst keine Mormonen fesseln und in den Schrank legen, Mark", sagte Marco ernst.

„Das war gar nicht so schwer", entgegnete Mark.

„Ich meine, es ist verboten, es ist nicht...", Marco stockte.

„Es ist nicht richtig", sagte Bart.

„Richtig?" fragte Mark, griff in den Wandscharank und zog einen der jungen Männer an den Armen nach oben, um ihn zum Bett zu tragen. Dort warf er ihn ab und drehte ihn auf den Bauch. „Genau das hat mir dieser Typ hier auch dauernd vorgehalten, ehe ich ihn knebelte."

Mark ging abermals zum Wandschrank, nahm den zweiten Mann in die Arme, trug auch ihn zum Bett und legte ihn mit dem Arsch nach oben neben den anderen. „Ich habe ihnen gesagt, daß mich Religion nicht interessiert und daß ich nicht in die Kirche gehe. Da hat der Stillere dort — ach, ist das nicht ein hübscher Arsch? — er hat mir geantwortet: ‚Woher wissen Sie, daß Ihnen etwas nicht gefällt, bevor Sie es ausprobiert haben?' Das gab mir zu denken." Mark zog seine Nachttischlade auf und nahm etwas Gleitcreme heraus. Er stieg auf die beiden Mormonen, und während die Männer noch versuchten, sich aufsässig herumzuwälzen, spritzte er ihnen eine tüchtige Portion Creme in die Arschlöcher.

Marks Schwanz schien dem Zerplatzen nah. Gras macht ihn immer geil. „Ich kam zu dem Schluß", fuhr er fort, „daß es

für diese beiden höchste Eisenbahn wäre, auszuprobieren, ob sie sich gern ficken lassen oder nicht."

„Mark". unterbrach Ed. „Was, wenn es ihnen nicht gefällt? Wir kriegen die Polizei und die ganze Mormonenkirche auf den Hals."

„Nur, wenn ihnen nicht gefällt, was sie kriegen; und wenn ich mir ein Bild über meinen Nächsten erlauben darf, dann..." Mark ließ seinen Schwanz in eines der jungfräulichen Arschlöcher schlüpfen. „Ahhhhh. Dann...dann...gefällt ihnen, was sie kriegen." So tief er nur konnte, tauchte er in den aufzuckenden Mormonen, zog sich dann abrupt zurück und kroch hinüber, um das andere Arschloch zu öffnen. „Diese Ärsche haben's wirklich nötig."

Arnie gesellte sich als erster zu Mark, dann Bart, Marco und schließlich auch Ed. Die vier erforschten die Körper der Mormonen mit ihren Händen, während Mark in einem der Arschlöcher drauflosritt. Dann setzte sich Arnie unaufgefordert auf den anderen Arsch und schob seinen Schwanz mühelos ins Innere. „Eng", sagte er. „Richtig eng."

„Bind' ihnen die Füße los", befahl Mark, ohne seinen Sattel zu verlassen. Ed und Marco lösten die Fußfesseln und fielen dann wieder über die Körper her; sie stießen ihre Hände unter die gestärkten weißen Hemden und liebkosten Brustwarzen, die noch kein Mann je befingert hatte. „Schon besser", sagte Mark, während er seine Attacke gegen das Spundloch des Missionars verstärkte. „Reit' ihn feste!" rief er Arnie zu, und noch tiefer stießen sich die beiden Ficker hinein, denn durch das Losbinden der Füße hatte sich der Winkel verbessert.

„Laß' mich auch mal", sagte Marco und zog Arnie von hinten an der Hüfte, um ihn herunterzuwerfen. Er bestieg den einladenden Arschhügel und steckte seine Arme so unter denen des Mormonen hindurch, daß sie ihm die Schultern umschlangen. Dann zog er ihn auf seinen zuckenden Schwanz. „Fuck you, baby", flüsterte er ihm dabei ins Ohr.

Ed warf Mark von dem anderen Mormonen, um das Arschloch in einem kühnen Sprung mit seinem tropfenden Schwanz zu stopfen. Mark stand lächelnd daneben. Er freute sich, daß man sein Geschenk auch praktisch anwandte. Er liebte Heiligabend.

„Zieht sie hoch auf die Knie", befahl er, und gleich zogen Marco und Ed die Mormonen so nach oben, daß sie auf allen Vieren kauerten. „Macht sie steif", sagte Mark zu Arnie und Bart. Sie fielen vor die beiden Männer und begannen, an den unerfahrenen Schwänzen zu saugen. So wurden die beiden Mormonen unaufhörlich gebumst.

Nach langer Stille begannen Arnie und Bart zu stöhnen. Als Mark nach unten spähte, konnte er sehen, daß die arglosen Türmissionare riesige Ständer bekommen hatten. „Ihnen selbst gefällt's vielleicht nicht, aber *denen* schon. Arnie, klemm' deinen Arsch jetzt unter den da und laß' dich von ihm ficken, während er selbst auch gefickt wird. Bart, tu' du mit deinem das gleiche."

Während Bart und Arnie unter die beiden Mormonen rutschten und sich die Schwänze in den Arsch führten, fickten Marco und Bart gleichmäßig weiter. Zwei Doppelfick-Dreier wogten vor Mark hin und her. Es war das schönste Weihnachtsgeschenk seines Lebens.

„Hört nicht auf", rief Mark allen zu, als er sich vor die Mormonen stellte, um ihnen die Knebel aufzubinden. „Was habt ihr dazu zu sagen?"

„Bitte", sagte der erste, kaum daß die Binde unten war, „nicht aufhören."

Als Mark den zweiten Knebel herausnahm, keuchte der wankende junge Mormone: „Fickt mich. Ich komme. Ich komme. Oh, mein Gott, hei...li...ger...Arschfick. Uhn Uhn. Uhn. *Uhnnn.*"

****

„Nein", sagte Mark entschieden. „Fünf Mann im Bett sind genug."

Die Mormonen waren jetzt eine Woche da, und keiner wollte sie fortlassen. Wie sich herausstellte, hießen sie Daniel und Ricky, zwei verschreckte, einsame Kinder ihrer Überzeugung und ergebene Mormonen. Sie waren entschlossen, jeden zu ihrem Glauben zu bekehren. Eines Tages hofften sie, ihre Kirche toleranter gegen Schwule stimmen zu können. Irgendwie kam es Mark so vor, als würde die Bereicherung ihres Sexuallebens

sie eines Tages eher von ihrer Kirche abbringen. Er gab ihnen überhaupt keine religösen Ratschläge, sondern hörte sich ihre Theologie geduldig an.

In der körperlichen Liebe waren beide unersättlich, und seit sie sie kennengelernt hatten, waren auch Mark, Ed, Arnie, Marco und Bart sexuell viel erregter. Wie die meisten frisch Entjungferten verhielten sich die Mormonen neugierig und gründlich. Jetzt redeten sie sowohl der Arschfickerei als auch dem Mormonentum das Wort. Gerade dieser ironische Widerspruch schien ihnen ihr Fleisch zu stählen.

„Der beste Sylvesterabend meines Lebens. Ich liebe euch alle beide, aber es ist höchste Zeit, daß ihr eure Missionsarbeit zu Ende bringt. Also, ihr kamt doch damals aus dieser Richtung die Straße herunter, nicht wahr? Glaubt mir, weiter die Straße rauf gibt es noch eine Million Sünder.“ Mark hielt ihnen die Tür auf.

„Können wir euch mal wieder besuchen?“ fragte Daniel.

„Natürlich“, erwiderte Mark, und alle umarmten sich, denn obwohl die sieben Männer wußten, daß sie in Zukunft noch mehrere heiße Erlebnisse miteinander hätten, tat der Abschied doch weh. Als Mark die Tür hinter den beiden geschlossen hatte, sagte er: „Mann, ich liebe die Feiertage!“

„Haben dir diese Jungs denn nicht gefallen, Mark?“ fragte Bart.

„Doch, ich liebe sie, und sie fehlen mir bereits — mehr als die beiden Sektenjünger, die ich letzten Frühling durchgebumst habe.“ Er wandte sich an Marco. „Sie waren absolut süß, aber fünf sind genug.“

„Bist du langweilig“, maulte Marco, und Ed fragte: „Was ist nur so Magisches an der Zahl Fünf?“

„Paß' auf, hast du je von den Gebrüdern Rogginelli gehört?“ fragte Mark zurück.

„Den *Fliegenden* Rogginellis? Den Hochseilakrobaten?“ fiel Marco ein.

„Ich habe sie engagiert.“

„Du hast die Rogginellis engagiert?“ fragte Marco.

„Heutzutage arbeiten sie recht preisgünstig. Es gibt nicht mehr so viele Zirkusse wie früher. Ich habe sie für zwei Wochen zu uns engagiert.“

„Hierher?“ staunte Bart.

„Es sind sechs Mann“, sagte Mark, „Italiener, dunkle Typen, im Alter von fünfzehn bis einunddreißig Jahren. Morgen kommen sie an. Da können wir das Haus doch nicht voller Mormonen haben, oder?“

„Hey“, rief Arnie, „wissen diese Typen denn überhaupt, um welche Art Engagement es sich handelt?“

Mark zuckte die Achseln. „Meinst du nicht, daß sie uns lieben werden, wenn sie uns erst mal näher kennen?“

50

DU würdest gern mehr über die Fliegenden Rogginellis erfahren, und das verdienst du auch, lieber Leser; aber genau hier müssen Pornoromane enden — kurz, bevor die Fliegenden Rogginellis losfliegen. In Liebesromanen wird geheiratet, und die Menschen sind glücklich bis an ihr seliges Ende. Es ist die Natur dieses Genres. Der Schluß eines Science-Fiction-Romans muß den Leser mit grenzenlosen Aussichten für die Zukunft des Universums überwältigen.

Niemand stirbt am Ende eines Pornoromans. Es ist ein festes Gattungsgesetz, daß die Personen weiterficken. Rückblickende Pornographie wäre einfach weniger erregend als fortdauernde. Der steife Schwanz. Der Orgasmus. Die Nässe hinterher. Pornographie wird nicht reizvoller im nachhinein, es sei denn, sie klingt auf einer rührseligen Note aus.

Würde ich dir, lüsterner Leser, die Fliegenden Rogginellis auftischen, so würden sich deine Interessen bald auf Militärtrupps, Bautrupps oder den Ruderclub der Universität verla-

gern. Menschen wie uns mit ihren ewigen Schwächen wird der Schluß eines Pornoromans nie zufriedenstellen — *kein* Schluß.

Obwohl der Begriff „Höhepunkt" in der Literatur viele Bedeutungen besitzt, gewinnt er doch in Bezug auf die Gattung Pornographie einen noch umfassenderen Sinn. Andere Autoren können sich nach dem Höhepunkt ihres Buches noch etliche Seiten auf ihren Lorbeeren ausruhen oder mit dem Leser schäkern — der Pornograph muß „aufhören, wenn es am schönsten ist". In *Sex unter See* ließ ich dreiundvierzig onanierende Matrosen über dem Gesicht ihres Kapitäns abspritzen. Das war ein sehr populärer Schluß. In *Laster im Libanon* endete die Handlung damit, daß ein Mann von sechs international gesuchten Terroristen vor den Augen seiner Mutter vergewaltigt wird. Du würdest dich wundern, wieviele Menschen bei Phantasien über Mütter in Erregung geraten! Die Welt ist eben größer, als man sich träumen läßt.

Um vor sich selbst oder vor anderen als Pornograph bestehen zu können, mußt du jeden Höhepunkt mit dem Versprechen beenden, beim nächsten Mal einen noch besseren zu liefern. Der Gedanke, dein nächster Orgasmus könnte auch dein letzter sein, ist an sich weniger orgasmisch als der, daß dein nächster Orgasmus einem noch größeren vorausgehen könnte. Kein echter Jünger der Lust ist je zufrieden. Denn den alleräußersten Orgasmus zu erreichen, bedeutet den Tod.

Daher muß ein Pornograph wie ich oder ein angehender Pornograph wie du die Kunst erlernen, hinter unsere Phantasien einen guten Schlußpunkt zu setzen. Wir dürfen uns keinen Schluß erlauben, der nicht das Versprechen gibt, daß ein *neuer und besserer* Orgasmus uns zufriedenstellen wird. So wäre z.B. das folgende Ende völlig unmöglich:

Schluß Nummer Eins

Mark feierte seinen hundertsten Geburtstag mit Kaffee und Kuchen und im Kreise seiner Bekannten. An der Wand hing ein Bild von ihm mit Arnie, Ed, Marco und Bart. Hier und da waren auch Fotos von anderen Männern aufgehängt. Sie alle waren längst tot und begraben. Nur Mark hatte sie überlebt.

In vieler Hinsicht hatte ihn der Zahn der Zeit gnädig behan-

delt. Er war noch immer rüstig und hatte jene schönen wasserblauen Augen, die so zu faszinieren vermochten. Nur etwas langsamer war er und wurde schnell müde. Viele Leute hatten ihn in ihr Herz geshlossen. Madeline, eine ehemalige Nachtclubsängerin, die Anfang achtzig war, abeitete bei ihm als Sekretärin, und James, ein prachtvoll bestückter Bodybuilder, war sein Masseur. Beide hatten Mark ewige Treue geschworen und dienten ihm untertänig.

„Welchem Umstand verdanken Sie Ihre einhundert Jahre?“ wollte einer der Gratulanten wissen.

Mark sah in den Kreis der lächelnden Gesichten. „Meiner Bescheidenheit“, sagte er.

„Und trauern Sie Ihnen nach“, fragte ein älterer Gast mit einer Geste gegen die Männerfotos an der Wand, „diesen Männern?“

Mark warf einen Blick auf die Bilder: Arnie, Bart, Marco und Ed, Bell, Fred, Valentino, Michael, Karl, Marvin, Alberto und Juan, Johnny, Dallas und all die vielen anderen, die seine vergilbte Tapete bedeckten. „Ach ja, die Männer“, nickte er glücklich, „ohne diese Männer wäre ich nie ausgekommen.“

„Wenn Sie uns bitte entschuldigen würden“, sagte Madeline zu den Gästen, „Mr. Edwards muß jetzt sein Nickerchen halten. Vielen Dank für Ihren Besuch. Sie haben ihm wirklich eine große Freude bereitet. Nicht wahr, Mr. Edwards?“

Mark funkelte sie an, hielt ihr aber gehorsam den Ellbogen entgegen und hakte sich unter. Sie führte ihn in sein Schlafzimmer. „Brauchen Sie noch etwas?“ fragte sie.

„Nein, danke“, erwiderte er, „gute Nacht.“

Sie ging hinaus, um die Gäste nach draußen zu begleiten, und schloß dann die Tür hinter sich.

Mark hatte nichts gegen sein Alter einzuwenden. Nein, es war ihm sogar ganz lieb geworden — ein verblüffend behaglicher Lebensabschnitt; und er weinte „den Männern“ keine Träne nach. Manchmal verging ein ganzer Tag, ohne daß er an die herrlichen Zeiten, die wundervollen Nächte dachte, die er bei „den Männern“ zugebracht hatte. Mit seinen einhundert Jahren genoß er sein Leben genauso wie eh und je.

Im Badezimmer nahm er sich das Gebiß heraus, legte es in ein Glas, füllte das Glas mit Wasser und warf eine Tablette hin-

ein. Dann zwinkerte er sich die Haftschalen heraus und nahm das Hörgerät aus dem Ohr. Er mußte mit der Nase bis dicht an den Spiegel gehen, um sich sehen zu können. Dann sagte er lächelnd zu sich selbst: „Ohne deine Linsen siehst du gar nicht so übel aus."

Er ließ seine Badewanne vollaufen und goß ein wenig Kiefernnadelöl hinein. Dann zog er sich aus und entblößte einen immer noch muskulösen Körper mit gesundem Teint. So schön sein Körper auch war, fand er ihn doch nicht so hübsch wie den von früher. Obwohl er sich seine Jugend nicht zurückwünschte, wußte er das Vergangene zu würdigen. Die Veränderungen gefielen ihm dagegen nur desto besser. Er freute, sich hundert Jahre alt zu sein. Wenn nur die vielen Männer, die er geliebt hatte, nicht alle tot wären...!

Als er in die Wanne stieg, fiel ihm die Nacht ein, in der Arnie, Ed, Marco, Bart und er sich ihre Sportsachen geschnappt hatten und losgezogen waren, um eine Bowlingmannschaft aufzureißen. Er tauchte in den Schaum ein und blieb ruhig liegen. Mit seinen hundert Jahren hatte er nun endlich Frieden.

Die Tür des Badezimmers ging auf, und herein kam James. Nachdem er die Tür hinter sich geschlossen hatte, ließ er Hose und Jockstrap fallen. Aus seiner Wanne heraus beobachtete Mark den verschwommenen Schatten. „Bist du es, James?" fragte er.

„Jawollja", sagte James. „Was darf's denn heute sein, Mr. Edwards?"

Mark lächelte. Er hätte nie damit gerechnet, auf seine alten Tage noch einen so kräftigen Pfleger zu finden, doch anscheinend ließ sich der Prachtkerl nicht für Geld und gute Worte mit einem dynamischeren Freund ein. James bevorzugte Mark. „Was haben wir denn gestern abend gemacht?" fragte Mark.

„Hey, wenn Sie so'n Fick erleben wie den, den ich Ihnen gestern Abend verpaßt hab', dann sollten Sie ihn aber nicht so schnell vergessen", sagte James.

Mark lachte. „Jetzt fällt's mir wieder ein. Ja. Oh ja."

„Ich bin gerade fünf Meilen gejoggt und'n bißchen verschwitzt. Hätten Sie Lust, in meiner Arschritze zu lecken?" James hockte sich so auf den Wannenrand, daß seine Arschbacken darüberragten.

Mark setzte sich auf, rieb etwas Seifenschaum über die Kerbe und tauchte dann sein zahnloses Gesicht in das verschwitzte Loch. So weit wie möglich stieß er seine Zunge in die zarte Rosette, und da er nun keine Zähne mehr hatte, reichte diese Zunge tiefer hinein als je zuvor.

James' Schwanz wurde steif, während sich der athletische Körper unter Marks genüßlich tastender Zunge krümmte. „Uh huh", stöhnte James und streichelte gemächlich sein aufragendes Stück Fleisch. „Uh huh, uh huh. ja. Hör' nicht auf, du Arschlecker, hör' nicht auf." Dann sprang er empor, drehte sich um und schob seinen Prügel in Marks zahnlose Mundhöhle, um unter wahnsinnigem Grunzen seine saftigen Ströme hineinzuspeien. Mit weit geöffnetem Kiefer nahm Mark das Geschenk wohlgefällig entgegen.

****

Ein guter Schluß. Ich könnte immer wieder darüber lachen, aber natürlich wäre er in einem Roman völlig undenkbar. Auch wenn die Feier zum hundertsten Geburtstag ein noch so erfreuliches Ereignis sein mag, muß sie den Leser doch an seine eigene Sterblichkeit erinnern, und das ist nicht Sinn und Zweck der Pornographie. Zwar haben Marquis de Sade, William Burroughs und andere schon damit experimentiert, daß ihre Figuren gerade im Moment eines Mordes oder ihrer Hinrichtung zum Orgasmus kommen, aber den Reiz des Neuen an dieser Hochzeit von Tod und Orgasmus empfinden die meisten Pornoleser eher als interessant statt als erregend.

Wir bestehen darauf: die Ekstase ist unsterblich. Dabei beruht unsre Hartnäckigkeit gar nicht auf Selbstbetrug; die Ekstase hat etwas Zeitloses. Sex — ob zum Zwecke der Zeugung, zur Entspannung oder aus Entartung — ist immer ein schöpferischer Vorgang. Samen ist etwas Geschaffenes. Er steht für Anfang, für Alpha, für Adam.

Und auch wenn sie noch so erotisch sind, — hundertste Geburtstagsfeiern stehen für Ende, Omega, Methusalem. Naturgemäß endet unsere Gattung mit Adam, nicht mit Methusalem. Die Pornographie folgt nämlich entgegen ihrem anarchistischen Ruf festen Gesetzen — Gesetzen, die nicht einem literari-

schen Zufall, sondern vielmehr den Lenden entspringen.

Vielleicht, lieber Leser, solltest du das wissen, damit die Lektüre von Pornograpie weniger Überraschendes für dich hat. Ich verrate dir diese Tricks des Metiers allerdings nur, weil ich mir Sorgen mache, was aus dir wird, wenn ich deinen Begierden erst einmal nicht mehr dienen kann. Ich darf dich nicht ruhigen Gewissens den Stümpern dieses Metiers überlassen. Die, lieber Leser, schreiben mit sauberen Händen; ihnen ist nicht zu trauen. Ich schreibe mit dem Geruch von Bart, Ed, Marco und Arnie an meinen Fingern — mit ihrem Schweiß, ihrer Pisse, ihrer Scheiße, ihrem Samen. Meine Zunge schmeckt noch immer die Würze aus den Drüsen ihrer Öffnungen. Noch immer riechen meine Nüstern ihre beißenden Düfte. Noch immer spiegelt sich auf meiner Hornhaut das Bild ihrer aneinanderreibenden Körper. Noch immer klingt mir ihr Grunzen und Stöhnen in den Ohren. Ich schreibe aus praktischer Erfahrung. Die anderen Pornographen sind Pfuscher und Lahmärsche. Ich mache mir keine Sorgen, weil dein handlicher Schwanz anderen Männern in die Finger gerät; insofern bin ich keineswegs eifersüchtig. Mich quält nur, daß er anderen Pornographen in die Hände fällt — Stümpern, die in Anzug und Krawatte schreiben.

Ich plaudere aus dem Nähkästchen, damit du eines Tages dein eigenes Garn spinnen kannst. Du weißt doch wohl, daß die vier nackten Männer im Bett hinter mir mehr zu deinem Vergnügen bestimmt waren als zu meinem? Ich esse ihren Samen, weil ich schreibe, was du brauchst, während sich dieser Samen mit meinen Verdauungssäften vermischt. Ich schreibe, was du brauchst, während mein frisch gebumster Arsch noch von den Stößen des Ficks vibriert. Ich schreibe, was du brauchst, während mein Schwanz sich zwischen mir und dem Schreibtisch aufbäumt. Ihn verlangt nach Zuwendung, aber, lieber Leser, er will sie von dir, nicht von den bezaubernden Burschen, die sich bereitwillig hinter mir räkeln.

Und wenn du erst gelernt hast, dieses Garn zu spinnen, mußt du auch ein gebührendes Ende daran knüpfen können. Schwangerschaft, d.h. etwas Zukunftsträchtiges, muß den Schlußpunkt bilden.

Schluß Nummer Zwei

Mark saß an seinem Schreibtisch und teilte seinem Leser fieberhaft die eigenen Phantasien und Triebe mit. Wie gewöhnlich war er nackt, und wie gewöhnlich reckte sich sein steifer Schwanz enthusiastisch zur Schreibmaschine hinauf. Die Szene, die sich hinter ihm im Bett abspielte, hatte Mark völlig vergessen.

Marcos Kopf ruhte in Eds Schoß, und Arnie hatte seinen Kopf an Eds Schulter gelehnt. An den Bettrücken gepreßt, streichelte Ed mit der einen Hand über Arnies Brustkasten und mit der anderen über Marcos dunklen Schopf. Bart, der dicht neben ihm lag, las aus Marks Buch *Die Hunnen dringen ein!*

Drei Monate waren die Hunnen schon über Land gezogen, als sie unten im Tal eine friedlich grasende Schafherde erspähten. Ohne seine Augen von der idyllischen Szene vor sich abzuwenden, kratzte sich Monu, der Anführer, seinen von Flöhen verseuchten Sack. Die Hunnen waren ein geiler Haufen; seit sie aus dem Herzen Persiens aufgebrochen waren, hatten sie nur untereinander Sex gehabt. Sogar vier junge Mönche hatten sie auf ihre Verwüstungszüge mitgenommen, aber nach zwei Wochen Reise waren alle vier gestorben. Keiner konnte die Wollust der Hunnenhorde sättigen und gleichzeitig mit ihren ständigen Plünderungen Schritt halten.

Doch nun sah Monu, daß ihnen Erleichterung winkte. „Die Schafe gehören euch", sagte er zu Og, dem zweiten Hauptmann. „Aber mir bring' den Schäferjungen."

Damit warfen die häßlichen Hunnen ihre Lederfetzen ab und rannten heulend und kreischend, wie es Hunnen gerne tun, den Hang hinab. Während die Horden hinunterstürzten, behielt Monu den schlummernden jungen Hirten im Auge. Als der Knabe, aufgeweckt vom Blöken der Schafe, sich erschrocken umsah, wuchs Monus enormer, ruppiger Schwanz unter dem Lendenschurz. Monu war an die drei Meter groß. Seine Schultern waren die breitesten von ganz Asien, Warzen bedeckten sein Gesicht und ein dunkler Pelz seine Brust. Monu fehlte das linke Auge. Attila selbst hatte es in einer Art Blutsbrüderschaft aus der Höhle geschnitten. In einem Lederbeutel, der ihm nun

an einem Riemen auf die Brust hing, trug Monu den verwitterten Zeigefinger von Attilas rechter Hand. Dreiundzwanzig Zentimeter war dieser Finger lang, denn wie Monu besaß Attila eine stattliche Erscheinung. Attila seinerseits trug jetzt Monus linkes Auge in einem Säckchen um den Hals.

Mit seinem einen Auge sah Monu zu, wie sich Og unten auf den Hütebuben stürzte. Das Geschrei des Knaben hallte durchs ganze Tal. Doch auch der flehende Tonfall erweckte kein Mitgefühl in Monus Herzen, nur in seinem Schwanz. „Guut, guut", keuchte er, als Og den strampelnden Hirten packte und ihn sich über den Kopf stemmte, damit Monu ihn sehen könnte. Dann stopfte Og den Jungen in einen Ledersack, schulterte ihn und strebte damit den Hang hinauf.

Als der zappelnde Sack vor seinen gewaltigen Füßen lag, schickte Monu seinen Stellvertreter wieder zu den anderen Männern hinunter, damit er sich dort austoben solle. Gehorsam humpelte Og zu der Bande zurück — hinab zu den blökenden Schafen. Selbst noch, als Monu in den Sack griff und den Schäferjungen am Bein packte, behielt er die Orgie dort unten im Auge, wo die Hunnen sich die Lämmer schnappten und anfingen, sie wild von hinten zu ficken.

Der Hirt schlug wütend um sich, als ihn der viehische Monu am Schlafittchen hervorzog. Der riesige Hunne lachte herzhaft. „Ein Knabe, der sich wehrt", sagte er jovial, „das gefällt mir. Monu mag dich." Und er zog den Jungen an seinen haarigen Brustkasten. „Wie heißt du?"

Heftig trat der Schäfer um sich. „Laß' mich zu meinen Schafen." Da drückte Monu den Jüngling so an seine Brust, daß dieser kaum noch atmen konnte. „Wie heißt du?" wiederholte er, während er seine Arme leicht öffnete.

„Ich heiße Kitz", antwortete der Jüngling und reckte den Hals, um nach seinen geliebten Schafen zu sehen. „Bitte, Herr, nicht meine Schafe. Duldet nicht, daß meinen Schafen ein Leids geschieht."

Monu lachte schroff auf und ließ seine Pranken über den zarten jungen Körper gleiten, den er fest an seine steinharte Männlichkeit preßte. „Die Schafe scheint es nicht zu stören", grunzte er und nickte zur Herde hinunter. Jeder Hunne, sogar Og, hatte sich hinter einem der blökenden Tiere festgeklam-

mert und mischte seine heisere Stimme mit dem Gebrüll der Schafe. Eine Symphonie aus Lust und Schrecken erhob sich vom Grunde des Tales.

„Ich tue auch alles, was Ihr wollt, nur laßt meine Schafe in Ruhe“, bettelte Kitz und brach über dem schrecklichen Anblick seiner vergewaltigten Tiere in Tränen aus. Seine Tränen gefielen Monu, der ihn mit den Wangen an sein eigenes Gesicht zog. Voll Freude leckte er Kitz das Salz von den rosigen Wangen. Je heftiger Kitz heulte, desto glücklicher leckte Monu.

Kitz war ein schmächtiger Jüngling, schön und zart, blauäugig und gelockt. Gegen den stinkenden, haarigen Leib des riesenhaften Tölpels wirkte er fast wie ein Mädchen. Doch Monu besaß die Kräfte, ihn mühelos in den Händen zu halten und wiegte Kitz, wie ein Erwachsener ein Kind wiegt. Langsam rieb er Kitz an seiner Brust, dann an seinem Bauch und schließlich an seinen Leisten.

Kitz zuckte zusammen, als er unter dem Lendenschurz den Schwanz des Barbaren fühlte. Er war viel größer als jeder Männerschwanz, den er bisher gesehen hatte. So eine Säule konnte er in seinem engen Arschloch nicht aufnehmen. Er war wie versteinert. „Ich tue ja auch alles“, jammerte er.

„Das mußt du sogar. Ich bin Monu, Attilas Statthalter. Attila beherrscht die Welt — ich lutsche ihm den Schwanz — meine Belohnung ist die Welt. Dein Tal gehört mir — du gehörst mir. Bürschchen mit so schönem Fleisch wie deinem habe ich schon aufgefressen. Du gäbst eine zarte Mahlzeit.“ Monu hielt den Schäfer hoch vor sich hin und begann, dem erschreckten Jüngling seine nagenden Zähne in den Bauch zu graben. Er hätte den Leib des Hirten gut und gerne zwischen seine Kiefer nehmen können.

Strampelnd, schlagend und schreiend kämpfte Kitz gegen Monu an, aber nur mit dem Erfolg einer Mücke. Da zog Monu seine Kiefer weg und lachte über den furchtsamen Jungen. „Ja, du wirst alles tun. Und deine Schafe ebenfalls.“

Urplötzlich drehte er den kleinen Burschen mit dem Gesicht zum Tal, wo die bumsenden Hunnen gerade ihren Orgasmus erreichten. Entsetzt sah Kitz zu, als ein Hunne sich nach vorn streckte und dem Schaf, das er fickte, die Kehle aufschlitzte. Die Schreie des Tieres ließen den blauen Himmel grau werden.

Kitz keuchte verzweifelt, als sich dasselbe Schauspiel ein paar Meter von diesem ersten Mord wiederholte. Ein Hunne nach dem anderen schlitzte dem Schaf, das er fickte, die Kehle auf. Kitz schloß die Augen, um nicht mehr zusehen zu müssen.

Monu lachte über den von Grauen gepackten Kitz. „Sie fikken ihr Abendessen", flüsterte er böse. „Im Augenblick ihres Orgasmus schlitzen sie dem Schaf die Kehle auf. Das macht das Fleisch schmackhafter. Jetzt schneidet sich jeder von dem Tier, das er gefickt hat, die besten Teile zum Schmaus herunter. Sie ficken ihr Abendessen, sie ficken ihr Abendessen!" Kitz schwindelte, und er fiel in Ohnmacht...

Ohne die Vorlesung hinter sich zu beachten, tippte Mark, so schnell er nur konnte. Die vier Bettgenossen hatten wütende Erektionen und fingerten aneinander herum, während Bart weiterlas.

Als Kitz erwachte, herrschte Dunkelheit ringsum. Er schüttelte den Kopf und sah sich um. Die Hunnen hockten im Kreis vor einem lodernden Feuer und aßen Lammfleisch. Zwei hielten einen Stock in die Glut, auf dem Fleischbrocken brutzelten. auf der anderen Seite des Feuers fickten zwei Hunnen miteinander. Jeder aß eine Lammkeule. Plötzlich sprang Kitz auf und lief von dem Kreis der Hunnen so weit weg, wie er konnte. Da griff ein ungeheures Paar Hände aus dem Dunkel nach ihm und packte ihn mitten im Laufen. Es war Og.

„Ha, mein kleines Böckchen", knurrte er. „Du kannst erst fort, wenn Monu es dir sagt." Damit klemmte er sich Kitz unter den Arm und stapfte eilig auf die anderen Hunnen zu.

„Was hat er mit mir vor?" fragte Kitz.

„Was ihm gerade in den Sinn kommt", erwiderte Og.

„Was hat er denn mit den anderen getan?" fragte Kitz.

„Den letzten hat er totgefickt. Den davor ließ er am Leben. Aber er hat seine Eier gegessen."

„Seine Eier gegessen?" hauchte Kitz.

„Monu liebt Männereier." Og riß ihm sein Schäfergewand herunter.

Als Monu sah, daß Og den Hirten brachte, schleuderte er seinen Hammel ins Feuer und breitete die Arme aus. Kitz sah,

daß Monu vom Fraß verschmiert war, — das Lammfett triefte ihm glänzend über Mund und Kinn, und seine Hände schimmerten wie eingesalbt. Og schleuderte Kitz drei Meter in die Luft und auf den Hauptmann zu, der ihn im Fall auffing.

Er herzte und küßte den Jungen, während Kitz strampelte und drohte. „Hör' auf. Ich hasse dich. Mir wird schlecht von dir." Erregt durch das Gezeter, zog Monu sich den Lendenschurz fort. Dann packte er den Schäfer unter den Achselhöhlen, hielt ihn vor sich hin und ließ ihm seine Klauen über den Brustkorb wandern. Dabei preßte er ihn fest gegen seine ungeheure Eichel, die vor ihm aufragte. „Ich hasse dich. Du Schwein", kreischte Kitz, als Monu stärker zudrückte.

Hinter Kitzens Rücken trat Og heran und rieb Monu den Schwanz mit einer Hammelkeule ein, um ihn zu schmieren. Wieder schob sich Monu den anmutigen Körper des Jungen unten gegen den Schwanz, und diesmal fühlte Kitz, wie sein Schließmuskel sich weitete und die kugelrunde Eichel eindrang. „Das geht nicht. Sie hat keinen Platz", protestierte Kitz.

„Monu macht Platz", lachte der Hunne, während die anderen nähertraten, um besser sehen zu können; einige fingerten sich dabei in den Ärschen. Dann begannen alle, wild zu onanieren.

Langsam und weiter, als Kitz es je für möglich gehalten hätte, tat sich der Schließmuskel auf. Kitz beschloß, sich nicht zu wehren. Vielmehr spreizte er die Beine, damit der vorstoßende Schwanz ihn nicht verletzen könne. Er spürte, wie er sich Zentimeter um Zentimeter einwärtsschob, um ihn so zu pfählen. Als das Rohr bis an die Wurzel in ihm steckte, konnte Kitz kaum mehr atmen. Wahrscheinlich, dachte er bei sich, war es schon so tief in seinem Leib, daß es ihm auf die Lungen drückte. Kaum hatte der Hunne ihn ein wenig angehoben, um ihn nach Luft ringen zu lassen, da schoben die gewaltigen Hände den Jungen auch schon wieder über den Marterpfahl. Kitz fühlte sich einer Ohnmacht nahe. Immer wieder wurde er emporgehoben und dann jäh wieder aufgespießt. Die Hunnen ringsum johlten und jauchzten angesichts dieser Vergewaltigung.

„Kreuzige ihn. Kreuzige ihn. Kreuzige den Bastard." Während er so auf und ab sauste, wurde sich Kitz seiner Schwach-

heit in den Klauen des Bösen bewußt. Er erkannte seine Verletzlichkeit, ja, er erkannte zum ersten Mal, daß ihn diese Verletzlichkeit begehrenswert machte. „Kreuzige ihn. KREUZIGE ihn. Kreuzige den Bastard!"

Gerade als Monu den Jungen ein letztes Mal bis auf die Wurzel hinunterstieß und ihm mit glasigen Augen tief und dick in den Schließmuskel spritzte, reckte Kitz die Arme und schnappte sich den Lederbeutel, der Monu um den Hals hing. Mit einem Ruck zerriß er den Riemen.

Während sich Monu noch zischend in den Arsch des Schäfers ergoß, bis diesem die verschwenderischen Säfte aus den Därmen zur Schwanzwurzel hinunterströmten, wurde der Hunnenführer von seiner eigenen Entspannung überwältigt. So konnte er Kitz nicht hindern, Attilas Zeigefinger in das Lagerfeuer zu schleudern.

Monus glasige Augen begannen sich wieder schärfer auf den Hirten einzustellen, als Kitz ihm plötzlich, noch immer gepfählt, ins Gesicht spuckte. Monus Hände verstärkten ihren Griff, und die anderen Hunnen rückten bedrohlich näher. Aber Kitz beschloß, ihre Strafe auf sich zu nehmen.

„Hör' um Gottes willen nicht auf!" schrie Marco, der sich stürmisch am Schwanz pumpte.

„Nicht das Buch weglegen!" befahl Ed, der unter dem Druck seiner eigenen Hände dem Orgasmus entgegeneilte. Auch Arnie wollte sich seine Onanie nicht verderben lassen. Selbst Bart, der vorgelesen hatte, stand kurz vorm Kommen.

„Aber das war's", sagte er und legte das Buch beiseite. „Hier hört die Geschichte auf."

Die vier Männer bremsten ihre zuckenden Schwänze und richteten ihre Blicke auf Mark, der, wie schon die ganze Zeit, vor seiner Schreibmaschine saß. Die vier sahen sich gegenseitig an. „Mark", begann Ed, als wäre er der Wortführer der geilen Männer, „wie konntest du den Roman nur so enden lassen? Du solltest es nicht der Phantasie deiner Leser überlassen, was als nächstes kommt. Dieser Schäfer steckt gepfählt auf dem Schwanz eines wutschnaubenden Hunnen. Die anderen rücken bedrohlich näher. Wir wollen den Schluß erfahren."

Ohne von seiner Maschine aufzusehen, rief Mark über die Schulter: „Der Schluß ist doch perfekt. Er bleibt offen, er hat Zukunft — das ist ein Gesetz der Gattung."

Arnie stürmte hinüber, stieß Mark von seinem Stuhl und warf ihn auf den Boden. Mark schlug hart auf und sah dann nach oben. Ed hatte sich über ihm aufgebaut. Marco war auf Marks Schreibmaschine zugetreten und hob sie vom Tisch.

„Hey", schrie Mark und wollte protestieren, aber Ed stieß ihn wieder zurück.

Marco donnerte die Schreibmaschine zu Boden und hob sie dann noch einmal über seinen Kopf, um sie scheppernd gegen die Wand zu schmettern. Sie zersprang in tausend Stücke; überall kullerten Bolzen herum. Noch ehe Mark losschimpfen konnte, zerrten ihn alle vier an den Beinen zum Bett.

„Aber meine Leser!" protestierte Mark

„Ich scheiß' auf deine Leser", sagte Bart, und Ed wiederholte: „Ich scheiß' auf deine Leser."

„Du kannst Attilas Zeigefinger nicht ins Feuer werfen und den Schäfer ewig auf dem Pfahl stecken lassen. Immer wieder hast du uns zum besten gehalten." Ed riß Mark die Arschbakken auseinander und stemmte ihm seinen Schwanz in das Loch. „Nicht nur uns, sondern auch die Leser hast du verarscht. Da sitzt du an deiner Scheiß-Maschine und verarschst *sie* auf dem Papier und uns mit deinem wirklichen Arsch." Er schob sich auf und ab und nagelte Mark mit seinen Stößen ans Bett. „Von jetzt an nehme ich mir von dir, was ich will." Mit dieser Machterklärung jagte Ed hüpfend und jauchzend seine Ladung in Marks Arsch.

Noch bevor er aber seine Latte ganz aus Mark herausgezogen hatte, ergriff Ed Arnies Schwanz. „Fick' ihn", sagte er zu Arnie. „Fick' ihn", sagte Marco, und „Fick' ihn", sagte auch Bart. Ed hatte seinen Schwanz noch nicht ganz herausgezogen, da steckte Arnies Prügel schon bis an die Wurzel in Marks Därmen. Mühelos rutschte er auf Eds Samen in den Schließmuskel, umschlang Mark von hinten, zog ihn an sich und pumpte wild auf das Loch ein. „Wir wollen mehr", johlte Arnie, während er auf Marks Arsch ritt. „Wir wollen mehr. Wir wollen den Pornographen, nicht die Pornographie." Er keuchte immer noch „Mehr! Mehr!", als er in hektischen Spritzern kam.

Bart zerrte ihn so schnell herunter, daß die zwei Ladungen Samen aus dem Loch sickerten, bevor Bart noch Arnies Bolzen durch seinen eigenen ersetzen konnte. „Fick' ihn", sagte Arnie, während er sich neben Ed und Marco ausruhte, und Bart preßte sich fest hinein. „Wir wollen, daß Kitz von den bedrohlichen Hunnen bestraft wird. Wir wollen daß er *bestraft* wird!" Und seine Sahne vermischte sich mit der von Ed und Arnie.

Marco schob Mark Zwei Finger ins Arschloch, puhlte etwas Samen heraus und hielt sich die Finger an den Mund, um sie sauberzuschlecken. Dann steckte er sie Mark wieder in den Arsch und puhlte mehr heraus, um Mark damit zu füttern, während er selbst sich auf das erwartungsvolle Loch senkte. „Wir wollen dir nur sagen,...daß wir kein...", — er stieß sich ins Innere — „Material für deine Phantasien mehr sind." Damit rammte er sich fest in Marks Arschloch und rief, während er zuckend den Höhepunkt erreichte: „Pornographie, Pornographie."

Nachwort

LIEBER Leser, die Welt will nicht, daß wir uns unsere schmutzigen Geschichten erzählen. Ich muß bei Nacht und Nebel auf den Dachboden steigen, um mich mit dir zu treffen. Ich muß warten, bis Arnie in Eds und Bart in Marcos starken Armen eingeschlafen ist und alle vier friedlich schnarchen, bevor ich mich hier heraufstehlen und dir auf dieser Maschine, von der sie nichts wissen, schreiben kann. Ich horche auf jedes Geräusch vor der Tür, weil ich ihnen versprochen habe, daß ich mit dir Schluß gemacht hätte. Jede Sekunde muß ich befürchten, daß die Tür auffliegt und daß man uns, dich und mich, bei unserem Stelldichein ertappt.

Das steigert jedoch nur meine Erregung, oh du mein heimlicher Liebhaber, und ich muß zugeben, daß meine ständige Wut zum Teil schuld an dieser mächtigen Latte ist, die du so kindisch liebkost. Doch diese Freuden kann man uns leicht nehmen, sobald einer von meinen vier eifersüchtigen Partnern dort unten im Schlaf die Hand nach mir ausstreckt und merkt, daß ich nicht mehr da bin. Sie werden mich an die Leine legen. Du kannst deinen Pornographen jeden Moment verlieren.

Darum müssen wir unsere kostbare Zeit darauf verwenden, uns unsere schmutzigen Geschichte so schnell wie möglich zuzuflüstern. Vielleicht hast ja auch du deinen Ed, Arnie, Bart oder Marco, der wegen dieses pikanten Geheimnisses jeden Moment über dich herziehen kann. Vielleicht ist es auch nur deine Frau, deine Mutter oder dein Gewissen. Glaub' mir, ich frage nicht, wer für dich sorgt, wenn ich nach deinem Stück Fleisch greife. Doch ich weiß, daß außerhalb dieser vier Wände, unserem Lustgarten, jemand oder etwas lauert, um uns daran zu erinnern, daß unsre Zeit gestohlen oder beschränkt ist.

Vielleicht haben wir nicht einmal Zeit, uns zusammen auszuziehen, du mein Lustgefährte, und müssen uns damit begnügen, daß unser Schwanz durch den offenen Reißverschluß ragt. Aber mit ein bißchen Glück halten wir die Außenwelt so lange hin, daß wir uns die Hosen bis auf die Knöchel herunterziehen können. Vielleicht fliegt jeden Moment die Tür auf, und eine Flut von Licht, die sich auf unser dunkles Dachbodenrendezvous ergießt, vereitelt unsere Freuden.

Verschwenden wir daher nicht unsere Zeit. Faß' dein Organ mit wollüstigen Fingern und richte es mir auf den Mund, während meine Lippen dir Geschichten von aufwallenden Erwartungen und Arschbacken erzählen. Pump' wild an dieser mächtigen Rute, und ich berichte dir vom Scheich und vom jungen Kameltreiber — vom Priester und vom Meßknaben — vom Neuling auf der Polizeistreife und der Straßenbande — vom Wärter und vom Strafgefangenen — vom Firmendirektor und vom jungen Schuhputzer.

Wir werden Öffnungen stopfen, du und ich, — jene Löcher, die mehr brauchen als einen herkömmlichen Stöpsel. Gemeinsam können wir sie mit Fingern, Zehen, Zungen, und Schwänzen anfüllen.

Du und ich, wir können dem Bauernjungen hinter der Scheune das Unkraut der Jungfräulichkeit aus dem Arsch reißen, können den ausgeleierten Arsch der Hure stopfen, können alle körperlichen Anhängsel hineinstecken, nach denen diese Höhle verlangt. Wir sind ja keine Amateure in dieser Art Liebe.

Die Worte werden mir von der Zunge rinnen, wenn dein Handgelenk schneller fliegt, als meine Augen folgen können, — ein sausender Schatten, während ich zu deinen Füßen im Staub des Dachbodens kauere. Ich werde so schnell reden, wie ich kann und mein eigenes Stück Fleisch bearbeiten, während du mir mit deinem harten Schwanz ins Gesicht peitschst und dir dein Samen über die hüpfenden Eier fluten will. Mit stockendem Atem werde ich dir erzählen, was die Landstreicher mit dem Millionärssohn machten, als sein Kanu kenterte und er unter ihrer Brücke an Land geschwemmt wurde. Ich werde dir erzählen, was der Bräutigam mit dem Arsch des Hotelpagen machte, während der Page die Braut vögelte; werde dir erzählen, wie es der rußige Kaminkehrer anstellte, auf dem weißen Arsch des Gärtnerjungen so viele Fingerabdrücke zu hinterlassen; werde dir erzählen, was die Boys aus Harlem mit dem Geiger trieben, der die falsche U-Bahn erwischte; werde dir lauter wahre Geschichten erzählen — von Prinz und Bettelknaben, Huck und Tom, Robin Hood und seiner Bande.

Welche Worte brauchst du noch, während du mir deinen Schaft eingegenschleuderst? Sollte ein Handlungsmuster noch fehlen, so werde ich daran denken. Ich möchte dich nicht aus dem Bann meiner Worte entlassen, ehe du deinen Geschichtenerzähler nicht gebührend belohnt hast. Laß' mich mit meinen Lippen jetzt näherrücken, denn an deinen Zuckungen sehe ich, daß es kommt — aus deinen dunkelsten Kammern hinausdrängt — bereit, meine geschwätzige Zunge zu duschen, — bereit, meine hungrige Kehle zu knebeln.

Meine Säfte fließen dir über die Schuhe. Meine Knie hämmern auf den Boden der Mansarde.

Pump' es... mir in... den offenen Mund, und stellen... wir uns... den Konsequenzen...